ANNABEL MONAGHAN

Immer wenn die Sonne aufgeht

ANNABEL MONAGHAN

IMMER *wenn die* SONNE *aufgeht*

ROMAN

Ins Deutsche übertragen von Michael Krug

blanvalet

Die Originalausgabe erschien 1999 unter dem Titel »Nora Goes Off Script«
bei G.P. Putnam's Sons, New York 2022.

FSC www.fsc.org MIX Papier | Fördert gute Waldnutzung FSC® C014496

Klimaneutral* Druckprodukt ClimatePartner.com/14044-1912-1001

Penguin Random House Verlagsgruppe FSC® N001967

1. Auflage 2022

This edition published by arrangement with G.P. Putnam's Sons,
an imprint of Penguin Publishing Group, a division of
Penguin Random House LLC.

Redaktion: Angela Kuepper
Umschlaggestaltung und -motiv: www.buerosued.de
LO · Herstellung: sam
Satz: GGP Media GmbH, Pößneck
Druck und Bindung: GGP Media GmbH, Pößneck
Printed in Germany
ISBN 978-3-7341-1164-8
www.blanvalet.de

Für Tom

KAPITEL 1

Hollywood kommt heute zu mir.

Ich werde mein Haus nicht verlieren.

Diese beiden Gedanken gehen mir in dem Moment durch den Kopf, in dem die Sonne mein Zimmer erhellt. Für mein Drehbuch hat man mich schon bezahlt. Und die Prämie dafür, dass man hier filmen darf, sollte heute Mittag auf meinem Konto sein. Lebt wohl, unbezahlte Grundsteuern. Lebt wohl, Kreditkartenschulden. Kaum zu fassen, dass all das dadurch möglich geworden ist, dass Ben sich von mir und unserer Ehe verabschiedet hat. Ich habe keine Idee, wie dieser Tag noch besser werden könnte. Ich springe förmlich aus dem Bett, schnappe mir meinen dicksten Morgenpullover und gehe die Treppe hinunter. Nachdem ich mir Kaffee eingeschenkt habe, begebe ich mich nach draußen auf die Veranda, um mir den Sonnenaufgang anzusehen.

Wer auch immer mir dieses Haus einmal abkauft, wird es wohl abreißen. Es ist über hundert Jahre alt. Alles daran ist reparaturbedürftig. Wenn der Wind im Januar auf eine bestimmte Weise weht, fegt er direkt in die Küche, und wir müssen eine Decke über den Türrahmen kleben. Die Dielen hängen durch. Es gibt nur zwei Badezimmer, und beide sind oben. Jedes Schlafzimmer verfügt über einen begehbaren Schrank für gerade mal sechs Garnituren, vorzugsweise für ziemlich kleine Personen. Ben hatte eine Beschwerdeliste über das Haus, die er täglich abspulte, und ich wurde nie das Gefühl los, dass er sich in Wirklichkeit über mich beschwerte.

Zugegeben, das Haus ist eine Katastrophe. Aber ich habe mich in es verliebt, als ich zum ersten Mal die lange, gewundene Einfahrt hinabschaute. Die hohen Äste der Magnolienbäume, die zu beiden Seiten des Weges wachsen, berühren sich in der Mitte. Im April fährt man deshalb durch einen Tunnel aus rosa Blüten. Wenn man die Hauptstraße erreicht, hat man das Gefühl, von einer Welt in eine andere überzutreten, wie eine Braut beim Verlassen der Kirche. Man genießt es, Milch zu holen, und man genießt es, danach wieder nach Hause zu kommen.

Gebaut wurde das Haus von einem britischen Arzt namens George Faircloth. Er lebte in Manhattan und verbrachte nur die Sommer in Laurel Ridge. Was erklärt, warum das Haus in keiner Weise winterfest ist. Es wurde gebaut, um sich an einem Tag mit fünfundzwanzig Grad daran zu erfreuen, vor allem draußen. Ich stelle mir vor, wie er das Grundstück meisterlich gestaltete und die Magnolien und Forsythien so arrangierte, dass sie den Frühlingsbeginn verkündeten. Nach einem langen grauen Winter rufen die ersten rosa und gelben Blüten noch immer: »Es tut sich was!« Im Mai werden sie mit dem Rest des Gartens grün, eine kurze Ruhephase, bevor die Pfingstrosen und Hortensien ihren großen Auftritt haben.

Dass ich hier unbedingt leben wollte, wusste ich, sobald ich das Teehaus sah. Der Arzt ließ das kleine, aus einem

Raum bestehende Bauwerk eigens errichten, um das Ritual des Teetrinkens zu würdigen. Während das Hauptgebäude dünne weiße Schindeln und schwarze Fensterläden mit abblätternder Farbe aufweist, besteht das Teehaus aus grauem Stein mit einem Schieferdach. Es hat auch einen kleinen funktionierenden Kamin und eichenholzgetäfelte Wände. Man könnte meinen, Dr. Faircloth habe sich über den Großen Teich gestreckt und es direkt aus einer englischen Idylle hergeholt. Ich weiß noch genau, dass Ben beim ersten Betreten das Wort »Schuppen« in den Mund nahm. Damals habe ich ihn ignoriert, wie man es eben tut, wenn man verheiratet bleiben will.

Nach unserer ersten Übernachtung im Haus weckte mich das frühe Tageslicht, weil wir noch keine Vorhänge hatten. Ich ging mit meinem Kaffee auf die Veranda, und der Sonnenaufgang bescherte mir die Überraschung meines Lebens. Davor hatte ich das Haus noch nie um sechs Uhr morgens gesehen. Ich hatte nicht einmal gewusst, dass es nach Osten ausgerichtet ist. Es war wie ein kostenloser Bonus zum Kauf, eine Belohnung dafür, dass ich das baufällige Gemäuer liebte.

Jetzt stehe ich wieder auf der Veranda und lasse alles auf mich wirken, bevor die Filmcrew eintrifft. Hinter der Eiche mit dem breiten Geäst am Ende meines Rasens steigen erst rosa-, dann orangefarbene Schlieren empor. Die Sonne geht dahinter jedes Mal anders auf. An manchen Tagen als durchgehender Balken, der wie der Abspann eines Films nach oben rollt und sich über den Himmel ausbreitet. An anderen Morgen kämpft sich das Licht als scheckiges Grau durch die Blätter. Die Eiche wird noch ein paar Wochen lang keine Blätter zeigen, nur winzige gelbe und weiße Blüten, die sich gegenseitig bestäuben und einen Herbstrasen voller Eicheln versprechen. Das Gras sieht im April am besten aus, vor allem morgens, wenn es vom Tau geküsst ist und sich das Licht darin fängt. Mit der Wissenschaft dahinter kenne ich mich nicht aus – dafür ist mir der Rhythmus dieses Fleckchens Erde so vertraut wie mein eigener Körper. Hier geht die Sonne jeden Tag auf.

Nachdem ich die Kinder geweckt, ihnen Frühstück gemacht und sie zur Schule geschickt habe, ziehe ich mich zum sechsten Mal um. Als ich in derselben Jeans und demselben T-Shirt wie zu Beginn vor dem Spiegel stehe, wird mir klar, dass meine Haare das eigentliche Problem sind. Sie kräuseln sich nicht ganz so schlimm wie im August, trotzdem ziemlich übel. Leute in Hollywood bändigen ihr Haar. Falls sie doch mit einer wilden Frisur auftreten, dann von einem Profi zerzaust. Ich tauche den Kopf ins Waschbecken. Anschließend föhne ich Strähne für Strähne glatt. Soweit ich mich erinnere, habe ich das zuletzt am Tag meiner Hochzeit im Badezimmer meiner Kindheit gemacht, während sich meine Brautjungfern hinter mir gedrängt haben.

Als ich mein Haar unter Kontrolle gebracht habe, ist es immer noch erst neun Uhr morgens. Der Aufmarsch aus Hollywood hat sich für zehn Uhr angekündigt, und ich weiß, dass ich mich unweigerlich in Panik hineinsteigere, wenn ich noch mehr Zeit vor dem Spiegel verbringe. Also entscheide ich, dass ich für eine neununddreißigjährige Mutter zweier Kinder tadellos aussehe. Und es ist ja nicht so, als spräche ich für den Film vor – ich habe das Drehbuch dazu geschrieben. Ich beschließe, zu ein paar nicht dringenden Besorgungen aufzubrechen. Vielleicht sind sie schon da, wenn ich zurückkomme, dann kann ich nach dem Motto auftreten: *Oh, ich habe völlig die Zeit vergessen.* Ich würde in die Hollywoodversion des Dramas meines wahren Lebens hineinplatzen, als wäre es eine schräge Überraschungsparty.

Während ich ein Paar Stiefel beim Schuster abgebe und das Regal mit Sonderangeboten im Buchladen durchstöbere, schlage ich so viel Zeit wie möglich tot. Danach schaue ich im Handwerkerladen vorbei, plaudere mit Mr. Mapleton über seine Hüftoperation und nehme den Stapel Kreuzworträtsel mit, den er mir jede Woche aus seinen Zeitungen aufhebt. Um zehn Uhr fällt mir nichts mehr ein, was ich noch tun könnte. Also ist es wohl an der Zeit, nach Hause zurückzukehren, um mir anzusehen, wie groß ein Filmteam ist und welche Folgen der Besuch für meinen Rasen hat.

Meine Rechnung geht nicht auf. Die Leute verspäten sich, und so harre ich wieder auf der Veranda ihrer Ankunft. Unwillkürlich umklammern meine Hände das Geländer, als die Sattelzüge über meine Schottereinfahrt heranbrausen und die niedrigsten Magnolienblüten ausreißen. Der Himmel verdunkelt sich vor aufgeschreckten Vögeln. Einen Moment lang erinnert mein Grundstück an die Kulisse eines Hitchcock-Films.

Gerechnet hätte ich mit alldem nie. Ich bin immer noch genauso überrascht wie alle anderen, dass man *Das Teehaus* tatsächlich verfilmt. Mein letztes Drehbuch namens

Küsse zu Weihnachten war für eine achtzigminütige Fernsehproduktion mit bewusst platzierten Handlungspausen angelegt, um Platz für die vierzig Minuten Werbung zu schaffen. Das davor hieß *Heimatherzen.* Im Wesentlichen dieselbe Geschichte, nur spielt sie im Herbst. Meine Superkraft besteht darin, mir planvoll einen Mann und eine Frau auszudenken, die ich in einer schmucken Kleinstadt platziere, bevölkert von außergewöhnlich glücklichen Menschen mit herrlich belanglosen Problemchen. Erst zanken sie sich, dann verlieben sie sich ineinander. Alles ist wunderbar, bis entweder er oder sie geht – aber nach der Werbepause prompt zurückkommt. Jedes einzelne Mal.

Das Teehaus bricht mit dem Schema und ist unbestreitbar das Beste, was ich je geschrieben habe. Die erste Frage meiner Agentin Jackie, nachdem sie es zu Ende gelesen hatte, lautete: »Ist alles in Ordnung mit dir?« Darüber musste ich lachen. Aber natürlich hat das Drehbuch den Eindruck vermittelt, ich sei düster geworden. Die Geschichte hat Tiefgang, wartet mit einer gehörigen Portion Seelenqual und Selbstreflexion auf, und diesmal kommt der Mann am Ende nicht zurück. In den Monaten nach Bens Abgang habe ich zwei lustige, locker-flockige Drehbücher an den Romance Channel verkauft, danach jedoch ist dieses dunklere Werk aus mir herausgeflossen. Eigentlich habe ich ja versucht, mein Privatleben für mich zu behalten, nachdem Ben ging. Aber manche Geschichten wollen wohl unbedingt erzählt werden.

»Ich meine, es ist großartig«, sagte Jackie damals. »Aber es ist was für einen großen Film, nicht für den Romance Channel. Wenn's dir recht ist, biete ich es den großen Studios an.«

»Damit verschwendest du nur kostbare Zeit«, meinte ich, während ich im Garten vor meinem Haus Fingerhirse jätete. »Niemand will zwei Stunden lang sehen, wie jemand mit Existenzangst und dem Gefühl kämpft, verlassen worden zu sein. Ich schwöre, ich hab versucht, das Ende aufzulockern. Aber sosehr ich mich auch bemüht habe, ich konnte mich nicht dazu durchringen, ihn zurückkommen zu lassen.«

»Nora. Es ist noch nicht mal ein Jahr her.«

»Ich weiß. Also muss mich wieder auf das konzentrieren, was ich am besten kann. Mach damit, was du willst. Ich glaube, ich musste es mir einfach von der Seele schreiben. Mit deiner Ma alles in Ordnung?«

»Es geht ihr gut. Gib mir mit dem Drehbuch ein paar Wochen. Das könnte ein Wendepunkt für dich werden.«

Als der erste Lastwagen mit neun seiner achtzehn Räder auf dem Rasen vor meinem Haus anhält, wird mir klar, dass sich tatsächlich etwas verändert hat. Ich stütze mich am Geländer der Veranda ab, als Leute aus zwei weiteren Trucks aussteigen und Kameras, Beleuchtung und Möbel abladen.

Eine junge Frau mit rosa Haar und einem Klemmbrett kommt lächelnd auf mich zu. »Hi, Sie müssen Nora sein. Bitte nicht ausflippen. Würde ich nämlich an Ihrer Stelle total. Ich bin Weezie, Leos Assistentin.«

»Hi. Ich flippe schon nicht aus. Das Gras kann ich neu pflanzen.« Ich schüttle ihre freie Hand.

Eine andere Frau in einem schwarzen Overall, eher in meinem Alter, nähert sich mir. »Ich bin Meredith Cohen, ausführende Produzentin.«

»Nora Hamilton, Hausbesitzerin«, bringe ich hervor, während ich mich weiter am Geländer festhalte. »Und Drehbuchautorin«, füge ich hinzu, weil ich mich verlegen fühle.

»Also Folgendes«, beginnt Meredith. »Wir sind ein Haufen Leute. Verdammt, neuerdings hat allein Leo einen Haufen Leute dabei. Wir werden laut sein und ein heilloses Durcheinander veranstalten, aber danach räumen wir alles auf und sind in zwei Tagen wieder weg. Höchstens drei.«

»Schon in Ordnung. Damit habe ich gerechnet. Ich habe noch nie gesehen, wie ein Film gedreht wird. Ist irgendwie aufregend für mich.« Ein roter Pick-up mit einem silbernen Airstream-Wohnwagen rollt vollständig auf die Wiese. »Und wer ist das jetzt?«

Weezie dreht sich um und lacht. »Ah, da ist er ja. Das ist natürlich Leo. Wir übernachten alle im Hilton in Breezeport. Aber er steigt in keinem Hilton ab.« Sie verdreht die Augen, dann lächelt sie wieder, als wäre es zwar etwas ärgerlich, aber auch liebenswert, dass der Kerl meinen Rasen ruiniert.

»Leo Vance wird da drin schlafen? In meinem Garten?«

»Lässt sich nicht vermeiden. Er ist exzentrisch. Aber er hat da drin ein eigenes Badezimmer. Für alle anderen kommt ein Toilettenwagen. Also keine Sorge um Ihr Haus.«

Die Tür des Wohnwagens öffnet sich. Heraus tritt ein vierzigjähriger Superstar mit nackten Füßen. Seine Jeans hängen zu tief, und sein graues T-Shirt ist an zwei Stellen zerrissen. Sein Haar müsste gestutzt werden, und er sieht viel zu gut aus, um Ben zu verkörpern. Andererseits werde ich von Naomi Sanchez gespielt. Mit zusammengekniffenen Augen betrachtet er den Himmel und sieht sich um, als träte er nach vierundzwanzig Stunden in tiefster Dunkelheit ins Tageslicht. Dabei ist es elf Uhr vormittags, und es sind gerade mal neunzig Autominuten von New York City zu mir.

Leo Vance ist der bestbezahlte Hauptdarsteller in Hollywood. Das weiß ich, weil ich ihn seit drei Tagen google. Er besitzt Eigenheime in Manhattan, Bel Air und am Cap d'Antibes. Ihm gehört ein Anteil an einem NBA-Franchise. Keine Kinder. Noch nie verheiratet. Sternzeichen Waage. Ursprünglich stammt er aus New Jersey, und er hat einen Bruder.

Ich kenne jeden einzelnen von Leos Filmen, was jedoch nicht wirklich mit ihm persönlich zu tun hat. Ich schaue generell eine Menge Filme. Er ist ein guter Schauspieler und vor allem für seinen Schmachtblick berühmt. Ich persönlich muss sagen, dass ich den Hype übertrieben finde. In seinem ersten Film, *Abendlandnächte*, hat er seine Co-Darstellerin Aileen Bennett mit einer Reihe so sagenhaft sinnlicher Blicke bedacht, dass es ihm in jenem Jahr den Titel *Sexiest Man Alive* eingebracht hat. Dadurch ist der Blick wohl zu seinem Markenzeichen geworden. Seither hat er ihn in jeden seiner Filme eingebaut, selbst dann, wenn es völlig unnötig war. In *Kampf an der Heimatfront* beispielsweise teilt er seiner hochschwangeren Frau mit, dass er in den Krieg ziehen muss, und schmachtet sie dabei an. In *Sammelklage* hält er eine Antrittsrede in einer Militärakademie und packt den Blick für die versammelten Eltern und Großeltern aus. Und von *Die Rose Afrikas* will ich gar nicht erst anfangen. Ein Ausbruch von Malaria in einem Flüchtlingszentrum ist definitiv kein Ort für sinnliche Blicke. Offenbar neigt Leo Vance stark dazu, unangemessenen Sex-Appeal auszustrahlen.

Wenn er den Schmachtblick abdreht, hat er eine beeindruckende Bandbreite lächelnder Mienen zu bieten und prägt jeden Film mit einer davon. Sein Lächeln reicht dabei von verhalten bis wahnsinnig, und ich habe immer bewundert, wie er es schafft, jedes davon einen ganzen Film lang durchgängig beizubehalten. Ich bin neugierig, welches Lächeln er sich für *Das Teehaus* einfallen lässt. Wie stellt er sich vor, dass Ben gelächelt hat? Ich kann mich nicht mal mehr an das letzte Mal erinnern.

Leo Vance steuert auf meine Veranda zu, und ich wappne mich dafür, ihm vorgestellt zu werden. Auf der Leinwand verkörpert er Perfektion, im wahren Leben kommt er eher abgerissen daher. Demnächst wird er sich in einen Mann mit haufenweise Problemen verwandeln, der am Ende die Frau verlässt, mit der er sich ein Leben aufgebaut hat. Ben hat es tatsächlich geschafft, mich derart in den Wahnsinn zu treiben, dass ich letztlich etwas mit Tiefgang geschrieben habe. Ich lächle über die Ironie, dass Ben am Ende doch noch für etwas gut war.

Leo schiebt sich auf der Veranda an mir vorbei, als wäre ich nicht vorhanden. Dann hält er inne und tritt einen Schritt zurück. »Ihnen fehlt ein Grübchen«, sagt er.

»Das andere ist drinnen«, erwidere ich.

Er nickt, bevor er mein Haus betritt, als gehörte es ihm. Kein besonders verheißungsvolles Kennenlernen.

Die Begegnung mit Regisseur Martin Cox verläuft genauso einschüchternd, wie ich sie mir vorgestellt habe. Weezie ist Leo ins Haus gefolgt, deshalb findet er nur Meredith und mich auf der Veranda vor. »Sie müssen Nora sein.« Obwohl er nicht groß ist, wirkt er so, und ich kann nicht recht entscheiden, ob es an seiner körperlichen Fülle oder seiner schieren Präsenz liegt.

Ich schüttle ihm die Hand und bemühe mich, nichts zu sagen. Wenn ich nämlich zu reden anfange, wird aus mir unweigerlich heraussprudeln, was ich von der Schlussszene in *Alabaster* halte und warum ich finde, dass man ihm den Oscar gestohlen hat. Ebenso würde ich ihm sagen, dass die Beleuchtung in *Die Frau von unten* grandios war. Schon allein, um das Wort »grandios« zu vermeiden, halte ich lieber den Mund.

»Können wir's uns ansehen?«, fragt er. Ich führe Meredith und Martin nach hinten zum Teehaus, das am Rand des Walds steht. Es gibt keinen Weg dorthin, nur die Wiese. Deshalb verheißt ein Besuch des Teehauses fast immer nasse Schuhe. Die große Eichentür habe ich offen gelassen. Das habe ich mir angewöhnt, weil man so durch die Stahlfenster an der hinteren Wand direkt in den Wald sehen kann. Das vermittelt mir ein Gefühl endloser Möglichkeiten.

Für mich ist das Teehaus ein Heiligtum. Der Raum, in dem es mir gelingt, ich selbst zu bleiben, in dem ich schreibe. Und im Gegensatz zum Haupthaus ist er ordentlich vor dem Wetter draußen geschützt. Ich stelle mir vor, dass sich die Faircloth' dem Teehaus so genähert haben wie ich, voller Freude auf ein Feuer im Kamin und einen mit Tee und Gebäck gedeckten Tisch. Ich stelle mir außerdem vor, dass sich hier Verliebte zu ungestörten Unterhaltungen und ersten Küssen getroffen haben. Ben wollte das Teehaus immer als Lagerraum nutzen.

Vielleicht wäre es irgendwann sogar dazu gekommen. Meine Überzeugung, dass die Welt so ziemlich als Letztes noch mehr Lagerflächen braucht, gegen Bens Überzeugung, dass er unbedingt ein drittes Motorrad haben muss. Zu den vielen tröstlichen Aspekten seines Auszugs gehört, dass er zum einen den Großteil seines Krempels mitgenommen und zum anderen nicht das volle Sorgerecht für die Kinder verlangt hat.

Das Teehaus hat sich die Titelrolle im Film redlich verdient, weil es wesentlichen Anteil am Scheitern unserer Ehe hatte. Ben hat gestört, wie viel Zeit ich dort verbringe. Ihn hat gestört, welcher Arbeit ich nachgehe. Ihn hat gestört, dass ich die letzten zehn Jahre lang unsere Rechnungen bezahlt habe. Womit wir schon zwei waren. Je besser ich darin wurde, unsere Familie zu versorgen, desto mehr hat er mich dafür verachtet. Je mehr er mich verachtet hat, desto härter habe ich daran gearbeitet, die Dinge im Lot zu halten. Dass ich im Teehaus schreibe, ist ein Spiegel, in den er nicht blicken wollte. So wird es im Film verkauft. Im wahren Leben weiß ich es nicht. Vielleicht ist er bloß gegangen, weil er mehr Lagerfläche wollte. Ben wollte von praktisch allem mehr.

Als wir uns dem Teehaus nun nähern, höre ich, wie Martin nach Luft schnappt. »Das ist fantastisch«, befindet er. »Das Foto wird der Wirklichkeit nicht gerecht.«

Lächelnd gehe ich weiter. »Na ja, es ist eindeutig aus einer anderen Zeit. Hier schreibe ich.«

Für April ist es ein warmer Tag. Auf dem Schieferdach funkeln in der Sonne die Rückstände vom Regen der vergangenen Nacht. Zwei riesige Hortensiensträucher säumen die Tür. Im Augenblick sprießen daran hoffnungsvoll die ersten selleriefarbenen Blätter, aber schon bald werden sie vor himmelblauen Blüten strotzen, so groß wie mein Kopf. »Wenn die Dreharbeiten bis Juli hätten warten können, hättet ihr sie blühend filmen können«, sage ich zu niemandem, weil Martin bereits hineingegangen ist.

»Das ist absolut perfekt«, verkündet er und fährt mit den Händen über die getäfelten Wände. Er holt ein Walkie-Talkie hervor. »Ich bin hinten im Teehaus. Bringt die Bettwäsche für die Liege, ich brauche die Sonne um drei Uhr durchs hintere Fenster. Und einen Mopp. Seht zu, dass Leo und Naomi geschminkt werden.«

Meredith zwinkert mir aufmunternd zu, vermutlich, damit ich mich nicht wegen der Bemerkung über den Mopp gräme. Ich zucke nur mit den Schultern. Ist mir doch egal. »Na schön, dann gehe ich mal aus dem Weg. Geben Sie Bescheid, falls Sie irgendetwas brauchen.«

Ich kehre ins Haus zurück und bin erleichtert, als ich es menschenleer vorfinde. Draußen tut sich vor jedem Fenster etwas – da trifft ein Verpflegungswagen ein, dort verfolgt eine Frau Leo Vance mit einer Sprühflasche. Aus dem größten Wohnwagen taucht Naomi Sanchez mit ihren sagenhaft langen Beinen in einem altbackenen Hauskleid auf. Sie ist wohl so angezogen, wie sich Martin mich vorgestellt hat. Zum ersten Mal habe ich Naomi Sanchez in *Die Rache des Abzockers* gesehen. Damals war sie ungefähr fünfundzwanzig Jahre alt. In einer Szene, in der sie herausfindet, dass sie über den Tisch gezogen wurde, füllt ihr Gesicht in einer Nahaufnahme die gesamte Leinwand aus. Damals habe ich mich gefragt, wo ihre Poren sind. Auch mit zweiunddreißig Jahren ist sie immer noch die schönste Frau, die ich je gesehen habe.

Ich texte Kate: *Leo Vance war in meinem Haus. Naomi Sanchez ist der Wahnsinn.*

Kate: *Bin am Niederknien.*

Wie ich feststelle, weiß ich mit mir nichts anzufangen. Ich meine, ich bin in meinem Haus, das nicht mein Platz zum Schreiben und Arbeiten ist. Das Haus ist mein Ort zum Mama-Sein. In der Küche herrscht noch das Chaos vom Frühstück. Mir kommt der Gedanke, dass Leo Vance die Spritzer von den Pfannkuchen gesehen und das Fett vom Speck gerochen hat. Als ich anfange zu putzen, bin ich etwas durcheinander, weil er hier drin gewesen ist. Es wird irgendwelche Grenzen geben müssen. Ich will nicht morgen hier hereinkommen und ihn dabei ertappen, wie er meinen Geschirrspüler anschmachtet.

Als ich meine Schwester anrufe, geht ihr Kindermädchen Leonora ran. »Sie ist mit Freundinnen unterwegs«, sagt sie. Penny und ihr Mann Rick leben in Manhattan und East Hampton. Sie treten regelmäßig in *Town & Country* auf, tragen die richtigen Klamotten, umgeben sich mit den richtigen Leuten. Zum ersten Mal in meinem Leben mache ich etwas Cooleres als Penny, also hinterlasse ich eine Nachricht. »Bitte sag ihr, dass ich angerufen habe und Naomi Sanchez und Leo Vance in meiner Auffahrt sind.« Leonora quiekt, und ich bin zufrieden.

Sobald meine Küche sauber ist, überlege ich, was ich normalerweise tun würde. Es ist Mittwoch, und mittwochs essen wir Hackbraten. Natürlich! Ich hole ein halbes Kilo Putenhackfleisch aus dem Gefrierschrank und lege es auf die Arbeitsplatte. Das dauert allerdings nicht so lange wie erhofft.

Ich beobachte das Geschehen durch das Eckfenster im Wintergarten. Sie filmen gerade die Szene, in der ich zu Ben sage, es sei hilfreich, wenn wir beide ein regelmäßiges Einkommen hätten. An dem Tag hat er mich in einen Topf mit den anderen Leuten geworfen, denen die nötige Weitsicht fehlt, um an die eigenen Träume zu glauben. In seinen Augen war ich eine Drohne, ein Roboter, eine Sklavin überholter Konventionen. Das hat das Fass endgültig zum Überlaufen gebracht, da bin ich mir ziemlich sicher. Als ich mir vorstelle, wie meine Worte aus Naomis perfektem Mund dringen, beschleicht mich der Gedanke, dass dieser Film vielleicht völlig falsch besetzt wurde. Wie will Leo Vance so abweisend wie Ben rüberkommen, wenn er eine solche Frau ansieht? So wunderschönen Menschen wie den beiden wäre es vermutlich gelungen, sich zusammenzuraufen. Kein Mann würde Naomi Sanchez sitzen lassen.

Ich habe bereits eine Stunde lang bei den Dreharbeiten zugesehen, als ich merke, dass es Zeit ist, die Kinder abzuholen. Als sich das Garagentor öffnet, finde ich in meiner Einfahrt drei Männer beim Rauchen vor. Sie lassen die Zigaretten fallen, treten sie mit den Schuhen aus, kicken sie zur Seite und winken mich hinaus wie Einweiser auf einem Großparkplatz. Um es an den Lastwagen vorbei auf den

Schotterweg meiner Einfahrt zu schaffen, der zur Hauptstraße verläuft, bleibt mir nichts anderes übrig, als über meinen eigenen Rasen zu rollen.

Es fühlt sich gut an, das Chaos hinter mir zu lassen und nach Laurel Ridge zu fahren, wo sich nie etwas ändert. Ben hat sich auf die Ortschaft eingelassen, weil er buchstäblich keine andere Wahl mehr hatte. Ursprünglich wollte er ein schillerndes Leben in der Großstadt führen – Pennys Leben, um genau zu sein. Als sich das als zu teuer erwies, wollte er ein großes Haus in einem verkehrsgünstig gelegenen Vorort. Auch das war unmöglich. Als ich mit Arthur schwangerer und schwangerer wurde und feststand, dass unsere Einzimmerwohnung in einem Haus ohne Fahrstuhl nie und nimmer für uns reichen würde, begann für uns ein Wettlauf gegen die Zeit. Wir mussten zwanzigtausend Dollar Anzahlung für ein Dreihunderttausend-Dollar-Haus hinblättern, und ein Dreihunderttausend-Dollar-Haus lag entschieden weiter von der Stadt entfernt, als Ben es sich vorgestellt hatte.

Seinen Freunden erzählte er, wir hätten ein Abrisshaus in der Provinz als Investition gekauft. In einer angesagten, aufstrebenden Ortschaft, behauptete er vor ihnen. Was ich immer komisch fand, denn in Wahrheit sollte das Motto von Laurel Ridge eher lauten: weder auf noch strebend. Der Ort drückt sich vor jeglicher Art von Fortschritt und hängt insgeheim der Fantasie nach, als Vorbild für die Main Street in Disneyland gedient zu haben. Es gibt einen Architekturprüfausschuss und eine Planungskommission, deren einziger Zweck darin besteht, Leute wie Ben davon abzuhalten, Laurel Ridge das idyllische Flair zu rauben.

Wir haben sechs oder sieben Läden, die schon seit Anbeginn der Zeit in Laurel Ridge zu finden sind. Ihre Besitzer genießen Kultstatus und die bedingungslose Treue ihrer Kundschaft. In Laurel Ridge kann man immer einen Hammer von jemandem kaufen, den man kennt, und sich eine Tüte hausgemachtes Eis von einem Teenager reichen lassen. Ab und an tauchen auch andere Geschäfte auf und verschwinden wieder. Meist kommen sie aus Manhattan und wollen uns Designer-Vitamine und personalisierte Hundekekse verkaufen. Sie halten selten auch nur ein Jahr durch.

Am Ende der Kleinstadt befindet sich die Grundschule von Laurel Ridge. Nachdem ich eingeparkt habe, geselle ich mich zu meinen Freundinnen bei einer Gruppe Eltern am Spielplatz, ganz so wie an einem völlig normalen Tag.

»Oh mein Gott, raus damit!«, sagt Jenna aufgeregt. Sie steht mit Kate unter dem Basketballkorb.

»Was denn?«, gebe ich betont lässig zurück. »Ich hänge doch nur mit Leo und Naomi ab, was ist schon dabei?«

»Ist er süß? Hat er dir schon seinen Blick zugeworfen?«, fragt Kate.

»Ja und nein. Zum Niederknien süß, und er hat mich noch kaum angesehen.«

»Also hast du dich umsonst aufgebrezelt?« Damit spielt Jenna darauf an, dass ich mir die Haare glatt geföhnt habe.

»Ja, das war wohl eher unnötig«, räume ich ein. »Wenn du Naomi Sanchez in natura gesehen hättest, würdest du verstehen, warum er mich links liegen gelassen hat.«

»Hey, Nora.« Molly Richter kommt auf uns zu. »Siehst gut aus. Hübsche Frisur.« Molly ist die klassische Zicke aus der Highschool, die nie erwachsen geworden ist. Trotzdem müssen wir nett zu ihr sein, weil sie Leiterin des Elternbeirats und somit anscheinend befugt ist, ehrenamtliche Aufgaben nach ihrem Gutdünken zu vergeben. Nach Möglichkeit halten wir uns von Molly Richter fern wie der Teufel vom Weihwasser.

»Ich hab gehört, du spielst diese Woche Hollywood«, fügt sie hinzu.

»Ja.« Bei Unterhaltungen mit Molly ist es wichtig, nicht mehr als nötig zu antworten und auf Gegenfragen zu verzichten.

»Wie drollig. Vergiss nicht, dass nächsten Mittwoch die Proben für *Oliver Twist* nach der Schule stattfinden und du dich dafür gemeldet hast, hinter der Bühne auf die Kinder aufzupassen.«

»Wie könnte ich das vergessen? Arthur redet von nichts anderem mehr.« Und schon habe ich mir in die Karten blicken lassen. Ich hätte mir nie die Haare glatt föhnen sollen. Kate schnappt nach Luft, als würde ich in Treibsand versinken, und als hätte sie kein Seil, um es mir zuzuwerfen.

»Ach, interessiert sich Arthur für eine große Rolle?« Molly lässt mir keine Chance, etwas zu erwidern. »Das passt ja super! Ich wollte dich nämlich zur Organisatorin des Stücks ernennen, und wenn er mitmacht, bist du sowieso dabei. Perfekt.« Wie Inspektor Columbo kritzelt sie etwas in ihr Notizbuch, bevor sie auf dem Absatz kehrtmacht und davongeht.

Jenna lacht. »Voll erwischt.«

»Ja, ich sag's nur ungern, aber das stimmt«, meint Kate. »Wenn du ablehnst – obwohl sie dir eh keine Chance dazu gelassen hat –, lässt sie Arthur einen Baum oder Stein oder so spielen.«

Das Vorsprechen war heute, also hoffe ich, dass es zu spät für Molly ist, ihren Einfluss geltend zu machen und meinen Zehnjährigen auszubremsen. Arthur steckt mitten in einer weiteren Runde sportlicher Frühjahrskatastrophen. Dieses Stück ist für ihn so etwas wie ein Rettungsanker.

»Ich weiß. Und das passt schon. Wenn Arthur eine Rolle bekommt, finde ich bestimmt jemanden, der mithilft.«

»Niemand will dabei mithelfen«, sagt Jenna.

»Dann mache eben ich, was immer nötig ist. Arthur bedeutet es buchstäblich alles. Das ist das Erste, wofür er sich begeistert, seit Ben weg ist.«

Es kommt selten vor, dass ich Ben erwähne. Nicht weil es zu schmerzhaft wäre, sondern weil ich so gut wie nie an ihn denke. Meine Worte lassen ein betretenes Schweigen entstehen, das sich als vorteilhaft für mich erweist.

»Wir helfen mit«, erklären sich beide bereit.

»Ihr seid die Besten.«

Dann läutet die Glocke, und Dutzende Kinder strömen aus der Schule. Arthur kommt herübergerannt, wirft mir seinen Rucksack vor die Füße und hetzt einer Gruppe Kinder zum Klettergerüst hinterher. Ich bin mir nicht sicher, was das darüber aussagt, wie sein Vorsprechen gelaufen ist.

Bernadette, die achtjährige Chefin meiner Familie, stürmt auf mich zu und reißt mich mit einer Umarmung beinahe von den Füßen. »Hat er was über deine Frisur gesagt?«

»Hat er nicht. Ich hätte mir deine machen sollen.« Ich streiche mit den Händen über Bernadettes braune Locken.

Sie erinnern mich an die altmodischen Frisuren aus *Die kleinen Superstrolche*.

»Fahren wir«, verlangt sie im Befehlston. »In drei Stunden gehen sie schon.«

»Sie kommen ja morgen wieder«, gebe ich zurück. Bernadette sieht mich an, als hätte ich den Verstand verloren. »Okay, ist ja gut.« Ich rufe nach Arthur. Widerwillig schleppt er sich zu uns herüber.

»Echt jetzt? Es ist erst Viertel nach drei. Muss die Bekloppte nach Hause, um die Filmstars anzuglotzen?« Arthur wackelt mit den Fingern, schafft es aber nicht, einschüchternd zu wirken.

»Wie war das Vorsprechen?«, frage ich ihn.

»Hab's hinbekommen.« Arthurs verhaltenes Lächeln teilt mir mit, dass ich auf dem Spielplatz bloß keine Szene machen soll.

Ich hebe seinen Rucksack auf. »Verschwinden wir, bevor ich noch was Peinliches anstelle.«

Bernadette ist völlig aus dem Häuschen, als wir um die letzte Kurve unserer Zufahrt biegen. Arthur bemüht sich redlich, so zu tun, als wäre er entschieden zu cool für die angesagtesten Stars von Hollywood. Er scheint den Eindruck vermitteln zu wollen, dass sie sich glücklich schätzen dürfen, ihn kennenzulernen. Immerhin hat er eine große Rolle in *Oliver Twist* ergattert. »Ma, es ist so peinlich. In der Pause und beim Mittagessen haben mich alle nach dem Film gefragt. Wir sind die totalen Freaks im Ort.«

Bevor wir unsere Garage auch nur sehen können, müssen wir am Wohnwagen und zwei Sattelschleppern vorbei. Ein

Tisch mit Gebäck und belegten Brötchen versperrt mir den Weg. Ich lasse das Beifahrerfenster runter und zeige auf die Garage. Ein junger Mann mit roter Truckermütze erklärt sich bereit, seinen Betrieb auf meine Veranda zu verlegen, aber erst, nachdem er meinen Kindern je einen Donut gegeben hat.

»Das ist der totale Wahnsinn«, kommentiert Bernadette.

»Es ist ein Donut«, relativiert Arthur.

Bevor wir aussteigen, schließe ich das Garagentor und bin froh, wieder in meinem Kokon zu sein. Alles da draußen fühlt sich verseucht von Lärm an, von Reifenspuren und von Leuten, die Entscheidungen treffen und nicht ich sind. Wenn ich oben ankomme, werde ich sämtliche Vorhänge zuziehen. Auf uns warten Hausaufgaben, Abendessen, *Glücksrad* und das Bett. Laut Vertrag muss die Filmcrew bis um sechs Uhr abgerückt sein.

Als wir die Treppe in die Küche hinaufsteigen, schaltet Bernadette noch einen Gang höher. »Hast du Naomi kennengelernt? Ist sie so hübsch wie in *Die Frau des Seemanns*? Ist Leo schon hier? Ist er groß oder nicht? Frannie sagt, er ist klein und steht auf einer Kiste, wenn sie …« Abrupt verstummt sie, als wir oben ankommen und Leo an unserer Küchentheke sitzen sehen. Wahrscheinlich ist sie bloß außer Atem.

Leo erhebt sich langsam und richtet sich zu seiner vollen Größe von etwa eins achtundachtzig auf. Er wirft Bernadette einen strengen Blick zu. »Ich bin nicht klein, junge Dame.«

Bernadette lächelt, errötet und bedeckt das Gesicht, alles in einem einzigen Augenblick.

»Ha! Da ist es ja!« Leo deutet mit seinem Bier auf sie. Mein Notfallbier für einen unverhofften Besuch von Kate und Mickey, wie ich feststelle.

»Was?«, fragt Arthur ein wenig verdattert.

»Das fehlende Grübchen. Ich hab überall im Haus danach gesucht. Das fehlende Grübchen deiner Mutter ist auf der Wange deiner Schwester.«

Bernadette grinst vor sich hin, Arthur verdreht die Augen.

Mir wird bewusst, dass ich mich nicht mehr gerührt habe, seit wir aus der Garage gekommen sind. Erstarrt stehe ich mit einem halben Donut in der Hand da. »Genau. Gut erkannt. Dort bewahre ich es auf.«

Leo wendet sich wieder seinem Bier zu. Nach einem Schweigen, das nur für mich unangenehm zu sein scheint, stelle ich mich vor. »Also, ich bin Nora. Ich bin die Drehbuchautorin, und das ist mein Haus.«

»Leo.«

»Ich bin Bernadette, und das ist Arthur.«

»Prost.«

»Solltest du eigentlich hier drin sein?«, duzt Arthur den Superstar ungeniert.

»Ich hab meinen Part für heute schon im Kasten. Jetzt drehen sie gerade ein paar Szenen nur mit Naomi. Ganz schön düster übrigens, der Film.«

»Stimmt. So war meine Stimmung zu der Zeit.«

»Inzwischen ist sie besser drauf«, merkt Bernadette an.

»Ja. Und wir müssen mit den Hausaufgaben anfangen«, sage ich.

»Ein bisschen bleibe ich noch. In meinem Wohnwagen ist es heiß, und ich bin gerade mit dem Kreuzworträtsel hier beschäftigt.« Er zeigt auf das Rätsel, das ich mir für heute Abend aufgehoben hatte. Heute ist Mittwoch, mein Lieblingstag bei den Kreuzworträtseln. Da sind sie nicht zu leicht und nicht zu schwer. Meine Kinder wissen das. Beide sehen mich an, scheinen aber nicht erahnen zu können, wie ich reagieren werde.

»Okay«, sage ich. Der Rasen, das Bier, das Kreuzworträtsel. In Gedanken führe ich Buch.

Ich stelle mich mit dem halben Donut in der Hand ans Spülbecken und beobachte die drei. Leo, der über meinem Rätsel sitzt. Meine Kinder, die Mappen aus den Rucksäcken holen und versuchen, sich normal zu verhalten. Bernadette braucht Stifte. Leo reicht ihr welche. Sie beobachtet ihn, während sie malt. Arthur hat ein Arbeitsblatt mit Bruchrechnungen, die er innerhalb einer Minute lösen muss, also ruft er die Stoppuhr auf seinem Handy auf. Während ich dem unvereinbaren Dreiergespann zusehe, fällt mir keine vergleichbare Szene eines Films ein.

»Und was machen Sie normalerweise um die Zeit?«, bricht Leo das Schweigen.

»Oh, ich fange mit den Vorbereitungen fürs Abendessen an.« Dankbar für die Erinnerung, beginne ich, in der Küche herumzuhantieren. Ich werfe den halben Donut weg, wische die Arbeitsplatte ab und öffne den Kühlschrank. Das Putenhackfleisch ist aufgetaut, ich brauche nur noch ein Ei. Das Fleisch wandert in eine Schüssel, in die ich das Ei gebe.

»Mein Gott, was machen Sie denn da?«, fragt Leo. Während andere seinen berühmten Schmachtblick kriegen, bekomme ich eine angewidert verzogene Miene zu sehen.

»Mittwoch ist Hackbratentag«, klärt Bernadette ihn auf.

»Das kann so nicht richtig sein«, meint er, während er mir wie gebannt zusieht.

Ich hacke eine Zwiebel und füge sie dazu. Als Nächstes folgen ein paar Semmelbrösel. Leo kann den Blick nicht von der Schüssel lösen. »Das ist echt das Widerlichste, das ich je gesehen habe.« Und als ich anfange, die Masse mit den Händen zu kneten, fügt er hinzu: »Verdammt, ich muss mich korrigieren.« Meine Kinder lachen.

Gegen fünf taucht Weezie auf, weil sie nach Leo sucht. Sie wirkt nicht allzu überrascht darüber, ihn beschwipst vorzufinden. »Komm, bringen wir dich zurück zur Maske. Wir müssen ein paar Aufnahmen neu drehen, bevor es dunkel wird.«

Leos Gesichtsausdruck kann man nur als gequält bezeichnen. So schauen meine Kinder drein, wenn ich ihnen mitteile, dass es Fisch zum Abendessen gibt. »Nein. Bitte nicht. Sag bloß, es kommt noch mehr.«

»Klar kommt mehr. Wir haben noch einen, vielleicht zwei Tage, bevor wir hier zusammenpacken.«

Leo umklammert sein Bier. »Aber es ist so deprimierend. Kids, eure Ma ist total deprimierend. Das halte ich nicht aus.«

»Eigentlich ist sie witzig«, verteidigt mich Arthur. »Ihre anderen Filme sind irgendwie albern, haben aber immer ein super Happy End.«

»Er hat recht«, gestehe ich. »Seicht und kitschig. *Das Teehaus* ist ein einmaliger Ausrutscher gewesen. Tut mir leid.«

Er betrachtet eingehend seine leere Bierflasche. »Kann er nicht einfach zurückkommen? Vielleicht eine Erleuchtung kriegen und wieder antanzen?«

Arthur verbirgt das Gesicht, indem er so tut, als würde er seine Bruchrechnungen überprüfen. Eine Erleuchtung bei Ben wäre Balsam für Arthurs unverheilte Wunde.

»Er kommt nicht zurück«, sage ich.

KAPITEL 2

Als ich am nächsten Morgen aufwache, herrscht Stille. Die Autos sind weg, die Lastwagen sind leer. Leo liegt wahrscheinlich noch völlig weggetreten in seinem Wohnwagen. Ich schenke mir Kaffee ein und gehe hinaus auf die Veranda, um mir den Sonnenaufgang anzusehen. Leos Anhänger ist mir genauso ein Dorn im Auge wie die schlammigen Spuren, die er auf meinem Rasen hinterlassen hat, aber wenigstens versperrt er mir nicht die Sicht. Die Sonne liefert ein Spektakel und färbt den Himmel hinter den ausgestreckten Armen meiner Eiche mit einer Mischung aus Blutrot und Orange. An windigen Morgen vermitteln die breitesten Äste den Eindruck, Hula zu tanzen. Heute sehen sie eher so aus, als wollten sie mich umarmen. *Es dauert nicht mehr lange, Nora. Bald hast du wieder die Kontrolle.*

Ich höre, wie sich hinter mir etwas bewegt. Als ich mich umdrehe, erblicke ich Leo, der in eine Decke gehüllt auf meiner Verandaschaukel döst. Das etwas zu lange dunkle Haar hängt ihm ins Auge. Er sieht umwerfend gut aus. Auf dem Boden steht eine halb leere Flasche Tequila – *mein* Tequila! Von einem Glas fehlt jede Spur. Ich spiele mit dem Gedanken, mein Handy zu holen. Über so ein Foto würden meine Freundinnen glatt ausflippen.

Schlafend wirkt er jünger, beinahe verletzlich. Er hat sich die Decke über die Nase gezogen. Offensichtlich hat er letzte Nacht gefroren. Ich würde ihn gern wecken, um ihm den Sonnenaufgang zu zeigen, bevor er endet. Etwas Erhebendes, das nicht deprimierend ist. Weil ich weiß, was er heute drehen wird. Die Trennungsszene. Darin geht Trevor. Wie sich herausstellt, hat er Ruth nie geliebt.

Kurz verspüre ich ein schlechtes Gewissen, weil ich ihn mit meiner traurigen Geschichte belaste. Zwar hat es sich in Wirklichkeit nicht exakt so abgespielt, aber im Wesentlichen schon. Ben und ich waren irgendwann ineinander verliebt, was zu zwei großartigen Kindern und einem Leben geführt hat, das funktionierte, solange ich etwas dafür tat. Und dann beschloss er einfach so: *Ne, das ist nichts für mich.* Als würde man von heute auf morgen aufhören, Milch in den Kaffee zu geben. Und sich dann so verhalten, als hätte man ihn schon immer schwarz getrunken und könnte sich nicht mehr an den cremigen Geschmack erinnern, den man früher angeblich geliebt hat.

Wahrscheinlich sollte ich Mitleid mit Naomi haben. Immerhin wird sie im Film verlassen. Ich bin froh, dass sie ihr hübsches Gesicht nicht zu einem hässlichen Weinen verziehen muss. Stattdessen muss sie sich nur vollkommen still verhalten, wenn er sagt: »Tut mir leid, das Ganze war ein Fehler. Ich brauche ein größeres Leben.« Das Publikum wird sich hoffentlich daran erinnern, dass Ruth ihm alles gegeben hat, was er besitzt, während er null Komma nichts in die Ehe eingebracht hat. Sie wird alles, so wie ich, im Kopf erneut ablaufen lassen, um sich zu vergewissern, dass sie richtig gehört hat. Keine Ahnung, wie Schauspielerinnen ihre Magie wirken, jedenfalls wird sie uns den Moment spüren lassen, in dem sie begreift, dass er mit »das Ganze« ihre Familie meint.

Mann, ist Ben ein Arschloch. Ich beschließe, Leo in Ruhe zu lassen. Sollen ihn doch die Leute vom Film suchen, wenn sie eintreffen. Ich habe schon zwei Kinder.

Man will mich am Set. Ich habe eine Textnachricht von Weezie. Darüber bin ich ungewöhnlich aufgeregt, denn ich habe mich bisher den ganzen Vormittag im Haus eingeigelt. Ich habe die gesamte Bettwäsche gewechselt und gewaschen und überall Staub gesaugt, unter anderem am Lüfter des Kühlschranks. Sogar an den Grundzügen der Handlung eines neuen Films für den Romance Channel habe ich mich versucht, musste allerdings feststellen, dass sich mein Verstand dazu nicht nötigen lässt. »Nora, Sie werden am Set gebraucht«, lese ich die Nachricht laut vor, weil mir gefällt, wie es sich anhört.

Im Schlafzimmer werfe ich einen Blick auf mich im Spiegel. Ich trage eine Jeans, ein marineblaues T-Shirt und Flipflops. Mein Haar ist noch von gestern in Ordnung und teilweise gebürstet. Es wird reichen, entscheide ich. Aus Erfahrung weiß ich, dass ich aufgebrezelt wie zum Abschlussball aussehen werde, wenn ich versuchen sollte, mich in bessere Klamotten zu werfen und ein wenig zu schminken. So, wie ich bin, werde ich mich wohler in meiner Haut fühlen.

Auf dem Weg über den Rasen genieße ich die Empfindung leicht feuchter Füße. Mein Unterbewusstsein spricht darauf an, und ich bekomme Lust zu schreiben. Ähnlich, wie ich Lust auf einen Snack bekomme, wenn ich mir

Kochsendungen im Fernsehen ankucke. Morgen sind die Filmleute weg, dann kann ich mich wieder in die Arbeit stürzen.

Die Tür zum Teehaus ist geschlossen. Als ich sie öffne, erblicke ich Leo mit dem Gesicht nach unten auf der Liege. Naomi läuft aufgekratzt auf und ab, während ein Kameramann leise mit Martin redet. »Hi.« Ich winke verhalten, als ich eintrete. »Weezie hat mir geschrieben, dass ich herkommen soll.«

Naomi bleibt stehen und heftet einen mürrischen Blick auf mich. »Sind Sie die Autorin?«

»Ja. Nora«, stelle ich mich ihr vor. In natura ist sie so umwerfend hübsch, dass mir glatt der Atem stockt. Am liebsten würde ich ihr Gesicht ungeschminkt sehen und ihre porenlose Haut unter die Lupe nehmen. Obwohl sie drauf und dran ist, über mich herzufallen, strahlt sie Schönheit aus.

»Warum?« Sie reißt eine Seite aus ihrer Kopie des Drehbuchs und streckt sie mir entgegen. »Warum macht sie nichts? Er will abhauen. Ja, er ist ein Mistkerl. Aber jede normale Frau würde weinen oder so. Ich kann doch währenddessen nicht einfach rumhocken.«

Leo setzt sich auf und fährt sich mit den Händen durchs Haar, als versuchte er, sich zu konzentrieren. »Sie hat recht. Die Szene ist intensiv. Sie sollte schreien und toben. Oder zumindest ein bisschen betteln.«

Es hat kein Schreien und Toben gegeben, als Ben genau an der Stelle gestanden und mir mitgeteilt hat, dass er gehen würde. Nicht, weil die Kinder geschlafen haben. Auch nicht, weil ich Angst davor hatte, ihn zur Rede zu stellen.

Unwillkürlich wundere ich mich über die Ereigniskette, die dazu geführt hat, dass ich in meinem Arbeitszimmer stehe und den beiden berühmtesten Promis im Land meine emotionale Reaktion darauf zu erklären versuche, dass ich verlassen worden bin.

»Das ist deshalb so, weil er ihr nichts wegnimmt«, sage ich. »Gar nichts. Er hat sie sowieso nie wirklich geliebt.«

»Was soll das denn heißen?« Gut, dass Naomi nicht meine Therapeutin ist.

»Es ist ein klassischer Fall von Selbstkorrektur. Wenn jemand einen verlässt, dann deshalb, weil er im Grunde nie mit einem zusammen sein wollte. Man verliert also lediglich einen Menschen, der eh nicht da sein wollte.«

Leo lacht. »Gott. Sie sind wohl keine besondere Romantikerin, was?«

»Nein. Überhaupt nicht. Bis zu dem Zeitpunkt habe ich bedingungslos an die Ehe geglaubt. Dann habe ich einfach losgelassen«, sage ich zu ihm. Und an Naomi gewandt: »Sie sind hier kein Opfer. Oder irgendwo sonst. Darum dreht sich der Film.«

Alle schweigen, bis Naomi schließlich zu weinen anfängt. Martin umarmt mich, und Leo murmelt: »Oh, um Himmels willen.«

Um das klarzustellen: Ich habe es mir nicht zum Ziel gesetzt, eine tiefgründige Abhandlung über die Opferrolle zu verfassen. Eigentlich wollte ich nur eine TV-Romanze für mein übliches Honorar von 25 000 Dollar schreiben, damit ich meine offene Grundsteuer bezahlen kann und mein Name nicht wieder in der Lokalzeitung landet. Mich irritiert der Gedanke, dass die Leute glauben, ich hätte ohne Ben finanziell zu leiden. Von wegen. Tatsächlich ist es ein Segen, dass Ben meine Kreditkarte nicht mehr belastet. Letzten Monat hat sich die Gesamtabrechnung dafür auf gerade mal 795,34 Dollar belaufen, hauptsächlich Lebensmittel und diverse Kleinigkeiten. Dass ich darüber wieder die volle Kontrolle habe, gefällt mir an meinem neuen Leben fast am besten. Und dass ich mich im Bett ausbreiten kann wie ein Seestern.

Aber ich schweife ab.

Die Geschichte beginnt in einer schmucken Universitätsstadt, die stark an Amherst erinnert. Das verheißungsvolle Kennenlernen habe ich so beschrieben, wie es sich tatsächlich zugetragen hat. Umgebung: Hörsaal. Der attraktive Jay Levinthal flüstert mir etwas ins Ohr, und ich lache. Schnitt auf Ben, der es mitbekommt. Die Vorlesung ist vorbei, und ich warte darauf, mit dem Professor zu reden. Ben nähert sich mir.

»Ich bin dir noch nie über den Weg gelaufen«, sagt er. Daran erinnere ich mich genau, weil ich den Satzbau merkwürdig fand. Die eigentliche Aussage bestand darin, dass wir uns noch nie begegnet waren, aber die Ausdrucksweise rückte klar ihn in den Mittelpunkt. Das erste Warnsignal vergisst man nicht.

»Ich wette, du bist vielen Leuten noch nie über den Weg gelaufen«, gebe ich zurück.

»Doch, ich kenne sonst fast alle.« Und wie zum Beweis fügt er hinzu: »Ich bin Ben Hamilton.« Dabei spricht er seinen Namen aus, als hätte er etwas zu bedeuten – als müsste er eine Reihe von Bildern und Erwartungen in mir hervorrufen. Als würde Oprah Winfrey mir vorgestellt werden.

»Nora Larson«, sage ich über die Schulter. Mittlerweile bin ich beim Professor an der Reihe.

Später an jenem Tag tauchte Ben in der Bibliothek auf, wo ich lernte, in der Mensa beim Essen, in einer Bar, in der meine Freundinnen und ich uns jeden Freitagabend trafen. Er entsprach nicht dem Typ, mit dem ich normalerweise ausgehen würde. Unübersehbar selbstbewusst, geradezu aufdringlich extrovertiert. Seine Energie verlangte Aufmerksamkeit, als müssten die Menschen um ihn herum alle in Bens Tempel beten. Es ist schwer zu erklären, wie es sich anfühlt, wenn einem so jemand seine volle Aufmerksamkeit schenkt. Keine Ahnung, ob es im Film richtig rüberkommt, aber irgendwann vollzieht sich ein Moment, in dem man die Überzeugung der anderen übernimmt und ihn plötzlich auch anbetet. Niemand konnte mein Glück fassen, als ich erst mit Ben Hamilton zusammen war und ihn dann heiratete. Letztlich konnte ich es selbst kaum glauben.

Erst beim Zusammenstellen der Einladungsliste für unsere Hochzeit fand ich heraus, dass Ben einen gewissen Jay Levinthal als Erzfeind betrachtete. Was so ziemlich alles erklärte.

Leo trinkt auf der Verandaschaukel bernsteinfarbene Flüssigkeit aus einem meiner Gläser, als ich nach der Schule mit meinen Kindern in der Einfahrt eintreffe. Da zwei der Sattelschlepper verschwunden sind, ist vor dem Haus genug Platz zum Parken. Arthur marschiert schnurstracks an Leo vorbei, ohne ihn zu grüßen. Bernadette pflanzt sich neben ihn auf die Schaukel und lässt ihr Grübchen für ihn aufblitzen.

»Du riechst wie mein Dad.« Sie meint es als Kompliment und bestätigt damit meinen Verdacht, dass es sich bei der Flüssigkeit in Leos Glas um Scotch handelt. Um den von Ben vermutlich. Ich hätte beinahe durchgedreht, als er damals sechsundachtzig Dollar für die dämliche Flasche ausgegeben hat. Dafür habe ich mich gefreut, als er vergessen hat, sie mitzunehmen. Aber ich denke, noch mehr freut mich zu sehen, dass Leo den Scotch so unwürdig aus einem Saftglas trinkt. Ben wäre so was von stinksauer deswegen.

»Na, ich Glückspilz«, meint er und erhebt sein Glas zum Prosten. Er kommt mir nicht besonders betrunken vor, eher wie jemand, der konstant einen leichten Alkoholpegel hat.

»Das Plätzchen hier gefällt mir«, verkündet er.

»Mir auch. Hier geht die Sonne auf«, verrät Bernadette.

»Genau hier?«

»Ja.«

»Wow.«

»Wenn du bleibst, kannst du's morgen sehen.«

»Passiert das jeden Tag?«

»Denke schon.«

Die beiden schauen zu den Bäumen, und mich beschleicht das eigenartige Gefühl, das fünfte Rad am Wagen zu sein.

»Und sind die Dreharbeiten am Fertigwerden?«, frage ich ihn.

»Denke schon. Sie prüfen nur, ob wir irgendwas noch mal drehen müssen. Bis zum Abend bin ich wieder in der Zivilisation.«

Trigger-Alarm: Der Spruch hätte von Ben stammen können. Er hat sich oft herablassend über das Leben geäußert, für das ich mich entschieden und so hart gearbeitet habe. Die schlimmste Art von Menschen trifft man an der Kreuzung von Arroganz und Ahnungslosigkeit. Plötzlich kann ich es kaum erwarten, dass dieser Kerl von meiner Veranda, aus meinem Umfeld und dem meiner Familie verschwindet.

»Tja, dann viel Spaß damit. Komm, Bernie, lass uns mit den Hausaufgaben anfangen.«

Um fünf Uhr habe ich ein Brathähnchen im Ofen und eine Flasche Sauvignon blanc im Kühlschrank. Laut Vertrag muss die Filmmannschaft bis sechs abgerückt sein, sonst steht mir die Bezahlung für einen dritten Tag zu. Ich muss mich also nur noch freundlich verabschieden, dann kann ich dabei zusehen, wie die Leute verschwinden. Es hat Spaß gemacht, Hollywood zu Gast zu haben, aber jetzt weiß ich, dass mein Limit erreicht ist. Wir drei müssen wieder in die Spur kommen und zu der üblichen gut geölten Maschine werden. Ich muss schreiben. Arthur muss anfangen, seinen Text zu lernen. Bernadette muss mit dem Schwärmen aufhören. Und der Anblick der Reifenspuren auf meinem Rasen lässt mich jedes Mal zusammenzucken.

Beim Gedanken daran, wie einfach es ist, für den Romance Channel zu schreiben, entspanne ich mich. Morgen werde ich mich dem wieder zuwenden. Ich werde eine seichte Liebesgeschichte mit einem unsagbar kitschigen Happy End schreiben, mit Welpen, entzückenden Kindern, zufälligen Begegnungen und hausgemachten Desserts. Und ganz ohne persönliche Zutaten. Dieses letzte Werk davor war so etwas wie ein stummer Aufschrei.

Um halb sechs gehe ich nach draußen, um mit einem »Danke fürs Kommen« alle daran zu erinnern, dass es Zeit ist zu gehen. Meine Kinder bestehen darauf, mich zu begleiten. Hand in Hand marschieren wir zum Teehaus und begegnen unterwegs zwei Kameraleuten, die ihre Beleuchtungsausrüstung wegtragen.

»Alles im Kasten«, lässt uns einer der beiden wissen.

Drinnen zieht Weezie gerade die Bettwäsche von der Liege. »Hi, zusammen. Bald seid ihr uns los.« Sie bringt mein ausgebleichtes Laken mit Sonnenblumenmuster an, das für Hollywood nicht gut genug war, und schon gehört das Teehaus wieder mir. Der Steinboden ist zu sauber, und das Feuer knistert zu aggressiv, aber es ist dem recht nah, wie ich es kenne.

Wir alle treten den Weg zurück vors Haus an, um uns zu verabschieden. Naomi nimmt sich die Zeit, mich zu umarmen.

»Der Film hat mich richtig ausgelaugt. Aber ich hab's verstanden. Und ich hoffe, das werden andere auch. Was Sie geschrieben haben, ist wichtig.« Bernadette fällt beinahe in Ohnmacht.

Ich muss weit zu Naomi aufschauen, weil sie aus irgendeinem Grund entschieden hat, für die Rückfahrt in zwölf Zentimeter hohe Stöckelschuhe zu schlüpfen. »Tut wirklich gut, das zu hören. Danke.«

Für meine Kinder ändert sie die Stimme, spricht höher und lauter. »Tschüss, ihr Süßen!« Geradezu defensiv verabschieden sie sich mit ihren erwachsensten Stimmen.

Martin dankt mir. Er will wissen, ob er für eine Presseveranstaltung noch mal ins Teehaus kann. Als ich ablehne, lacht er. Mittlerweile verstehen wir uns auf Augenhöhe. Weezie scheucht alle in ihre Fahrzeuge, Leo steigt aus seinem Wohnwagen und winkt von dort. Verdammt unhöflich, finde ich. Nachdem er sich zwei Tage lang uneingeladen in meinem Haus breitgemacht und meinen Alkohol getrunken hat, sollte man meinen, er könnte sechs Meter gehen und sich ordentlich verabschieden.

Arthur und ich winken nur zurück, Bernadette hingegen rennt zu ihm und umarmt ihn. Entweder überrascht ihn die Tatsache an sich oder ihre Überschwänglichkeit, jedenfalls erwidert er die Geste. Sie wechseln ein paar Worte, und er berührt ihr Grübchen. Dann steigt er wieder in den Wohnwagen.

»Was hat er gesagt?«, will Arthur wissen, als sie zu uns zurückkommt.

»Er wollte wissen, ob morgen die Sonne aufgeht. Ich hab gesagt, ich denke schon. Und dass er jetzt wie Onkel Rick riecht.«

»Dann ist es Gin«, kläre ich sie auf. Und damit gehen wir ins Haus, um zu lauschen, wie Hollywood davonfährt.

KAPITEL 3

»Leo ist weg.« Weezies Anruf unterbricht mich, während ich *Glücksrad* schaue und mein Glas Wein genießen will.

»Wie – weg?«

»Ich meine, wir finden ihn nicht. Bruno hat den Wohnwagen direkt vor sein Haus gezogen, um ihn dort abzusetzen – was gar nicht so einfach war, wie er mir erklärt hat. Und er war leer. Sie haben unterwegs nicht angehalten, um zu tanken oder so. Und deswegen … na ja, deswegen bin ich ein bisschen am Ausflippen.«

»Tja, hier ist er nicht. Haben Sie das etwa gedacht?«

»Keine Ahnung. Er wirkt schon seit Wochen irgendwie abwesend und trinkt zu viel, wenn er nicht gerade vor der Kamera steht. Ich mache mir Sorgen.«

»Verstehe, aber in meinem Haus ist er nicht. Es ist recht überschaubar, ich würde es merken, wenn sich ein erwachsener Mann hier versteckt. Soll ich im Teehaus nachsehen? Das ist der einzige andere Unterschlupf in der Nähe, und es regnet gerade bei uns.«

Seufzend verdrehe ich die Augen, als ich in meine Jacke und die Stiefel schlüpfe und durch die Hintertür den Weg zum Teehaus antrete. Durch den Regen sehe ich, dass dort Dunkelheit herrscht. Die Tür ist zu, wodurch es eher wie eine Sackgasse als wie ein Anfang wirkt. Je näher ich dem Haus komme und je nasser ich werde, desto mehr verliere ich die Geduld mit diesem traurigen, verwöhnten Kerl, der die Unverschämtheit besitzt, einfach spurlos zu verschwinden und alle in Sorge zu versetzen.

Vielleicht ein bisschen zu aggressiv stoße ich die Tür auf. Niemand da. Einige Sekunden lang starre ich auf die verwaiste Liege, die der perfekte Ort für ihn wäre, um sich zu verstecken und zusätzliche Aufmerksamkeit zu bekommen, die er nicht braucht.

Der Wein schmeckt mir nicht mehr, als ich zurück im Haus bin. Ich texte Weezie und teile ihr mit, dass Leo nicht hier ist. Sie versichert mir und sich selbst, dass wir es längst in den Nachrichten gehört hätten, wenn ihm etwas zugestoßen wäre. Ich merke, dass uns beide Muttergefühle plagen, also vereinbaren wir, uns gegenseitig anzurufen, falls wir etwas Neues erfahren. Ich bin froh darüber, informiert zu werden, obwohl ich mir nicht recht erklären kann, warum es mich überhaupt interessieren sollte. Vielleicht, weil er die Hauptrolle in dem Film spielt, den ich geschrieben habe. Aber natürlich würde sein tragisches Ende nur die Ticketverkäufe erhöhen. Ich versuche mich an einer Bestandsaufnahme seiner gesamten Persönlichkeit, um herauszufinden, ob mir irgendetwas an ihm sympathisch ist. Er ist anspruchsvoll, unhöflich und undankbar. Am Ende begnüge ich mich damit, dass mir gefällt, wie er mit Bernadette redet. Und wie aufmerksam er Dinge wahrnimmt. So jemand kann nie durch und durch egozentrisch sein, wenngleich nah dran.

Schließlich schaue ich auf und teile den Kindern mit, dass sie ins Bett gehen sollen. Sie wollen, dass ich ihnen ein

Kapitel aus *Die Tribute von Panem* vorlese. Eigentlich ein zu düsteres, erwachsenes Buch für sie, trotzdem willige ich ein, weil ich mich unbesonnen fühlen möchte. Sie dösen links und rechts von mir ein, und ich entscheide spontan, sie in meinem Bett schlafen zu lassen. Mit Katniss Everdeen im Kopf verabschiede auch ich mich ins Reich der Träume und bin froh, dass ich mein Hoheitsgebiet zurückerobert habe.

Wenn ich die Vorhänge nicht zuziehe, weckt mich die Sonne. Das ist der Hauptgrund, warum ich die Vorhänge niemals zuziehe. Ich schleiche aus dem Bett, um die Kinder nicht zu wecken, und begebe mich in die Küche, um den Knopf der Kaffeemaschine zu drücken. Die Sonne geht gerade auf, die Leute vom Film sind weg, und heute werde ich schreiben. Ich spüre, wie der für Bernadette so typische Überschwang blubbernd in mir aufsteigt.

Nachdem ich meinen Morgenpullover über das Nachthemd gezogen habe, schnappe ich mir meinen Kaffee und nehme ihn mit auf die Veranda. Draußen ist es herrlich. Der Himmel präsentiert sich in schillerndem Rosa. Es hat aufgehört zu regnen, und alles wirkt so frisch wie grüner, sauber gewaschener Paprika in der Gemüseabteilung des Supermarkts.

»Hi.« Beim Klang der Begrüßung wirble ich so abrupt herum, dass ich die Hälfte meines Kaffees verschütte. Leo sitzt eingewickelt in seine Decke auf der Verandaschaukel, die Füße unter sich gezogen.

»Die Leute machen sich Sorgen um Sie.«

»Ich weiß. Ich rufe sie später an. Aber setz dich doch kurz zu mir, bevor es vorbei ist, ja? Ist in Ordnung, wenn ich dich duze, oder?« Ich bin zu stur, um mich zu setzen, und zu baff über seine Unverschämtheit. Also drehe ich ihm wieder den Rücken zu, um den Rest des Sonnenaufgangs zu genießen, bevor ich den Kerl in seine Einzelteile zerlege. Als ich mich Leo zuwende, schenkt er mir ein zartes Lächeln, ein jüngeres, offenes Lächeln von jemandem, der tatsächlich erfreut wirkt. »Dein Nachthemd ist durchsichtig«, stellt er fest. »Und du hast schöne Beine.«

Ich renne förmlich zur Schaukel und verstecke meine Beine unter mir. »Du bist echt anstrengend«, duze ich ihn zurück und lasse mir die Hälfte seiner Decke reichen.

Eine Zeit lang sitzen wir schweigend da und beobachten, wie die Farben am Himmel zerfließen. Ich will keine Fragen stellen, die mich mit Sicherheit in sein Selbstmitleid hineinziehen würden. Und er scheint nicht den Drang zu verspüren, mir anzuvertrauen, warum er die verregnete Nacht auf meiner Veranda verbracht hat.

Nach einer Weile verlange ich: »Du musst dich bei Weezie melden.«

»Na schön.« Er greift nach seinem Handy und tippt ein paar Worte. »Zufrieden?«

»Das war ich bis vor ungefähr fünf Minuten. Tatsächlich habe ich mich enthusiastisch auf den Tag gefreut. Bis ich einen Hausbesetzer auf meiner Veranda vorgefunden habe. Und jetzt fürchte ich, die Polizei rufen zu müssen. Dann habe ich wieder einen Haufen Autos auf meinem Rasen.«

»Was hattest du denn heute vor?«

»Schreiben.«

»Noch eine deprimierende Liebesgeschichte ohne Liebe?«

»Nein.«

Bernadette kommt mit einem Glas Orangensaft auf die Veranda und reibt sich die Augen. »Hab ich's verpasst?«

»Hast du«, antwortet Leo und macht auf der Schaukel Platz für sie.

»Leo! Was machst du denn hier? Hast du da geschlafen?«

»Und ob. Ich wollte mich vergewissern, dass du mich mit dem Sonnenaufgang nicht angeflunkert hast. Und das hast du nicht. Er war spektakulär.« Bernadette strahlt ihn an, und er opfert für sie den letzten Zipfel seiner Decke.

»Ma macht Pfannkuchen. Manchmal auch Speck.« Ebenso gut hätte sie mir ein Schild mit der Aufschrift ZU VERKAUFEN umhängen können.

»Ach herrje. Wir haben 6:45 Uhr. Ist Arthur schon wach?« Ich lasse die beiden auf der Veranda schaukeln und schalte in den Morgenmodus. Sobald Arthur im Badezimmer ist und sich hoffentlich zügig fertig macht, schlüpfe ich in meine Laufshorts und Turnschuhe. Heute ist immer noch Schreibtag angesagt, davon lasse ich mich nicht durch Leo Vance auf meiner Veranda abbringen.

Als ich die Treppe runterkomme, finde ich Leo und Bernadette gesellig schweigend an der Küchentheke sitzend vor. Wieder schaut Leo auf meine Beine und lächelt dabei, als hätten wir zwei jetzt einen Insiderwitz. Ich koche mehr Kaffee, vor allem, weil ich den Großteil vorhin verschüttet habe. Dann fange ich an, Speck zu braten und Rührei zuzubereiten. Ich habe noch drei Muffins übrig, was ohne uneingeladenen Frühstücksgast perfekt gewesen wäre. Also beschließe ich, auf meinen zu verzichten.

Arthur kommt die Treppe zwar sauber herunter, wirkt aber noch verschlafen. »Ma hat gesagt, dass du hier bist. Warum?«

»Er wollte sehen, ob die Sonne wirklich auf unserer Veranda aufgeht«, sagt Bernadette. »Und das tut sie«, fügt sie mit einem verschwörerischen Lächeln zu Leo hinzu.

»Die Sonne geht überall auf, Schwachmatin.«

»Arthur«, sage ich übertrieben streng, als wollte ich plötzlich zu Fräulein Prysselius mutieren. Ich stelle die dampfenden Frühstücksteller vor den dreien ab und höre mich fragen: »Nachschenken?«

Die Kinder werfen mir einen Blick zu. »Nachschenken« in Befehlsform, nicht als Frage, pflegte Ben beim Frühstück regelmäßig zu blaffen. Dazu schob er mir seine Tasse hin. Manchmal schaute er dabei auf, manchmal nicht. »Natürlich«, antwortete ich immer und schenkte ihm ein. Jemand, der nicht bei uns wohnte, hätte denken können, dass ich meinte: *Natürlich schenke ich dir gern mehr Kaffee ein, damit du ihn trinken kannst.* Aber wer länger in diesem Umfeld bei uns gewesen wäre, hätte die unterschwellige Bedeutung in meinem Ton gehört: *Da ich ja schon das Frühstück gemacht habe und das Geschirr abwaschen werde und du eigentlich nur den ganzen Tag rumsitzt, lege ich natürlich noch eins drauf und schenke dir Kaffee nach, du fauler …*

»Gern«, antwortet Leo, der sich wahrscheinlich noch nie selbst Kaffee eingeschenkt hat und daher nicht um die Brisanz des Themas weiß.

»Bist du beim Schlafen auf der Veranda nass geworden? Scheint mir irgendwie lustig zu sein, aber auch feucht«, sagt Bernadette.

»Halb lustig, halb feucht. Aber es hat schon seinen Grund, warum die Leute lieber auf Matratzen schlafen als auf Holz.« Leo streckt die Arme in die Luft, als wollte er Verspannungen lösen. Dabei entblößt er fünf Zentimeter perfekt definierter Bauchmuskeln. Ich muss den Blick davon abwenden.

»Na ja, heute Abend bist du wieder bei dir zu Hause, oder?«, fragt Arthur.

»Sicher.« Leo scheint etwas auf dem Boden seiner Tasse zu suchen. »Ist ein Apartment. Aber so viel gemütlicher ist es dort nicht.«

Okay, jetzt kommt die Mitleidsparty für den Mann, der in einem Penthouse wohnt. Ich muss die Kontrolle über den Morgen wieder an mich reißen. »Kinder, räumt eure Teller ab und schnappt euch die Rucksäcke. Bernie, du hast heute Werkunterricht, also vergiss nicht deine Projekte.« Sie stehen auf, tragen die Teller weg und holen ihre Sachen.

Bernadette umarmt Leo erneut. »Komm irgendwann wieder für einen Sonnenaufgang her. Oder auch für ein Picknick. Wir haben's hier lustig, ehrlich.«

Mir scheint, wir müssen den Vortrag darüber, wie gefährlich es sein kann, mit Fremden zu reden, noch mal durchkauen.

»Danke«, sagt Leo. »Und der Speck ist auch gut.«

Schließlich stehen wir am Kopf der Treppe zur Garage, die Tür geöffnet, die Rucksäcke geschultert. Leo rührt sich nicht von der Stelle. »Vielleicht kann Weezie ja ein Auto schicken, das dich abholt«, schlage ich vor.

»Gute Idee. Ich texte ihr«, sagt er, ohne zum Handy zu greifen.

Nachdem ich die Kinder zur Schule gebracht habe, kehre ich durch meinen Magnolientunnel nach Hause zurück. Leo sitzt wieder in seine Decke gehüllt auf der Verandaschaukel. Ich parke in der Garage und sammle meine Gedanken. Nach mehreren tiefen Atemzügen gehe ich in die Küche. Er hat seinen Teller zum Spülbecken gebracht, was tatsächlich mehr ist, als ich erwartet habe.

Normalerweise dehne ich mich vor dem Laufen auf der Veranda. Weil ich aber gut auf Leos Sprüche verzichten kann, mache ich es diesmal in der Küche. Als ich die Veranda betrete, fühlt es sich so an, als müsste jeden Moment sein Wagen eintreffen. »Also dann – gute Fahrt zurück in die Stadt«, sage ich.

»Du gehst?«

»Eine Runde joggen.«

»Gesund.« Er lässt die Decke ein wenig sinken. »Wird allmählich wärmer.«

»Ja. Okay, bis dann. War schön, dich kennenzulernen. Gute Fahrt noch mal.« Als ich die Verandastufen hinuntersteige, merke ich, dass er mich beobachtet. Da ich mich zu gehemmt fühle, um gleich loszulaufen, gehe ich die Auffahrt hinunter, bis ich mir sicher sein kann, zwischen den Magnolien außer Sicht zu sein.

Drei Kilometer hin, drei Kilometer zurück. Schweißüberströmt und energiegeladen vor Endorphinen treffe ich wieder zu Hause ein. Meine Verandaschaukel ist verwaist. *Meine* Verandaschaukel, denke ich pointiert.

Ich bin mehr als überrascht, als ich Leo mit hochgelegten Füßen an meinem Küchentisch vorfinde. Er löst gerade mein Donnerstagskreuzworträtsel, und ich stelle fest, dass er sich sehr gut dabei anstellt. Worüber ich mich trotz des Wissens ärgere, wie kleinkariert das ist.

»Kein Auto?«

»Die haben anscheinend viel zu tun«, sagt er. Ich werde misstrauisch. »Wo ist der Rest der Zeitung? Ich hab draußen nachgesehen.«

»Ich kriege keine Zeitung. Ein Freund von mir hebt nur die Rätsel für mich auf.« Und kaum habe ich es ausgesprochen, ist es mir peinlich. Dann schäme ich mich ein bisschen für meine Verlegenheit, was mich wiederum wütend macht. Und keines dieser Gefühle gefällt mir. Leo Vance hat fünfzehn Millionen Dollar für die Hauptrolle in *Das Teehaus* bekommen. Und ich lebe von gespendeten Kreuzworträtseln.

»Ich gehe duschen«, kündige ich an und befinde mich bereits auf dem Weg nach oben. Ich schnappe mir meine weichste Jeans und mein liebstes abgetragenes Sweatshirt und nehme beides mit ins Bad. Nachdem ich das glatt geföhnte Haar gewaschen habe, lasse ich es lufttrocknen, damit ich heute wieder wie ich selbst aussehe.

»Was hältst du davon, mich eine Woche hierbleiben zu lassen?« Anscheinend kommt kein Auto für Leo. Auf dem Weg zum Teehaus folgt er mir dicht auf dem Fuß und raubt mir damit irgendwie den Elan. Ich habe meinen Laptop dabei, meine spezielle Kerze, meine zwei gespitzten Bleistifte und einen Becher Tee. Und ich versuche, Leo zu ignorieren.

»Nichts.«

»Ich gehe dir auch nicht auf den Wecker.«

»Zu spät.«

»Du kannst den ganzen Tag schreiben, ich gehe vielleicht ein bisschen spazieren. Und werde viel auf der Veranda sitzen und mir die Bäume anschauen. Wenn man ganz stillhält, kann man sehen, wie sie atmen und sich gegenseitig zuwinken.«

Ich bleibe stehen und drehe mich zu ihm um. »Bist du auf LSD?«

»Nein. Ich muss nur raus aus der Stadt. Lass mich bleiben. Bestimmt hast du ein Gästezimmer. Ich zahle dir tausend Dollar pro Tag.«

»Ich habe kein Gästezimmer. Geh in ein Hotel.«

»Dann kann ich genauso gut zurück in meine Wohnung in New York. Die fühlt sich nämlich wie ein Hotel an. Und ich kann Hotels nicht ausstehen.«

Als wir uns der offenen Tür zum Teehaus nähern, bleibt er stehen. »Wow.«

»Du hast gerade erst zwei Tage da drin verbracht.«

»Da hab ich nicht richtig hingesehen.«

Fest entschlossen, Leo zu ignorieren, stelle ich den Laptop ab und platziere den Becher an der richtigen Stelle. Ich schüre das Feuer, bevor ich mich an den Tisch setze, einen Bleistift links neben den Laptop lege und mein Haar zu einem Dutt knote, den ich mit dem anderen Bleistift befestige. Leo steht da und glotzt mich an.

»Was soll das alles?«

»Es ist ein Ritual. Ich fange gleich an zu schreiben. Als Nächstes kommt die Kerze.«

»Oh Mann.« Leo lässt sich auf der Liege nieder und verschränkt die Arme hinter dem Kopf. Sein Gesicht ist den Stahlfenstern an der hinteren Wand zugedreht, sodass er hinaus in den Wald blicken kann. Die Sonne steht auf zehn Uhr, also müsste es dort bereits heller werden. Heute bietet der Anblick eine Mischung aus weißen Blüten und brandneuen selleriegrünen Blättern. Die Aussicht ist so schön, dass sie einen ablenken kann. Deshalb schreibe ich mit dem Rücken zum Fenster.

»Mir gefällt's hier richtig gut«, lässt Leo mich wissen.

»Hast du schon gesagt.«

»Lass mich eine Woche bleiben. Das sind siebentausend Dollar für dich, und danach siehst du mich nie wieder.«

Siebentausend Dollar wären mehr als genug für neue Dachrinnen an meinem Haus. Neue Dachrinnen würden die Fäulnis eindämmen, die sich langsam an meinen hundert Jahre alten Fenstern ausbreitet. Vielleicht könnte ich sogar die undichte Stelle auf dem Dachboden richten lassen, die ich bisher ignoriert habe. Und es könnte noch etwas für eine Reise nach Disney World im Sommer übrig bleiben – die letzte Chance womöglich, bevor ich mich mit zwei Teenagern herumschlagen muss.

Alternativ würden die siebentausend Dollar die Grundsteuer fürs nächste Jahr entschärfen, und ich hätte ausnahmsweise den Luxus, sie mir nicht vom Mund absparen zu müssen.

»Hast du dich je gefühlt, als würdest du gerade verschwinden?«, fragt Leo. »Als wärst du überzeugt davon, du würdest eines Tages aufwachen und feststellen, dass irgendjemandes Pläne die wahrsten Teile deiner selbst ersetzt haben?«

Äh, darüber habe ich erst neulich ein Drehbuch geschrieben. Das du gelesen hast, glaube ich.

Wie oft bin ich neben Ben aufgewacht und habe mich gefragt: *Wo bin ich nur hin?* In seinem Gesicht sah ich bei solchen Gelegenheiten entweder Gleichgültigkeit oder leichte Abscheu, und ich habe dann versucht, mich an eine Zeit zu erinnern, als ich noch jemand war, der es verdiente, geliebt zu werden. Was Ben in mir sah, wusste ich nicht, jedenfalls nicht mich. Ich war weg.

Leos Züge wirken völlig offen, und ich sehe ihm an, wie verletzlich er sich gemacht hat. Er befindet sich in einer Art freiem Fall, gegen den kein Zimmerservice der Welt hilft.

»Ja, hab ich. Aber wie soll es dir helfen hierzubleiben? Gibt es nicht irgendwo ein Refugium oder einen Ashram, irgendeine Einrichtung, die besser dafür geeignet wäre, wieder den Boden unter die Füße zu bekommen? Mit besserem Essen? Und Profis?«

»Hier geht die Sonne auf, Nora.« Ein normaler Mensch – sogar mein Zehnjähriger – würde ihm erklären, dass die Sonne überall aufgeht. *So funktioniert das mit der Sonne, du Genie.* Allerdings weiß ich genau, was er meint. *Wie* die Sonne hier aufgeht, vermittelt den Eindruck, als würde die gesamte Welt dabei reingewaschen werden. Ihre Strahlen berühren jedes einzelne Blatt in der Umgebung. Durch den Anblick fühle ich mich sowohl geerdet als auch inspiriert. Hier habe ich begonnen, mein verlorenes Ich wiederzufinden.

»Na schön. Sieben Tage. Sechs Nächte. Heute ist Tag eins. Du kannst hier draußen bleiben.«

»Hier draußen?« Er streckt sich und sieht sich um. »Das ist perfekt. Wo wirst du schreiben?«

»Kannst du an Schreibtagen vielleicht zwischen zehn und zwei irgendwo anders sein?«

»Zwischen zehn und zwei?«

»Ja. Ich habe einen lockeren Zeitplan. Das mit dem Sonnenaufgang und dem Kaffee hängt natürlich von der Jahreszeit ab. Aber danach bringe ich die Kinder um acht zur Schule, laufe bis neun, gehe duschen und räume bis zehn auf. Von zehn bis zwei wird geschrieben. Mittagsschläfchen bis 14:45 Uhr. Um drei hole ich die Kinder ab. Hausaufgaben und Abendessen. *Glücksrad* und Wein. Bett.«

»Wow, klingt ja total locker. Sag mal, warst du lange beim Militär?«

»He, es funktioniert.« Mittlerweile ist mir bewusst, dass ich an diesem Tag wohl nichts mehr schaffen werde. Wie es aussieht, habe ich jetzt einen offiziellen Hausgast, und da es bereits halb elf ist, kann ich meinen Zeitplan für heute vergessen. Ich starre auf eine leere Seite mit einem mürrisch blinkenden Cursor und weiß, dass ich mich nicht in ein neues Projekt stürzen kann, während der *Sexiest Man Alive* hinter mir döst.

Als ich aufschaue, sieht er mich eindringlich an. »Störe ich dich?«, fragt er, wobei es ihm nicht leidzutun scheint.

»Nein. Na ja, vielleicht. Jedenfalls merke ich, dass heute nichts geht.« Ich klappe den Laptop zu, sammle die Bleistifte ein und greife nach meinem Becher. »Also werde ich die Verluste begrenzen und ein paar Besorgungen machen. Du kannst dich hier draußen ausruhen.« Ich hoffe, dass ihm nicht aufgefallen ist, wie ich das Wort *ausruhen* betont habe. *Ausruhen.* Als bräuchte er Erholung – ein alleinstehender Mann, der Make-up trägt und sich den Lebensunterhalt damit verdient, andere Menschen zu spielen.

»Kann ich mitkommen?«, fragt er.

»Zu meinen Besorgungen?« Offenbar habe ich es interessanter klingen lassen, als es ist. »Ich fahre nur in den Supermarkt.«

»Bin dabei«, verkündet er und schwingt die Füße auf den Boden. »Ich würde gern deinen Supermarkt sehen.«

Er folgt mir in die Küche, als ich meine Handtasche und den Autoschlüssel hole. Am Treppenabsatz zur Garage erstarre ich. Auf dem Ärmel meines Sweatshirts ist ein kleiner Fleck von Speckfett. Das stört mich nicht weiter, aber ich will nicht, dass Leo Vance meine dreckige Garage sieht. Ich will auch nicht, dass Leo Vance in meinen schmutzigen Subaru einsteigt.

»Alles in Ordnung?«, erkundigt er sich. Als ich mich umdrehe und ihn ansehe, erfasst es mich mit voller Wucht, wer er ist. Er glänzt ein wenig, und ich frage mich, ob er noch Make-up vom Drehen gestern trägt. Was auch immer er auf dem Land sucht, kann er wahrscheinlich auf der Veranda finden. Jedenfalls erwartet ihn in meiner Garage mit Sicherheit keine Heilung. »Gehen wir«, sagt er und öffnet die Tür zum Treppenhaus. Er steigt vor mir runter, somit gibt es kein Zurück mehr.

Eigentlich wäre meine Garage groß genug für zwei kleine Autos. Aber wegen des Rasenmähers, der Schubkarre, des Kompostbehälters und eines großen Sacks Dünger muss man sich seitwärts reinschieben, um sie zu betreten. Süßlicher Verwesungsgeruch hängt, vermischt mit einem Hauch von Schimmel und Dung, in der Luft, und ich kann das Garagentor gar nicht schnell genug öffnen.

»Erdig«, merkt Leo an und öffnet die Beifahrertür. Nachdem er eingestiegen ist, begutachten wir beide den Zustand meines Autos. Auf dem Armaturenbrett hat sich eine Staubschicht angesammelt, neben seinen Füßen stehen zwei Saftkartons.

»Arthur sitzt neuerdings vorn«, entbiete ich Leo als Erklärung, damit er nicht denkt, ich würde beim Fahren aus Saftkartons schlürfen. Mein klebriger Becherhalter quillt über vor Münzen und Tankquittungen. Das kann ich nicht Arthur in die Schuhe schieben.

Leo schiebt die Saftkartons mit einem Fuß beiseite und lässt das Fenster auf seiner Seite runter, als ich aus der Garage fahre. Die Magnolienbäume entlang meiner Einfahrt zeigen sich an diesem Vormittag in besonderer Flirtlaune und protzen mit ihren riesigen Blüten. Man könnte fast meinen, dass ihre Hormone auf die Anwesenheit eines waschechten Mannes in meinem Haus reagieren. Ich schäme mich beinah für sie.

»Und wie weit ist es zum Supermarkt?«, erkundigt sich Leo. Er sieht mich direkt an und wartet auf eine Erwiderung, während ich die Einfahrt zur Hauptstraße hinunterrolle und mit der Antwort hadere.

Natürlich sollte ich mit Leo zum *Whole Foods* in Pheasant Landing. Ich selbst bin dort erst wenige Male gewesen, aber es ist ein schicker Hochglanzladen. Quasi der Leo unter den Supermärkten. Dorthin ist es eine Viertelstunde, und wir müssten auf den Highway, aber es wäre wohl eher seine Kragenweite als mein üblicher Laden zum Einkaufen. Es fällt mir schwer, ihn mir im *Stop n' Save* vorzustellen. Der kleine Supermarkt liegt näher und ist wesentlich billiger, allerdings ist er innen wie außen ziemlich schäbig. Positiv dort sind die Selbstbedienungskassen. Ich kann also durch den Laden gehen, ohne mit einer Menschenseele reden zu müssen. Und freitags gibt es fast immer Konserven im Angebot.

Mittlerweile habe ich das Ende der Zufahrt erreicht. Nach links zum *Stop n' Save* oder nach rechts zum Highway? Da ich mittlerweile siebentausend Dollar reicher als heute Morgen beim Aufwachen bin, könnte ich mir locker den Weg nach rechts leisten. Aber ich kann den Gedanken nicht ertragen, mich schon wieder von einem Mann zwingen zu lassen, meine Kreditkartenabrechnung unnötig in die Höhe zu treiben. Also biege ich nach links ab.

Ich lenke meinen Kombi auf den Parkplatz des *Stop n' Save* und stelle den Motor ab. »Hast du eine Ahnung, worauf du dich einlässt?«

»Nein, hab ich nicht. Deshalb bin ich ja hier.« Er schenkt mir ein jugendliches, erwartungsvolles Lächeln.

»Mitternacht in Jakarta«, sage ich. Er schaut verwirrt drein. »Das Lächeln. Dasselbe hast du deinen Eltern, den Ladenbesitzern, sogar dem Polizeichef in *Mitternacht in Jakarta* geschenkt.«

»Das ist unheimlich«, meint er.

»Dass du ein Lächeln aus einem alten Film wiederverwertest? Finde ich auch.«

»Dass dir so was auffällt.« Lachend steigt er aus dem Auto.

»Kannst du einfach versuchen, nicht aufzufallen?«, ersuche ich ihn, während ich meine Einkaufstaschen vom Rücksitz hole. Er trägt eine Jeans, ein weißes T-Shirt und eine schwarze Lederjacke, die wahrscheinlich so viel kostet, wie mein Auto noch wert ist. »Vielleicht, indem du auf die Jacke verzichtest?«

Als er sie abstreift, habe ich plötzlich nur noch Schultern und Bauchmuskeln vor mir und muss die Augen von dem überwältigenden Anblick abwenden. »Zieh die Jacke wieder an«, fordere ich ihn auf.

Als er wissen will, wofür die Tüten sind, schüttle ich nur den Kopf. Ich lese meine Kundenkarte ein, damit ich den Handscanner für die Selbstbedienungskasse benutzen kann.

Leo zeigt sich baff. »Wie jetzt, das System weiß einfach, was man kauft?« Er dreht den mobilen Scanner in den Händen und späht in die Leseöffnung, als vermutete er, dass darin kleine Männchen arbeiten.

»Ja, durch die Barcodes.«

»Was ist mit Obst?«

»Zeige ich dir«, verspreche ich ihm.

Eine ältere, mir nicht bekannte Dame blockiert den Zugang zur Obst- und Gemüseabteilung. Mit den Händen am vollen Einkaufswagen und offenem Mund steht sie wie eine Statue da.

»Hallo«, grüßt Leo.

»Leo Vance«, sagt sie.

»Ja«, bestätigt er.

»Leo Vance«, wiederholt sie, ohne sich von der Stelle zu rühren.

»Sie haben mich erwischt.« Nachdem er ihr mehr als genug Zeit für eine Erwiderung gelassen hat, fährt er fort. »Also, wir müssen jetzt einkaufen. Ich hab den Scanner.« Er schwenkt das Gerät vor ihr und schenkt ihr ein Lächeln, das ich auf die Schnelle nicht zuordnen kann, obwohl ich es schon auf der Kinoleinwand gesehen habe.

Wie immer nähere ich mich der Obst- und Gemüseabteilung mit einem unguten Gefühl. Irgendein Mist passiert hier praktisch immer – Frauen, die sich ungefragt über ihr Eheleben auslassen, schräge Geständnisse, die keiner hören will, peinliche Konfrontationen. Ich will gar nicht erst davon anfangen. Als ich aufschaue und Anita Wallingford auf mich zukommen sehe, bin ich daher nicht überrascht.

Leo steht mit dem Rücken zu uns und inspiziert die Auswahl an Bananen. Er murmelt etwas darüber, wie billig sie sind, sogar die Bio-Sorte, dann wiegt er sie und druckt das Etikett aus.

Anita legt sofort los. »Hi, Nora! Wie geht's dir?« Schmollmiene. »Hab das von dir und Ben gehört. Einfach nur furchtbar.« Ich nicke zustimmend und hoffe, wir können weitergehen. »Nicht zu fassen, dass du mich nicht angerufen hast. Ich meine, ich musste es von jemand anders erfahren. Das hat mich schon ein bisschen verletzt.«

Das ist ein echter Knaller, sogar von Anita. Sogar in der Obst- und Gemüseabteilung. Ich kann nur die Worte wiederholen, die bei mir hängen geblieben sind. »Du bist verletzt, weil Ben mich verlassen hat?«

»Du hättest mich anrufen sollen. Ich meine, ich dachte, wir wären …«

Ich spüre eine Hand auf der Schulter. Leo hat sich umgedreht und sieht ihr in die Augen.

»Sie war mega beschäftigt. Ich bin Leo.« Ich vermute stark, er hat einen Schmachtblick aufgesetzt, als er ihr die Hand entgegenstreckt.

Eigentlich würde ich ihn mir gern ansehen, weil er mir nie einen schenkt, aber ich kann die Augen gerade nicht von der verflixten Anita Wallingford lösen. Sie starrt ihn an, dann mich, schließlich wieder ihn. Der winzige Mikrocomputer hinter ihren Augen überhitzt, erleidet womöglich einen Kurzschluss. Und einen Herzschlag lang liebe ich die Obst- und Gemüseabteilung.

»War schön, dich zu sehen«, sage ich, packe Leo am Arm und ziehe ihn mit zum Feinkostbereich.

»Was stimmt nicht mit der Frau? Und wer ist Ben?«

»Ben ist Trevor. Und im Supermarkt rede ich nicht über ihn.«

»Also ist es eine wahre Geschichte?«, fragt er. »Du bist Ruth?«

»Die Geschichte ist größtenteils wahr, und ich bin größtenteils Ruth.«

»Krass«, befindet Leo und nickt.

Ich begutachte die Auswahl an Hühnerfleisch. Ein ganzes Hähnchen kostet 8,55 Dollar das Kilo, ein ganzes zerlegtes Hähnchen 9,40 Dollar das Kilo, Hühnerfilet 8,20 Dollar das Kilo. Ich schwöre, manchmal fühlt sich die Geflügelabteilung im *Stop n' Save* wie die New Yorker Börse an. Die Preise scheinen sich willkürlich zu verändern, und nur wer sich schlau anstellt, kann einen guten Deal landen. Ich muss gestehen, dass ich ein Genie beim Kauf von Hühnerfleisch bin.

»Hat dich gerade der Schlag getroffen oder so?« Leo beobachtet, wie ich konzentriert die Vitrine betrachte.

»Nein, ich rechne nur. Ich denke, wir nehmen das hier. So zahlen wir wenigstens nicht für die Knochen.« Damit greife ich mir zwei Packungen Filet.

Leo nimmt eine Packung Putenhackfleisch. »Brauchst du das nicht für deinen ekligen Hackbraten?«

»Nicht am Freitag. Putenhackfleisch ist am Samstag im Angebot. Fast immer.«

»Aha«, sagt Leo. »Und wann kaufen wir Steaks?«

»Zu Weihnachten.«

Leo scheint nicht viel Erfahrung mitzubringen, wenn es darum geht, Lebensmittel aus dem Auto zu holen. Trotzdem gelingt es ihm, es vorzutäuschen und ein paar Tüten die Verandatreppe hinaufzutragen. An der Eingangstür stehen ein schwarzer Louis-Vuitton-Rollkoffer und eine große weiße Papiertüte.

»Was ist das alles?«

»Oh, ich hab mir nur von Weezie ein paar Sachen von zu Hause herschicken lassen. Und sie hat zum Mittagessen etwas von *Louise's* geholt. Magst du Hummersuppe?«

»Normalerweise esse ich nicht zu Mittag. Was hältst du davon, wenn ich die Einkäufe wegräume, während du im Teehaus isst?«

»Hast du schon genug von mir?«

»Ein bisschen«, erwidere ich. Er salutiert verspielt vor mir, bevor er mit seinem Krempel den Weg hinters Haus antritt.

Ich texte Kate. Ich texte Penny. Wenig später ernte ich ein zufriedenstellendes Maß an Verblüffung und Ehrfurcht. Leo Vance bleibt die ganze Woche.

KAPITEL 4

Kaum bin ich aus dem Auto gestiegen, wird mir klar, dass alle über Leo Bescheid wissen. Mütter mit Lippenstift und gestyltem Haar erwarten mich mit Enttäuschung in den Gesichtern. Kate fragt als Erste: »Wo zum Geier ist er? Und ich hab's niemandem erzählt, nur damit du's weißt.«

»Wir haben Anita Wallingford im *Stop n' Save* gesehen, war also klar, dass es sich wie ein Lauffeuer verbreitet. Lustigerweise ist sie sehr verletzt, weil Ben mich verlassen hat.«

»Klingt einleuchtend. Warte, *wir*?« Zusammen begeben wir uns zum Spielplatz, der in sicherer Entfernung zu den Eingangstüren liegt.

»Ja, er wollte unbedingt mitkommen. Wenn ich mich nicht rausgeschlichen hätte, wäre er wahrscheinlich jetzt auch hier. Er steckt wohl in irgendeiner Krise und will eine Weile so tun, als wäre er ein Normalsterblicher. Der Preis für Bananen hat seine Welt echt erschüttert.«

»Sie sind ungewöhnlich billig.«

»Stimmt.«

»Und wo ist er jetzt?«

»Im Teehaus. Dorthin hat er sich mit seinem Mittagessen verzogen – aus Manhattan angelieferte Hummersuppe. Das war vor zweieinhalb Stunden.«

»Ich kann's einfach nicht glauben«, sagt sie zum gefühlt hundertsten Mal. Unsere Jungs kommen zuerst heraus, werfen uns die Rucksäcke vor die Füße und rennen los zum Basketballplatz. Bernadette und Cooper, Kates jüngerer Sohn, folgen wenige Minuten später und laufen direkt auf uns zu.

»Stimmt es, dass Leo Vance die Nacht auf eurer Veranda verbracht hat?«, will Cooper wissen.

»Ja.«

»Siehst du?« Bernadette schneidet eine Grimasse in seine Richtung.

»Und er bleibt noch eine Woche.« Als ich es mich sagen höre, wird mir zum ersten Mal klar, dass es meinen Kindern unangenehm sein könnte. Seine Anwesenheit könnte verstärken, was sie angesichts dessen empfinden, dass Ben uns verlassen hat. Und überhaupt, woher weiß ich, dass er nicht pervers ist? »Wenn das für euch in Ordnung ist«, füge ich hinzu.

Bernadette springt mir förmlich in die Arme. »Oh Mami, das wird die tollste Woche aller Zeiten. Ein Filmstar übernachtet bei uns!« Als die Umarmung endet, dreht sie sich Cooper zu, schneidet erneut eine Grimasse und erklärt ihm, dass wir jetzt nach Hause müssen – zu unserem Filmstar.

Als wir alle im Auto sitzen, versuche ich, es zu erklären. Ja, er hat eine eigene Wohnung. Nein, er hat keinen Nervenzusammenbruch erlitten. Vielleicht will er nur ein bisschen Ruhe und Privatsphäre. Vielleicht will er mal Hackbraten probieren. Bernadette unterstreicht jeden meiner Sätze mit »Oh mein Gott!«. Arthur schweigt. Und schweigt immer noch, als wir in die Garage rollen. Und immer noch, als er in der Küche seinen Rucksack auspackt.

Ich beiße an. »Schatz, ist es für dich auch in Ordnung? Stört es dich, dass ich Leo gesagt habe, er kann bleiben?«

»Es ist nur irgendwie schräg, Ma. Er ist nicht mal … Vergiss es. Passt schon.«

»Könnte auch lustig werden«, meine ich. »Und es ist ja nur für eine Woche.«

»Passt schon«, wiederholt er. Mehr bekomme ich aus Arthur nicht heraus.

Gegen fünf klopft Leo an die Tür zum Wintergarten. Bernadette rast hinüber, um ihn hereinzubitten. »Hi! Was hast du draußen gemacht?«, will sie wissen.

»Ich hab Suppe gegessen, ein bisschen gelesen und bin dann eingeschlafen. Ein perfekter Nachmittag. Bin ich zum Abendessen eingeladen? Ich hab mit dem Gedanken gespielt, euer komisches Essen zu probieren.« Er verzieht das Gesicht, was Bernadette prompt erwidert.

»Das Abendessen ist im Preis inbegriffen«, erkläre ich. Wir haben Freitag, Pasta-Abend.

Arthur schaut von seinen Zetteln auf. »Hi«, grüßt Leo. Das muss ich ihm lassen: Stimmungen kann er deuten. Er weiß, dass er Bernadette überschwänglich begegnen kann, bei Arthur hingegen Zurückhaltung angesagt ist. Leo holt sich ein Glas und meinen billigen Sauvignon blanc aus dem Kühlschrank, bevor er sich zwei Hocker entfernt von Arthur niederlässt. »Hausaufgaben?«, fragt er.

Arthur schaut kaum auf. »Nein, ein Theaterstück.«

Leo hakt nach: »Eines, das du liest, oder eines, in dem du mitspielst?«

»Ich trete in der Aufführung der fünften Klasse von *Oliver Twist* auf. Als Fagin. Und ich hab nur fünf Tage, um den gens tausche ich meine Badematte durch seine aus, weil meine etwas neuer ist. Warum benehme ich mich wie eine Verrückte? Weil, so sage ich mir, Leo Vance da drin nackt sein wird.

Es ist Samstag, und er ist rechtzeitig für den Sonnenaufgang wach. Als ich ihm eine Tasse Kaffee reiche, versuche ich, mich zu erinnern, ob ich schon je ein Danke von ihm gehört habe. Schweigend beobachten wir den Himmel. Als die Sonne vollständig aufgegangen ist, gähnt er und kündigt an, dass er sich wieder hinlegt. Muss schön sein.

Samstage bei mir zu Hause gleichen einem Rätsel, das es zu lösen gilt. Ich muss einen Wolf, ein Schaf und ein Huhn über den Fluss befördern, und alle müssen überleben. Unsere Variablen dabei sind Fußball, Baseball, Tanzen und Verabredungen zum Spielen. Die Beteiligten müssen mit Speis und Trank versorgt werden, und mehrere Kleidungswechsel finden direkt im Auto statt.

Als Ben noch bei uns war, hat er ständig über die Samstage gestänkert. Ich vermute, seine miese Laune hatte zwei Gründe. Zum einen drehten sich die Samstage nicht um ihn, zum anderen konnte er sich durch die Hunderte Dollar, die wir pro Saison für die Aktivitäten der Kinder ausgaben, weniger Krempel für sich selbst kaufen. »Können sie nicht einfach draußen rumlaufen?«, fragte er häufig. Dabei vergaß er offenbar, dass er mit regelmäßigen Tennis- und Golfstunden in einem Privatclub aufgewachsen war. Aber bei dem Thema bin ich immer unnachgiebig geblieben. Durch das Sparen beim Hühnerfleisch im Angebot und bei den undichten Dachrinnen habe ich es meinen Kindern ermöglicht, Dinge auszuprobieren, die ihnen vielleicht gefallen würden. Ben hat das in den Wahnsinn getrieben.

Beim Frühstück fragte er oft vor den Kindern, welchen Sport er diesmal über sich ergehen lassen müsse. Wenn er dann angeblich völlig desinteressiert bei der jeweiligen Veranstaltung aufkreuzte, schimpfte und fluchte er lauthals über die Schiedsrichter oder die Eltern der gegnerischen Mannschaft. Offensichtlich interessierte es ihn doch ein wenig.

Natürlich galt das eher für Bernadette, die realistische Chancen hatte, es in ein Team zu schaffen, das sie nicht aus rechtlichen Gründen aufnehmen musste. Arthur hingegen ist mit zwei Eigenschaften geschlagen, die sportliche Erfolge vereiteln: Er ist auffallend ungeschickt und zeigt null Interesse an Sport. Das sind Fakten, keine persönliche Meinung. Ich habe schon miterlebt, wie mein Sohn mitten in einem Basketballspiel auf dem Spielfeld stehen geblieben ist, um seine Uhr aufzuziehen. Jedes Mal, wenn Arthur den Platz verließ, konnte man unmöglich die Abscheu in Bens Gesicht übersehen.

Samstage ohne Ben sind zwar doppelt so anstrengend, aber auch doppelt so schön. Beim Frühstück hecken wir drei den Plan aus – wie es mit dem Essen laufen soll, wann die Trikots und Stollenschuhe gewechselt werden, welche Spiele ich mir ganz ansehen kann und bei welchen ich mittendrin weghetzen muss. Am Ende jedes Samstags besorgen wir uns Essen zum Mitnehmen und beglückwünschen uns gegenseitig für alles, was wir zustande gebracht haben.

Gegen sechs Uhr abends rollen wir an diesem Samstag in die Garage. Die Kinder räumen ihren Krempel in den

Abstellraum, ich trage die Pizza hinauf. Im Haus ist es dunkel, und ich sehe, dass im Teehaus die Lichter an sind. Ich bitte Arthur, hinüberzugehen und Leo zu fragen, ob er Hunger hat.

»Ich geh da nicht raus«, erwidert er und nimmt sich ein Stück Pizza aus der Schachtel.

»Ich gehe.« Und schon hat Bernadette den Wintergarten verlassen. Im Nu ist sie mit erloschener Begeisterung wieder da. »Da drüben ist ein Saustall, und er schläft.«

Ich frage mich, ob der Aufenthalt für ihn eine Sauftour ist. Vielleicht will er nur hierbleiben, damit ihn niemand überwachen kann. Vielleicht hat er beschlossen, eine Woche lang betrunken um seine Mutter zu trauern. Nicht zum ersten Mal kommt mir der Gedanke, was für ein Luxus es ist, allein zu sein und sich einfach gehen lassen zu können. Ganz zu schweigen von dem Luxus, sich eine Woche Urlaub leisten zu können.

Um Mitternacht weckt mich das Geräusch der Toilettenspülung aus dem Badezimmer im Flur. Ich höre, wie Leo die Treppe wieder hinuntergeht und durch die Tür zum Wintergarten verschwindet. Keine Ahnung, ob ich mich je daran gewöhnen werde, mit unverschlossener Hintertür zu schlafen. Aber wenigstens weiß ich jetzt, dass mein Gast noch lebt.

Am Sonntag ist Leo erneut pünktlich für den Sonnenaufgang auf den Beinen. Aus irgendeinem Grund fühlt sich sein frühes Aufstehen unvereinbar mit seinem sonstigen Verhalten an. Ich teile ihm meinen Gedanken mit. »Für jemanden, der den ganzen Tag trinkt, stehst du ganz schön früh auf.«

»Ich trinke nicht den ganzen Tag.«

»Was machst du dann da draußen?«

»Ich schaue ins Feuer. Ich lese. Ich beobachte den Wald hinten. Und ich trinke ein bisschen.«

»Also, du kannst auch gern ins Haus kommen, wenn dir das zu langweilig wird.«

»Passt schon«, gibt er zurück. »Da, jetzt kommt's. Das ist der beste Teil.«

Wir beobachten, wie das Violett erst in Rosa, dann in Orange übergeht und sich die Konturen der Vögel in den Bäumen im Gegenlicht abzeichnen. Als das Spektakel endet, seufzen wir beide leise.

»Willst du ein paar Eier?«, frage ich ihn.

»Ne«, antwortet er und geht zurück ins Bett.

Der Sonntagnachmittag ist wunderschön. Wir haben sämtliche Fenster im Wintergarten geöffnet, wodurch es sich praktisch anfühlt, als säßen wir im Freien. Die Tür zum Teehaus steht offen, aber ich kann nur den leeren Tisch sehen, nicht die Liege, auf der Leo vermutlich an die Decke starrt.

Ich habe einen Schmorbraten im Schmortopf und fühle mich dadurch wie mein Super-Ich. Das Abendessen ist nicht nur bereits vor meinem Lauf um neun Uhr zubereitet, es duftet auch im ganzen Haus so, als würde jemand für mich kochen. Normalerweise verwende ich den Schmortopf sonntags nicht, aber ich weiß, dass ich heute eingespannt sein werde. Arthurs erste Probe ist am Mittwoch nach der Schule, und heute wird das zu meinem Problem. Heute schlagen seine Beteuerungen *»Ich hab's im Griff, alles* *gut«* in nackte Panik um. Nichts hat er im Griff, gar nichts ist gut.

Aus meinen eigenen Kindertagen weiß ich, dass im Alter von zehn Jahren viel auf dem Spiel steht. Man wandelt auf dem schmalen Grat zwischen Kindheit und Jugend, und jeder einzelne Fehltritt kann einen für immer ins Reich der Uncoolen verdammen. Die Kinder um einen herum planen unterbewusst, einen in der Mittelstufe abzuservieren. Wenn man also kein Alphakind ist, muss man sich dafür mit einem Ersatzfreundeskreis wappnen. In der fünften Klasse zu sein gleicht dem Versuch, eine Bombe zu entschärfen – und in Arthurs Fall obendrein mit verbundenen Augen.

Mein Sohn und ich sitzen auf der Couch im Wintergarten und teilen uns ein Drehbuch, gehen den Text noch einmal durch, bevor ich ihn Arthur auswendig aufsagen lasse. Er ist auf die Art nervös, wie man es ist, wenn man fix mit dem eigenen Versagen rechnet. Und er hat entschieden, dass es meine Schuld ist. Wenn sonst nichts schuld ist, dann immer die Mutter.

»Du bist als Oliver echt mies, Ma. Ich meine, wie soll ich meinen Text bringen, wenn du wie ein Roboter liest?«

Seufz. »Soll Bernadette übernehmen?« Bitte, lieber Gott.

»Die ist noch schlechter als du. Mach weiter.«

Wir gehen die nächsten Seiten seiner ersten Szene durch, und ich bin mir ziemlich sicher, dass er jeden Moment in Tränen ausbrechen wird. »Wie wär's, wenn wir es mit der Musik versuchen?«, schlage ich vor. »Bernie, hol den Soundtrack, dann versuchen wir, bei Fagins Liedern mitzusingen.«

»Na gut«, sagt Arthur, obwohl gar nichts gut ist.

»Oh! Das gefällt mir«, sage ich. Spontan stehe ich auf und singe drauflos: *»You can go but be back soon …«* Dazu bewege ich schwungvoll die Arme und schunkle ein wenig. Die Kinder lachen über mich, was völlig in Ordnung ist, weil vorerst niemand weint.

Als das Lied endet, ruft Arthur: »Noch mal!«

Von der Tür des Wintergartens höre ich: »Großer Gott, bitte nicht.« Leo lädt sich barfuß zu uns ein. »Du …« Kopfschüttelnd wendet er sich an Arthur. »Kumpel, du bist erledigt.«

»Kannst du laut sagen«, erwidert Arthur. Und schon lachen Bernadette und er wieder.

»He, so schlecht bin ich auch wieder nicht«, verteidige ich mich.

»Nora, doch, du bist so schlecht. Dein Fagin ist fast noch deprimierender als dein Film«, sagt Leo, und jetzt lachen sie alle.

Wir folgen Leo in die Küche, wo er sich an einem weiteren der für Mickey vorgesehenen Biere vergreift. »Riecht gut hier drin.«

»Das ist ein Schmorbraten«, sagt Bernadette. »Den kann sie besser als tanzen.« Weiteres Gelächter.

Macht mir nichts aus, dass ich die Zielscheibe der Witze des Abends verkörpere. Ob über mich oder mit mir, das Lachen hat die Anspannung aus dem Raum gefegt. Wie schön wäre es, das Abendessen einer lachenden Runde servieren zu können? Wie schön wäre es, wenn sich Arthur so entspannen würde, dass er tatsächlich wenigstens einen Teil seines Texts ins Gedächtnis bekäme? Das wäre es mir total wert, die Witzfigur des Abends abzugeben.

Wir setzen uns zu Schmorbraten, Karotten, Reis und Salat an den Tisch. Ich öffne eine Flasche Chardonnay in dem Wissen, dass ich sie teilen muss.

Arthur wendet sich an Leo. »Du kennst Fagin also? In dem Stück?«

»Ja«, antwortet Leo. »Und ich weiß, dass er nicht ist, was auch immer *das* sein sollte.« Er deutet mit der Gabel auf mich, und wieder folgt eine Runde Gelächter.

»Ja, das Gefühl hatte ich auch«, sagt Arthur. »Hältst du ihn für einen Schurken? Ist ein bisschen verwirrend, weil er ja ziemlich nett zu den Jungs ist.«

»Ich finde, er ist ein Schurke der besten Art«, antwortet Leo. »Ein Schurke, der zwar etwas Schreckliches tut, den man aber trotzdem gernhaben kann. Auch wenn er die Jungs ausnutzt, merkt man ihm seine Menschlichkeit an. Charaktere wie Fagin bringen auf den Punkt, was es bedeutet, ein Mensch zu sein – wir alle haben sowohl helle als auch dunkle Seiten.« Damit verschlägt er uns die Sprache. »Was ist?«, fragt er. Und wir alle fangen an zu lachen.

»Wo ist das denn hergekommen?«, will ich wissen.

»Das waren eine Menge Worte«, merkt Bernadette an.

»Na ja, das ist sozusagen mein Revier. *Oliver Twist* ist zufällig mein Lieblingsstück. Und ich habe Fagin schon gespielt.«

»Oh, komm schon«, rutscht es uns allen gleichzeitig heraus. Bernadette wirft ihre Serviette auf den Tisch.

»Ich werde dir nicht helfen. Ich werde dich nicht dazu verleiten, Schauspieler zu werden«, sagt er zu Arthur. »Das ist so sinnentleert.«

Arthur lächelt. »Glaubst du ernsthaft, ich könnte mit der Frau als Mutter Schauspieler werden? Ich bin ja halb sie!« Darüber lachen wir alle zusammen.

Einen Moment lang bleibt die Zeit stehen, während ich die Wärme dieser Klänge spüre und beobachte, wie das schwindende Tageslicht Schatten in die drei Gesichter zaubert – meine Kinder und der berühmteste Schauspieler Amerikas.

Leo schenkt sich ein weiteres Glas Wein ein, und auch ich fülle sicherheitshalber mein Glas auf, solange noch etwas übrig ist. Ich bin lernfähig. Er trinkt einen Schluck und lümmelt sich auf die irritierende Art eines Teenagers auf dem Stuhl zurück. »Wenn ich einverstanden bin, nur heute Abend mit dir zu proben, versprichst du mir dann, dass du nie professioneller Schauspieler wirst?«

Ich wäge Risiken gern ab und finde, das wäre ein ziemlich sicheres Versprechen. Die Wahrscheinlichkeit, dass Arthur je professioneller Schauspieler werden will, liegt bei etwa einem Prozent. Und die, dass sich Leo bis dahin überhaupt noch an ihn erinnert, sogar darunter.

Arthur sieht Leo nachdenklich an. »Das verspreche ich nicht. Aber ich brauch wirklich Hilfe.« Der Mumm in der Äußerung zaubert Bernadette und mir ein Lächeln ins Gesicht.

»Sieht so aus, als hättest du bei dem da einen vollständigen Satz Grübchen hinbekommen«, stellt Leo fest. »Wie viel Zeit haben wir?«

Arthur wirkt drauf und dran, ihn zu umarmen, überlegt es sich jedoch anders. »Die Proben fangen am Mittwoch an.«

»Verlagern wir uns dafür ins Wohnzimmer. Wir brauchen Bewegungsfreiheit.«

Und damit gehen sie ans Werk. Ich verdrücke mich in die Küche, um das Geschirr abzuwaschen. Dabei versuche ich, mich daran zu erinnern, wann mir zuletzt ein Erwachsener eine meiner Aufgaben abgenommen hat. Ben ist früher manchmal losgefahren, um Klopapier zu besorgen oder die Kinder von der Schule abzuholen. Mir wird gerade bewusst, wie lange ich das alles schon allein bewältige.

KAPITEL 5

Es ist Montag, und Leo hält Arthurs Kopie von *Oliver Twist* in der Hand, während er sich den Sonnenaufgang ansieht. »Hi«, grüßt er, ohne den Kopf zu drehen.

Ich setze mich neben ihn auf die Verandaschaukel und stelle fest, dass er offenbar durchschaut hat, wie man meine Kaffeemaschine bedient. »War wirklich nett, dass du gestern Abend mit Arthur gearbeitet hast.«

»Sag's ihm nicht, aber er ist ein Naturtalent.«

»Fiele mir nicht im Traum ein.«

Wir schweigen, während die Sonne auf das dunkelorange Finale ihres Auftritts zusteuert.

»Schreibst du heute?«, erkundigt er sich schließlich.

»Ich will's versuchen. Was hast du vor?«

»Ich spiele mit dem Gedanken, mir die Ortschaft anzusehen.«

Und so begibt es sich, dass ich an dem Tag doch nicht schreibe, sondern mit Leo Vance einen Rundgang durch Laurel Ridge unternehme. Im Wesentlichen besteht die Kleinstadt aus einer Geschäftszeile mit einem Supermarkt an einem Ende und einer Buchhandlung am anderen. Im Supermarkt kauft Leo Käse und ein Baguette. Und ein Glas Marmelade einer Geschmacksrichtung, die er noch nie gesehen hat. Er fragt, ob er die Salami probieren kann, und bestellt ein halbes Kilo davon. Dann nimmt er noch Beeren und Kiwis wie ein Kind, das sich aus dem Regal an der Kasse Süßigkeiten greift.

»Schwebt dir ein Picknick vor?«, frage ich ihn, als wir den Supermarkt mit Tüten beladen verlassen.

»Nein. Mir hat nur gefallen, wie die Sachen aussehen. Gehen wir da rein.« Er deutet auf einen überteuerten Haushaltswarenladen, der keine Chance hat, das Jahr in dieser Kleinstadt zu überleben. Tatsächlich bin ich aus Prinzip noch nie drin gewesen.

Zwei Verkäuferinnen plaudern hinter der Ladentheke und verstummen abrupt, als sie Leo erblicken. Es wird so still, dass es peinlich ist.

»Hallo?«, sagt er in fragendem Ton.

Die ältere Verkäuferin kommt um die Theke herum. »Hallo. Entschuldigung. Ich war nur überrascht, Sie hier zu sehen. In meinem Laden.« Unwillkürlich bewundere ich ihre Ehrlichkeit.

Leo streckt die Hand aus und stellt sich völlig unnötigerweise vor. »Ich bin Leo. Und das ist Nora. Ich wohne eine Weile bei ihr.«

Beide Frauen mustern mich von oben bis unten. Wahrscheinlich wollen sie erraten, welcher Hexerei ich diesen vermeintlichen Segen zu verdanken habe. *Er macht sich im Bad gegenüber von meinem Schlafzimmer nackig,* würde ich sie gern wissen lassen. Denn irgendjemand sollte es wissen.

Leo sieht sich im Laden um, fasst jede Kaffeetasse, jedes Kissen, jede Salatzange an. »Ich nehme die hier«, sagt er und hält ein Set elfenbeinfarbener Laken hoch, womit er der Ladenbesitzerin ein Japsen entlockt. Dann fragt er mich: »Worin schläfst du? Doppelbett?«

»Ja«, bestätige ich – sehr leise, denn erstens scheint es mir eine ziemlich persönliche Frage zu sein, und zweitens halte ich es für möglich, dass diese Frauen gedacht haben, er hätte mein Bett längst gesehen.

Er greift sich ein Set der Laken in der entsprechenden Größe und reicht es der Ladenbesitzerin. »Ich wette, deine Laken sind scheiße«, sagt er zu mir. Als ich zu einem Protest ansetze, hebt er die Hand, um mich zu bremsen. »Lass mich einfach machen.« Er sieht mir eindringlich in die Augen, bis ich zustimmend nicke. »Was noch? Magst du Kaffeebecher?«

»Ja.«

»Ich auch.« Leo wandert umher und sammelt mehrere kleine Artikel ein, bis er das Angebot an Handtüchern entdeckt. »Wir brauchen neue Handtücher. Und fang gar nicht erst zu diskutieren an.« Soll mir recht sein. Er wählt vier Sets der luxuriösesten Handtücher aus, die ich je gefühlt habe. Sie weisen einen hellen Aquamarinton auf, der perfekt zu den verblassenden Fliesen im Badezimmer der Kinder passt. Er reicht sie der leicht keuchenden Frau.

Als er mich dann auch noch davon überzeugt, dass mein Weinöffner »Schrott« ist, hat er bereits mehr Krempel ausgesucht, als wir tragen können. Die beiden Damen bieten beflissen an, alles zu mir nach Hause zu liefern.

»Mein Haus fühlt sich wie nach einem *Pretty-Woman*-Moment«, merke ich auf dem Weg zum Buchladen an.

»Ich komme sonst nie zum Einkaufen. Weezie hat eine Frau engagiert, die meine Klamotten auswählt. Jemand anders hat alles in meinem Apartment ausgesucht. Und in meinen anderen Häusern.«

»Das ist schräg.«

»Ja. Dabei fühlt es sich gut an, eine Handtuchfarbe auszuwählen und zu entscheiden, welche Bananen schön aussehen.«

»Ist das der Grund für deine Vorstadtkrise? Du willst eigene Entscheidungen treffen?«

Leo erwidert nichts, und ich fürchte, ich bin ihm damit zu nahe getreten. Außerdem habe ich mich nicht bedankt, und mittlerweile scheint es zu spät dafür zu sein. Mit Leo an der Seite, betrete ich den Buchladen und stelle ihm Stewart vor, den Besitzer. Prompt erkundigt sich Stewart, ob er ein Foto mit Leo für seinen Instagram-Account machen darf, und Leo willigt ein.

Während wir uns umsehen, berührt er jeden Buchrücken und erklärt sich bereit, mit drei Kunden für Selfies zu posieren. Schließlich entscheidet er sich für ein Buch über französische Provinzküche – obwohl er nicht kocht – und einen neu erschienenen Roman von Stephen King.

Ich muss zugeben, dass es mir gefällt, mit Leo durch den Ort zu schlendern. Leute, die ich kenne, grüßen uns überrascht und neugierig. Beides finde ich besser als Mitleid. Jedermann weiß, dass Ben mich verlassen hat. Und es ist auch gemeinhin bekannt, dass er mich gewissermaßen benutzt und weggeworfen hat. *»Dabei hat sie alles für den Mann getan«*, meinen die Leute oft und schütteln dazu den Kopf. Ich glaube, neben Mrs. Sanducci, die sechsundachtzig und seit Kurzem verwitwet ist, bin ich die wohl einzige alleinstehende Frau im Ort. *Seht nur, wie ich mich amüsiere,* würde ich gern sagen. *Guckt mal, mit welchem Promi ich unterwegs bin.*

Wir schauen im Handwerkerladen bei Mr. Mapleton vorbei, und Leo will eine Sprühdüse für meinen Gartenschlauch kaufen, weil er sie witzig findet. Ich führe an, dass ich den Daumen benutze und damit dieselbe Wirkung erziele. Prompt rotten sich Leo und Mr. Mapleton gegen mich zusammen.

»Die Frau lebt wie der Unabomber«, sagt Leo. »Sind Sie schon mal bei ihr zu Hause gewesen?«

»So ist sie eben, sie will von allem das Schlichteste. Und das benutzt sie dann so lange, bis es ihr in den Händen zerbröselt«, meint Mr. Mapleton zu Leo.

»Sie sollten mal ihre Badetücher sehen«, erwidert Leo lachend.

»Ich kann sie mir vorstellen«, sagt Mr. Mapleton. »Der Ehemann war das genaue Gegenteil. Er ist ständig hier aufgekreuzt und hat sich eine neuere Version von etwas gekauft, das er schon hatte. Ich habe oft zu meiner Frau gemeint: ›Dieser Ben hat alles, nur keinen Job.‹«

Obwohl ich den Spruch schon tausendmal gehört habe, lache ich, weil es stimmt. Und weil Mr. Mapleton immer auf meiner Seite gewesen ist. »Und er hat alles mitgenommen«, füge ich hinzu. »Ich stelle mir gern vor, wie Ben mit sechs Sätzen Drehmomentschlüsseln durch die Gegend wandert.«

Leo packt die Sprühdüse in die Tasche mit dem Käse, und wir verabschieden uns.

»Genießen Sie den Aufenthalt«, wünscht Mr. Mapleton. »Ich behalte Sie im Auge.«

»Was kommt jetzt?«

Ich weiß gar nicht mehr, wie oft er mich das heute schon gefragt hat. Das letzte Mal war die Antwort: *Ich bringe die Kinder ins Bett.* Und davor: *Wir sehen uns* Glücksrad *an.* Davor wiederum: *Wir essen zu Abend.* Zwischen Schule und Abendessen wurde zwei Stunden lang Fagin geprobt. Ich bin mir nicht sicher, ob Arthur auch seine Hausaufgaben gemacht hat.

Nachdem ich mir ein Glas Wein eingeschenkt habe, steuere ich auf den Wintergarten zu.

»Kann ich mitkommen?« Auch diese Frage habe ich heute zigfach gehört.

Ich kehre um und hole ein zweites Glas.

Mein Wintergarten ist gerade groß genug für eine kleine Couch, einen Sessel und einen Kaffeetisch. Ich habe darin immer zwei Farne, einen absterbenden, einen aufblühenden, ein regelmäßiges Wechselspiel von Trauer und Ersatz. Sie weisen zur Wiese, die zum Teehaus führt. Wie ich sehe, hat Leo dessen Tür offen gelassen, als wollte er später den Eindruck haben, er werde willkommen geheißen.

Vorerst lässt er sich auf der Couch nieder, also nehme ich den Sessel. Er trägt ein Hemd und Shorts. So vermittelt er den Eindruck, in die Hamptons oder nach Malibu zu gehören – überallhin, nur nicht auf meine durchhängende beige Couch. »Schreibst du morgen?«, erkundigt er sich.

»Denke schon. Ich muss was Neues anfangen.« Ich nippe an meinem Wein.

»Lass besser die Finger von Musicals«, rät er mir mit einem ironischen Lächeln. Das ich schon mal irgendwo gesehen habe.

»Die Rose Afrikas«, sage ich.

»Hör auf damit«, fordert er mich auf. »Und was ist die Inspiration für das nächste Drehbuch?«

»Eigentlich gibt's dafür keine Inspiration, eher so was wie eine mathematische Formel.«

Er nippt an seinem Wein und lehnt sich auf die Polsterung der Couch zurück. »Erklär mir das.«

»Ich schreibe Filme für den Romance Channel.«

»Nein.«

»Doch.«

»Diese zweistündigen Filme, die hauptsächlich aus Werbung bestehen?«

»Also, davon hab ich schon eine Menge geschrieben. Das ist mein Job.«

»Unfassbar.« Er schenkt uns beiden noch etwas Wein ein, leert damit die Flasche. »Und warum ist das wie Mathematik?«

»Vielleicht nicht Mathematik. Hast du als Kind je Lückentexte ausgefüllt? Du weißt schon, wo man Substantive, Adjektive und Verben einsetzt, und am Ende kommt eine Geschichte dabei raus?«

»Ja.«

»Das mache ich.«

»Versteh ich nicht.«

»Nenn mir ein Geschlecht, einen Ort und einen Beruf.«

»Okay … weiblich, Chicago, Bauunternehmerin.«

»Gut, das ist einfach. Stephanie, eine junge Mitarbeiterin bei einem Bauunternehmen aus der Stadt, reist ins ländliche Illinois, weil sie dort eine Milchfarm kaufen und in ein Seminarzentrum für Unternehmen verwandeln will.

Der junge, gut aussehende Besitzer der Farm will nicht verkaufen, und sie geraten aneinander. Als sie mehr Zeit auf der Farm verbringt, wird ihr klar, wie wichtig sie für die Gemeinde ist, und die beiden verlieben sich ineinander. Tatsächlich hilft sie ihm in der nächsten Woche sogar beim Organisieren des alljährlichen Fests zum Gründertag. Sie küssen sich. Am Abend vor dem Gründertag kriegt sie einen Anruf und erfährt, dass sie die Farm sofort schließen muss, sonst verliert sie ihren Job. Sie reist nach Chicago ab. Er ist untröstlich.«

»Oh nein.«

»Oh doch. Aber halt, der Gründertag bricht an – den man übrigens durch so ziemlich jede Gemeindeveranstaltung ersetzen kann, Anzünden der Weihnachtsbaumbeleuchtung, Eröffnung einer Suppenküche, ein Kinderkonzert. Jedenfalls schleppt sich der junge Farmbesitzer lustlos hin, und wer kommt zurück? Stephanie!«

»Ja!«

»Als sie in Chicago war, hat sie erkannt, dass dieses Großstadtleben nichts für sie ist. Sie hat beschlossen, in der Provinz zu bleiben. Oh, und nebenbei hat sie noch eine brillante Idee, um die Farm zu retten. Ende.«

»Das ist so seicht. Und es ist immer dasselbe?«

Ich trinke den Rest meines Weins aus. »So ziemlich. Natürlich ändere ich die Namen und den Ort. Und die Rollen der Geschlechter wechseln. Die halbe Zeit geht der Kerl weg.«

»Aber er kommt immer zurück?«

»Immer.« Zwischen uns verstreicht ein Moment, in dem ich mir ziemlich sicher bin, dass wir beide an Ben denken.

Aus irgendeinem Grund verspüre ich den Drang, Leo wissen zu lassen, dass ich Ben nicht zurückhaben will, sondern mich ohne ihn glücklich und erfüllt fühle.

Er prescht vor und spricht es für mich aus. »Aber Trevor ist endgültig weg.«

»Ja«, bestätige ich. Leo sieht mich an, als wäre ich ein Rätsel, das es zu lösen gilt. »Tja, jetzt kennst du all meine Geheimnisse. Und damit gehe ich ins Bett.«

KAPITEL 6

Leo ist nicht pünktlich für den Sonnenaufgang hier. Eigentlich sollte ich mich darüber freuen, dass ich die Schaukel für mich allein habe. Tue ich aber nicht. Und das beunruhigt mich zutiefst. Allmählich gewöhne ich mich an ihn und daran, wie er mir überallhin folgt. Es gefällt mir, wie er mir zuhört, wenn ich rede. Es gefällt mir, wie er mich ansieht.

Ben hat immer an der Kücheninsel gesessen und über Immobilien oder darüber geredet, was ihn an anderen stört, während ich das Essen gekocht habe. »Weißt du, was mich an Mickey stört?« Oder: »Weißt du, was mich an dem Typen von der Bank stört?« Es waren rhetorische Fragen, und die Antworten unterschieden sich nur darin, wer ihm am jeweiligen Tag auf welche Weise Unrecht getan hatte. Er ließ gern den Fernseher als Hintergrundberieselung laufen, während er die Zettel mit seinen neuesten Plänen auf dem Küchentisch hin und her schob. Ben nahm eine Menge Platz in Anspruch.

In der Nacht, in der er mir mitteilte, dass er gehen würde, schlief er mit dröhnendem Fernseher auf der Couch. Ich lag im Bett und versuchte zu verarbeiten, was passiert war. Die Sache verwirrte mich vor allem. Ich dachte an Pennys Gesicht zurück, als ich ihr damals erzählt hatte, dass wir fest zusammen waren. »Oh … mein … Gott«, hatte sie atemlos gesagt. »Vermassele es bloß nicht.« Ben galt als guter Fang. Er hatte eine Studienvorbereitungsschule besucht und pflügte durch die Hürden des Lebens wie ein heißes Messer durch weiche Butter. Ben entsprach ganz der Art von Kerl, die Penny vorschwebte.

Penny und ich wuchsen in Chesterville in Connecticut auf, einer mittelgroßen Stadt, die früher aus zwei Ortschaften bestanden hatte, einer wohlhabenden und einer der Arbeiterklasse. Bei einer groß angelegten Umzonung in den 1950er-Jahren entstand eine zusammengelegte Stadt mit nur einer öffentlichen Highschool, so zweigeteilt wie der Schauplatz eines Films von John Hughes. Lebte man oben auf dem Hügel, hatte man mit hoher Wahrscheinlichkeit Eltern mit einer angesehenen Karriere. Lebte man unten am Hügel, arbeiteten die Eltern mit den Händen. In meinem Fall putzte mein Vater die Swimmingpools all der Karrieremenschen.

Aber eigentlich dachte ich so gut wie nie an die Kluft, die unsere Stadt teilte. Ich nahm mit den anderen Kindern meines Viertels den Bus zur Schule, und nach dem Unterricht besuchten wir uns gegenseitig zu Hause zum Spielen. Die Ferien verbrachten wir im öffentlichen Schwimmbad – das übrigens ebenfalls von meinem Vater geputzt wurde. In der Highschool machten meine Freundinnen und ich uns über die protzigen Klamotten der Hangbewohner lustig – und über ihre Cabrios, die regelmäßig zu Schrott gefahren und innerhalb eines Monats ersetzt wurden. Ich fühlte mich rundum wohl mit meinen verwaschenen Jeans und in meinem kleinen Haus, wo ich genau wusste, was mich erwartete.

Penny nicht. Sie wollte unbedingt diesen Hügel erobern. Schon in der Mittelstufe eiferte sie den Mädchen von oben nach und versuchte, sich so wie sie aufzudonnern. Als sie sich neue Skinny Jeans kauften, verbrachte Penny das Wochenende an der Nähmaschine meiner Mutter, um die Beine ihrer Levi's enger zu nähen. Als sie sich einen Pony schneiden ließen, zog Penny prompt nach. Damit allein wäre sie nie weitergekommen, aber in der zehnten Klasse sprach Penny für das Frühlingsmusical vor und ergatterte mit einer Handvoll Mädchen vom Hügel eine der Hauptrollen. Dabei lernten sie über längere Zeit Pennys großes Herz und ihr lebensfrohes Wesen kennen und freundeten sich tatsächlich aufrichtig mit ihr an. Der Übergang erfolgte so nahtlos, dass mich die Überzeugung beschlich, Penny wäre eigentlich schon immer eine Hangbewohnerin gewesen, die sich nur vorübergehend in unsere Gefilde herabbegeben hatte.

In diesen Kreisen bewegte sie sich während des gesamten Studiums und auch nach ihrem Umzug nach Manhattan. Mich überraschte zu erfahren, dass es diese Kreise überall gibt und sie sich auf seltsame Weise überschneiden. Wie es schien, kannten sich alle reichen Leute gegenseitig zumindest flüchtig. Deshalb war ich nicht allzu verblüfft, als ich sie aus Amherst anrief, ihr von Ben erzählte und sie haargenau wusste, wer er war.

Ich bin zwar nie wirklich in die glänzende Welt der Hangbewohner eingetaucht, aber als ich Ben kennenlernte, fand ich die mit seiner Herkunft verbundene Mühelosigkeit irgendwie faszinierend. Seine stille Erwartung, dass sich die Welt ganz von selbst nach seinen Launen richten würde. Seine Überzeugung, dass er nie wegen irgendeines Fehltritts gerügt oder gar bestraft werden würde. Ein Mann mit einer etwas arroganten Art, an dessen Seite man sich überlegen fühlte, wenn er einen mochte. Seit dem Tag, an dem er mich auserkoren hatte, tat ich, was ich konnte, um es nicht zu vermasseln. Und dennoch waren wir in dieser Gegenwart gelandet.

Nach unserem Studienabschluss bekam ich einen Job im Verlagswesen in Manhattan, während Ben seine erste große Idee hatte und einen Scheck über zehntausend Dollar von seiner Großmutter bekam. Sechs Monate später erfuhr er, dass es der letzte Scheck war, den er erhalten würde. Wir fanden eine Wohnung im East Village in einem Haus ohne Aufzug, konnten sie uns sogar fast leisten und waren glücklich, glaube ich. Wenn ich von der Arbeit nach Hause kam, saß er am Küchentisch und erzählte mir aufgeregt von einem potenziellen neuen Investor. Während ich kochte, schilderte er mir das Gespräch in allen Einzelheiten. Und immer dachte ich mir, er sei bloß zu sehr aus dem Häuschen wegen seines erfolgreichen Tages, um sich nach meinem zu erkundigen.

Als wir mit sechsundzwanzig Jahren heirateten, hatte sich der Glanz abgenutzt. Ben wetterte ständig darüber, wie unfair er es fand, kein passives Einkommen zu haben – eine Ungerechtigkeit, die seine Wut über die Engstirnigkeit von Investoren schürte, die nicht an seinen Plänen interessiert waren. Im Orkan der Hochzeitspläne ging der Teil von mir unter, der immer gewusst hatte, wer ich bin – und somit auch die Erkenntnis, dass ich Ben nie hätte heiraten sollen. Als Newton seinen Schluss gezogen hatte, dass Objekte in Bewegung tendenziell in Bewegung blieben, musste er an Mittzwanziger in Langzeitbeziehungen mit schwer zu kriegenden Hochzeitslocations gedacht haben.

Verheiratet, mit zwei Kindern und einem baufälligen Haus, musste ich mich der Tatsache stellen, dass Ben nicht wirklich viel an mir mochte. Weder meine Weltanschauung noch mein Haar und schon gar nicht mein Haus. Er war blind für meine besten Eigenschaften, und letztlich wurde ich das selbst. Ich glaube, während unserer gesamten Ehe ging es um meinen Versuch, ihn froh darüber zu machen, dass er sich für mich entschieden hatte. Ich redete ihm bei seinen schlecht durchdachten Projekten gut zu. Ich verdiente das Geld, aber unauffällig, damit er das Gefühl haben konnte, seine Arbeit sei wichtig, als würde ich kellnern, während er Medizin studierte. Tatsächlich fing ich sogar an, seine Worte für meine Arbeit zu gebrauchen: »Eine weitere seichte Romanze.« Ich kochte das Essen und versuchte für die Kinder, fröhlich zu erscheinen. Ich dachte an den Geburtstag seiner Mutter und schickte ihr Geschenke. Es reichte alles nicht.

In meinen Augen hielt ich Ben aufrecht, in seinen hielt ich ihn zurück. Er besaß die Gabe, mir immer dann, wenn wieder mal eines seiner Projekte scheiterte, das Gefühl zu vermitteln, es wäre meine Schuld. Und obwohl es keinen Grund dafür gab, keinen logischen Zusammenhang, stand stets die kaum verhohlene Andeutung im Raum, ich würde ihn aufhalten. Als ich eines Abends feststellte, dass wir nur noch siebenunddreißig Dollar hatten, schlug ich vor, zu

Hause zu essen, statt uns mit Freunden in einem Restaurant zu treffen. »Dir liegt die Knausrigkeit im Blut, Nora. Du wirst immer pleite sein«, sagte er angewidert zu mir. *Ich habe einen Ehemann, der nicht arbeitet und Geld verprasst, als würde er es selbst drucken,* dachte ich mir. *Ja. Ich werde wirklich immer pleite sein.*

In jener Nacht also, in der Ben mir seinen Auszug mitgeteilt hatte, lag ich allein im Bett und schlief mit äußerst seltsamen Gedanken ein. Unter anderem mit dem, dass ich ab morgen die volle Kontrolle über den Fernseher haben würde. Und schon ab dieser Nacht gehörte das Bett mir allein, ohne Ben neben mir, der für mich unbefriedigenden Sex von mir wollte. Ich stellte mir den morgigen Sonnenaufgang vor und dachte daran, dass es der letzte sein würde, den ich mit ihm im Haus erleben würde. Sämtliche Sonnenaufgänge danach würde ich für mich allein haben. Ich verspürte tiefe Erleichterung darüber, dass dieser Krampf ein Ende hatte. Ähnlich, wie wenn man aufhört, sich im Wasser abzustrampeln, und feststellt, dass man von selbst mühelos zur Oberfläche aufsteigt. *Geh, Ben. Geh und finde dein großes Leben.*

Aber natürlich betraf es nicht nur mich. Ben verließ auch seine Kinder. Und sie würden lange darunter leiden. Allerdings dachte ich in meinem neuen Elan unwillkürlich auch, dass ich nie wieder die Zweifel in ihren Gesichtern sehen würde, wenn er ihnen etwas versprach, das wir uns beim besten Willen nicht leisten konnten. Ich würde nie wieder erklären müssen, »was Daddy mit den gemeinen Worten in Wirklichkeit gemeint hat«. Zwar würden sie eine Weile brauchen, um sich an die neue Situation zu gewöhnen, aber tief im Herzen wusste ich, dass sie ohne ihn besser dran wären.

Als ich am nächsten Morgen aufwachte, fiel mir als Erstes Arthurs Vokabeltest ein. Den letzten hatte er in den Sand gesetzt, weshalb er vor diesem neuen Anlauf umso nervöser war. Ich stellte mir vor, wie er all die schwierigen Wörter in Angriff nahm, kurz nachdem sein Vater ihm mitgeteilt hatte, dass er uns verlassen würde. Also rannte ich die Treppe hinunter und weckte Ben. »Können wir bis nach der Schule warten, um es den Kindern zu sagen?«

»Ich gehe, Nora. Damit wirst du dich abfinden müssen. Tut mir leid.« Er rieb sich die Augen und drehte sich auf der Couch herum. Und mir ging durch den Kopf: *Oh Mann, ihn schert echt gar nichts mehr.*

»Ich weiß, und ich werde mich auch damit abfinden«, spielte ich mit. »Aber lassen wir den Kindern einfach noch ihren Schultag. Wir können es ihnen genauso gut am Nachmittag sagen.«

»Klingt gut«, sagte er, setzte sich auf und begegnete meinem Blick. »Ich geh jetzt duschen.«

Beim Frühstück verhielt sich Ben, als wäre alles normal. Ich brachte die Kinder zur Schule und ging anschließend ins Teehaus, während er seine Sachen packte. Einerseits harrte ich gespannt der Einzelheiten dessen, was kommen würde, andererseits fürchtete ich ein wenig, er könnte antraben und mir mitteilen, dass er es sich anders überlegt hätte. Ich ertappte mich dabei, durch die Fenster im Teehaus hinauszulächeln und mich zu fragen, ob sich vielleicht tatsächlich gerade die Zukunft aufgetan hatte. Ich hätte nie den Mut aufgebracht, mein Ende des Seils bei diesem Tauziehen loszulassen. Das hatte Ben mir abgenommen.

Als die Kinder von der Schule zurückkamen, setzten wir uns mit ihnen hin, und Ben teilte ihnen mit, dass er für eine Weile weggehen würde. Arthur weinte sofort drauflos, weil er instinktiv wusste, worauf es hinauslief. »Wohin gehst du?«, fragte er ihn.

»Nach Asien«, antwortete Ben. Als wäre damit alles erklärt.

»Ich komme mit«, sagte Arthur. »Ich kann dir dort helfen, und wir lernen zusammen Chinesisch.« Er sprach unter Tränen, und der Anblick brach mir das Herz. Sowohl die Kinder als auch ich wären ohne Ben besser dran, doch die Verzweiflung in Arthurs Augen brachte mich förmlich um.

»Tut mir leid, Kumpel, aber ich komme ja wieder.«

»Wann?«, wollte Bernadette wissen.

»Bald.« Danach umarmte er sie beide. »Seid brav für eure Mama, okay?«

Sie erwiderten nichts, sahen ihn nur ungläubig an. Ben schnappte sich seine Schlüssel, sein Handy und seine bescheuerte Steppweste. Dann ging er. Wir drei hielten uns den restlichen Tag lang stets im selben Zimmer auf, wollten uns gegenseitig nicht aus den Augen lassen. Danach versuchte ich wochenlang, die Kinder zu bewegen, darüber zu reden. Bernadette wirkte eher verärgert als verletzt. Wofür auch immer ihr Vater wegmusste, sie schien es für irgendeinen Unsinn zu halten. Ich achtete sorgsam darauf, sie darin nicht zu bestärken. Arthur zeigte sich tieftraurig und stellte eine Menge Fragen, auf die ich keine Antworten hatte. *Vermisst er uns nicht? Fragt er sich, wie es uns geht?* Eine Zeit lang redeten wir jeden Tag darüber, bis sich unsere Erklärungen irgendwie erschöpften. Niemand von uns glaubte, dass er je zurückkommen würde.

Ohne seinen Krempel und seine unterschwellige Wut fühlte sich das Haus größer an. Ich wurde unnötige Möbel los und genoss die freien Flächen. Es fühlte sich an, als könnte das Haus endlich atmen. Bald gewöhnte ich mir an, vor dem Schreiben zu joggen, und ich hätte schwören können, dass meine Arbeit besser wurde. Ich hoffte, meine Kinder würden spüren, wie viel stärker ich war, wenn ich nicht von Ben runtergezogen wurde. Ohne ihn brachte ich die Energie auf, Mutter, Vaterersatz, Versorgerin und Spielgefährtin in Personalunion zu sein. In der Regel empfinden die Menschen eine solche neue Normalität als schwierige Umstellung. Ich hingegen fühlte mich dadurch leichter. Immerhin war ich befreit von der Sorge, wie viel Ben wofür ausgeben würde. Ebenso wenig musste ich mich weiterhin gegen seine Kritik an den Kindern oder an mir wehren. Ich war frei.

Aber Leo in meinem Haus finde ich unterhaltsam. Der Platz, den er einnimmt, stört mich nicht. Seine Gegenwart ist unbeschwert und aufregend. Unwillkürlich gleite ich in den Tagtraum ab, das könnte meine neue Realität werden. Ein attraktiver Spielgefährte, der mir tatsächlich zuhört, wenn ich rede. Er stellt Folgefragen, weil er mehr erfahren möchte. Ich werde das Gefühl nicht los, dass Leo sich gern mit mir unterhält. Dass er mein wahres Ich mag. Es geht ihm nicht nur um kostenlose Mahlzeiten oder um irgendetwas, was ich tun kann, um seine Lage zu verbessern. Leo

Vance kommt gut ohne mich zurecht, trotzdem folgt er mir nach wie vor mit gebannter Aufmerksamkeit.

In zwei Tagen reist er ab, und ich muss wieder einen klaren Kopf bekommen. Es ist Dienstag. Bernadette hat nach der Schule Tanzunterricht. Ich muss den Wertstoffmüll rausbringen. Morgen sind die ersten Proben, und ich bin dafür zuständig, bei den Kindern für Ruhe zu sorgen, während sie hinter der Bühne warten, bis sie an die Reihe kommen. Wie sich herausgestellt hat, bin ich außerdem für die gesamte Aufführung verantwortlich, also sollte ich besser ein Komitee zusammenstellen. Kostüme? Kulissen? Snacks?

»Mist. Ich hätte es fast verpasst.« Leo stürmt mit einer Decke im Arm durch die Tür ins Freie. Er setzt sich neben mich und deckt uns beide zu. Die Sonne ist bereits halb aufgegangen, aber den besten Teil hat er nicht verpasst. Das ist der Teil, wenn das Rosa langsam die Bäume hinaufwandert.

»Soll ich dir Kaffee holen?«, frage ich, weil der Sonnenaufgang für mich ohne Kaffee praktisch undenkbar ist.

»Nein. Bleib, bis es vorbei ist.«

Ich komme seinem Wunsch nach. Wir sitzen da und betrachten schweigend den Himmel, bis er hell ist. »Woran hast du vorhin gedacht?«, fragt er. »Du hast ganz zerknittert dreingeschaut, als ich rausgekommen bin.«

»Nichts.« Wenn ich über Ben rede, fühle ich mich wie eine Verliererin, also schweige ich lieber. Leo dreht mir das Gesicht zu. Sein Blick verrät mir, dass er es mir nicht abkauft. »Na gut«, sage ich. »Mir ist durch den Kopf gegangen, wie schön ich es finde, dass Ben weg ist.«

»Wo ist er jetzt?«

»Wer weiß? Asien, hat er gesagt.«

»Also hörst du nicht regelmäßig von ihm? Er besucht die Kinder nicht?«

»Nein. Na ja, er ruft manchmal an und schmiedet Pläne, kreuzt aber nie auf.«

»Wow. Woher kommen die Schecks?«

Darüber muss ich so herzhaft, so ausgelassen lachen, dass es meinen gesamten Körper durchschüttelt und ich am Ende ein wenig von meinem Kaffee auspruste. Leo bietet mir die Decke an, um mir den Mund abzuwischen. Ich benutze stattdessen meinen Ärmel. »Tut mir leid«, entschuldige ich mich und reiße mich zusammen. »Die Frage war völlig berechtigt. Der Teil steht ja nicht im Drehbuch. Er schickt keine Schecks. Unsere Abmachung war ziemlich klar: Ich kriege das Haus, die Hypothek, die Kreditkartenschulden und das Vergnügen, die Kinder und mich allein durchzubringen. Und er kriegt seine Freiheit. Ich hab nicht darüber diskutiert, weil ich das Haus nicht verkaufen wollte. Und es hätte sogar damit enden können, dass ich ihm für den Rest seines Lebens Unterhalt zahlen muss. Dann hätte ich ihn wahrscheinlich umbringen müssen. Also war es so am besten.«

»Allmählich verstehe ich, warum Ruth so ungerührt war, als Trevor gegangen ist. Also denkt er genau wie im Film, er wäre zu gut, um zu arbeiten?«

»›Hamiltons arbeiten nicht für andere.‹ Das ist sozusagen ihr Ding. Zuletzt hart gearbeitet hat Bens Urgroßvater, der mit Viehzucht ein Vermögen gemacht hat. Ben ist mit diesem Reichtum aufgewachsen, hat aber nie den Teil mit der harten Arbeit verinnerlicht. Irgendwie scheint er ausgeblendet zu haben, dass sein Urgroßvater jahrelang Kuhscheiße schaufeln musste, bevor er den Durchbruch schaffte. Also probiert er herum. Alles Mögliche. Nichts davon geht auf. Natürlich nur, weil alle anderen inkompetent sind.« Ich sehe Leo in die Augen, um ihm zu verdeutlichen, dass es für mich wirklich in Ordnung so ist. Und das ist es auch. Jedoch nicht der Aspekt, dass sich Ben seit fast einem Jahr nicht die Mühe gemacht hat, die Kinder zu sehen. Der Teil hat sich als unterschwellige, leicht ausbrechende Wut in meiner Brust eingenistet. Aber abgesehen davon habe ich kein Problem mehr damit, dass Ben nun mal ist, wie er ist.

Leo betrachtet wieder die Bäume. Dann sieht er noch mal mich an. »Was ist aus dem durchsichtigen Nachthemd geworden?«

»Ich hab meine Lektion gelernt«, erwidere ich und stupse ihn geschwisterlich.

KAPITEL 7

Leo schlendert in den Ort, um ein Baguette zu holen. Das ist meine Chance, das Teehaus für mich allein zu haben. Es ist größtenteils noch so, wie ich es verlassen habe, abgesehen von der viel schöneren Bettwäsche. Sein Koffer steht offen am Fußende der Liege, und ich widerstehe dem Drang, den Inhalt zu inspizieren. Das Bett ist nicht gemacht, und ich stelle mir vor, ich könnte die Umrisse seiner schlafenden Gestalt in den Laken erkennen. Er würde auf der Seite gelegen haben. Die Krümmung seines nackten Rückens würde die Kurve des Kopfteils nachahmen. *Oh mein Gott, Nora, hör auf.*

Von zehn bis zwei schreibe ich, und Leo lässt mich größtenteils in Ruhe. Als ich ein Auto in die Einfahrt rollen höre, nehme ich an, es ist sein Mittagessen aus einem Fünfsternerestaurant in der Stadt. Gegen ein Uhr klopft er an die offene Tür zum Teehaus. »Kann ich für ein Nickerchen reinkommen?«

»Klar. Nur nicht reden.«

Ich höre, wie er unter die Decke kriecht und sich eine bequeme Position sucht. Dann halte ich inne, weil ich spüre, dass er mich beobachtet.

»Was ist?«, frage ich, ohne aufzuschauen.

»Welches Geschlecht, welche Stadt und welchen Beruf nimmst du diesmal?«

Ich lächle über dem Laptop. »Na ja, ich arbeite so ziemlich mit deinen Vorgaben. Männlicher Mitarbeiter einer Baufirma aus Minneapolis. Bricht auf, um eine kriselnde Kürbisfarm zu kaufen.«

»Kürbisfarm? So was gibt's?«

»Oh, du müssest mal im Oktober herkommen.«

»Okay«, sagt er, und ich tippe weiter.

Da Leo mein übliches Plätzchen für ein Nickerchen in Beschlag genommen hat, gehe ich gegen zwei Uhr zurück ins Haus. Auf der Arbeitsplatte in der Küche stehen eine Kiste mit französischem Wein und eine Packung mit Cupcakes vom *Cupcake Castle* in SoHo. Der Gedanke, wie aufgeregt die Kinder sein werden, beschert mir eine kribbelnde Gänsehaut.

Als ich vom Abholen der Kleinen zurückkomme, ist Leo auf und packt gerade den Wein aus. »Wir können nicht weiter diesen grausigen Chardonnay trinken. Der hier passt angeblich perfekt zu … Was essen wir dienstags?«

»Tacos«, antworten meine Kinder wie aus einer Kehle.

»Ah, natürlich.« Er hat die Muffins auf einem Teller angerichtet, von dem ich gar nicht wusste, dass ich ihn besitze. Zufrieden beobachtet Leo, wie die Leckereien verschwinden.

Mir ist bewusst, dass diese glanzvolle Szene wie eine Fantasie ist, trotzdem gestatte ich mir, sie zu genießen. Lächelnde Kinder und das Versprechen von edlem Wein mit einem zum Niederknien attraktiven Mann. Der Donnerstag wird brutal werden.

»Okay, Bernadette hat um 16:30 Uhr Tanzen. Arthur, wenn du dein Drehbuch mitnimmst, können wir den Text durchgehen, während wir warten.«

»Nichts da«, wirft Leo ein. »Du kommst nicht mal in die Nähe des Drehbuchs.«

»Schon gut«, sagt Arthur. »Ich bleibe einfach hier und arbeite mit Leo.« Er besinnt sich seiner Manieren und wendet sich Leo zu. »Ich meine, wenn du nicht zu beschäftigt bist.«

»Kumpel, wenn ich irgendetwas *nicht* bin, dann beschäftigt. Da draußen gibt's nicht mal WLAN.« Er beugt sich vor und zerzaust Arthur die Haare. Die Nachmittagssonne scheint durch die hinteren Fenster herein, während die Zeit für mich mit ihren lächelnden Gesichtern anhält, und ich spüre, dass ich dringend rausmuss.

Als Bernadette ins Tanzstudio rennt, setze ich mich draußen auf die Bank und hoffe, einen Moment für mich zu haben, um meine Gedanken zu sammeln. Mich entsetzt, dass ich nachts im Bett liege und auf das Geräusch seiner die Treppe zum Badezimmer hochsteigenden Schritte warte. Ich schäme mich dafür, wie übereifrig ich mich neuerdings fühle, wenn ich aufwache, und dass ich mir angewöhnt habe, jeden Tag die Haare zu waschen. Meine Selbstgeißelung wird von Sandra Wells und Kiki Lee unterbrochen, die ihre Mädchen in die Tanzschule scheuchen, bevor sie den Rest der Bank beschlagnahmen.

»Hi, Nora. Wie geht's?«, beginnt Sandra.

»Ach, lass das Vorspiel«, sagt Kiki. »Raus damit.«

»Er bleibt nur für ein paar Tage. Ich glaube, er hält unser einfaches Dasein hier draußen für eine Art Heilmittel gegen sein aufregendes Leben.«

»Ist er in echt so heiß wie auf der Leinwand?«, will Kiki wissen. »Sieht er dich wie im Film an, während du dir den Toast butterst?«

»Mit seinem Glutblick? Nein.« Ich lache. »Den packt er nur für die Kamera aus. Mich sieht er wie eine Vorstadtmutti an, die in seinen Augen eine Runderneuerung vertragen könnte.« Ich spreche die Worte in dem vollen Bewusstsein aus, dass sie nicht wahr sind. Die meiste Zeit sieht er mich voller belustigter Neugier an. Er beobachtet mich, wenn er denkt, ich sei zu beschäftigt, um es zu bemerken. Allerdings ist es inzwischen fast eine Woche her, dass ich zuletzt so vertieft in etwas anderes gewesen bin.

Als Bernadette und ich das Haus betreten, singen zwei Stimmen *»You've Got to Pick a Pocket or Two«*. Leo und Arthur stehen dabei auf gegenüberliegenden Enden der Couch. Leo ruft »Bravo!«, und Arthur verbeugt sich.

»Ma! Ich hab den gesamten Text hinbekommen. Ohne Drehbuch!« Arthur stürmt auf mich zu und umarmt mich. Über seinen Kopf hinweg lächle ich Leo an.

»Das ist spitze. Dann bist du total bereit.«

Leo steigt von der Couch und setzt eine ernste Miene auf. »Jetzt besteht der Trick darin, mit dem Proben aufzuhören. Du hast es intus. Jetzt musst du es sacken lassen. Heute Abend machst du irgendwas, nur nicht proben – iss deine Dienstagsmahlzeit, mach deine Hausaufgaben.« Seine Augen werden größer, als er nach einer Weinflasche greift. »Ich weiß was. Sehen wir uns heute Abend eine der Schnulzen deiner Mutter an!«

Arthur verdreht die Augen. »Die sind echt dumm.«

»Ich liebe sie«, wirft Bernadette ein.

Ich bin dankbar für ihre Solidarität. »Sie sind zwar echt ziemlich bescheuert, trotzdem liebe ich sie«, sage ich. »Sehen wir uns *Wiedersehen zum Valentinstag* an.«

»Lass mich raten. Eine Spitzenmanagerin kehrt in ihre Heimatstadt zurück und läuft dort ihrem Ex aus der Highschool über den Weg.«

»Sie ist mehrfach ausgezeichnete Konditorin. Aber ja.«

Wir alle lachen, und Leo reicht mir ein Glas des köstlichsten Weins aller Zeiten.

Leo ist vor mir für den Sonnenaufgang wach. Er hat mir einen Becher für meinen Kaffee hingestellt.

»Hi«, grüßt er.

»Danke.« Ich lasse mich neben ihm nieder und nehme meinen Becher. »Das ist also dein letzter Sonnenaufgang in Laurel Ridge.«

»Nein. Wir haben Tag sechs. Dazu gehört noch die sechste Nacht, die den morgigen Sonnenaufgang einschließt. Wann muss ich auschecken?«

»Das handhaben wir hier ziemlich locker.« Er sieht mich mit einem Blick an, der mich an Dankbarkeit denken lässt. Unwillkürlich frage ich mich, ob ihm diese Zeit bei uns etwas gebracht hat.

»Bist du froh, dass du geblieben bist? Ich meine, geht's dir inzwischen besser?«

»Ich fühle mich ziemlich gut. Mir ist gerade durch den Kopf gegangen, wie sehr es mir fehlt, zu einer Familie zu gehören. Als ich aufgewachsen bin, waren wir eine zusammengeschweißte Einheit mit so viel Geben und Nehmen. Mein Bruder Luke und ich mussten uns das Essen, den

Platz, die Aufmerksamkeit teilen. Jetzt sehe ich ihn kaum noch, und mein Leben dreht sich nur um mich. Das ist anstrengend.«

»Muss schön sein«, rutscht es mir versehentlich heraus.

Er stupst mich. »Ich weiß, ich klinge wie ein Arsch, aber sieh dir dein Leben an. Du lebst für deine Kinder, und sie leben für dich. Was ihr habt, hat etwas geradezu Heiliges an sich. Ich lebe für meine Karriere, und die Leute um mich herum werden dafür bezahlt, auch für meine Karriere zu leben. Ehrlich, als ich letztes Thanksgiving in die Runde geschaut habe, ist mir klar geworden, dass alle am Tisch auf meiner Gehaltsliste stehen.«

»Komm schon. Du musst doch auch normale Beziehungen gehabt haben. Zum Beispiel mit einer Frau, die dich gemocht und sogar über deine lahmen Witze gelacht hat.«

»Klar, haufenweise. Aber die Sache ist die: Sie haben mich alle schon gemocht, bevor sie mich überhaupt kennengelernt haben. Als hätten sie sich in etwas verliebt, das sie im *People Magazine* gesehen haben. Als meine Ma gestorben ist, dachte ich mir: Ich habe gerade die letzte Frau auf der Welt verloren, die mich gekannt hat. Natürlich mache ich mir umgekehrt auch nicht die Mühe, diese Frauen kennenzulernen.«

»Ich bin so jung mit Ben zusammengekommen, dass ich nie die Gelegenheit für solche kurzen, bedeutungslosen Beziehungen hatte. Man könnte wohl sagen, ich hatte stattdessen von Anfang an eine lange, bedeutungslose Beziehung.« Darüber lachen wir beide, als wäre Ben ein Insiderwitz.

»Heute Morgen bin ich aufgewacht und habe mir Sorgen um Arthur gemacht. Ist ein seltsames Gefühl, etwas so sehr für jemand anders zu wollen. Du hast wirklich Glück.«

Gern würde ich ihm sagen, dass er noch bleiben kann – dass ein, zwei weitere Wochen vielleicht genau das sind, was er braucht. Aber ich weiß, dass ich mich auf dünnem Eis bewege, denn er hat etwas mitgebracht und wird es wieder mitnehmen, wenn er geht.

Er lässt mich den ganzen Tag in Ruhe. Ich habe das Teehaus von zehn bis zwei Uhr für mich. Meine Bleistifte liegen in Position, und ich habe kein Feuer angezündet, weil es draußen warm ist. Durch die offenen Fenster hinten lausche ich den Vögeln. Durch die Eingangstür werfe ich immer wieder verstohlene Blicke hinaus, um zu sehen, ob er mich besuchen kommt.

Und ich schreibe Schrott. Noch schrottiger als sonst. Kitschig-romantische Szenen mit langen Küssen und einer eigentlich vernünftigen Frau, die ihr Herz ausschüttet. Als ich einen Heiratsantrag bei Sonnenaufgang in den Bergen schreibe, steht für mich fest, dass ich offiziell den Verstand verloren habe.

Um halb zwei fehlt von Leo nach wie vor jede Spur, also beschließe ich, ein Nickerchen zu halten. Da wir immer noch von meinem Teehaus und meiner Liege reden, habe ich in meinen Augen jedes Recht, mich darauf niederzulassen. Unter seine Decke zu schlüpfen, traue ich mich nicht, das wäre zu persönlich. Aber ich sinke auf sein mit Leinen bezogenes Kissen und rieche seinen Duft, bis ich einschlafe.

Eine Hand legt sich auf meine Schulter, und jemand sitzt neben mir auf der Bettkante. Ich ertappe mich in einer dieser benommenen Situationen, wenn man am Tag aus dem Schlaf erwacht und nicht weiß, wo man ist. Blinzelnd sehe ich Leo an. »Oh Mist. Tut mir leid. Das ist dein Bett. Wie spät ist es?«

»Halb drei. Ich bin hergekommen, um dir Tee zu bringen, und du hast tief und fest geschlafen. Ich war wohl zu spät dran.«

Er ist mir unheimlich nah. Und ich liege. Da mir keine Möglichkeit einfällt, mich aufzusetzen, ohne ihm noch näher zu kommen, bleibe ich einfach liegen.

»Ich hab eine Menge echt fürchterlicher Szenen geschrieben. Es laugt mich immer aus, wenn ich schlecht schreibe.« Ich bin nach wie vor nicht ganz wach. »Was hast du inzwischen gemacht?«

»Bin rumgelaufen. Hab darauf gewartet, dass du fertig wirst.«

Mein Magen zieht sich zusammen. »Ach ja?« Mehr bringe ich nicht heraus.

»Ja.« Er steht auf und beginnt, in der Enge des Raums auf und ab zu gehen. »Ich bin mir wegen Arthur unsicher. Klar, gestern Abend waren wir bereit. Aber heute nach einem vollen Schultag könnte er alles vergessen haben. Ich meine, was, wenn die Probe eine Katastrophe wird?«

Oh, süße Realität. Danke. Ich setze mich auf, lehne mich zurück und kämme mir mit den Fingern das Haar. Prompt fühle ich mich wieder wie ein Mensch und eine Mutter. »Leo, er ist zehn. Wir reden von einer Aufführung der Grundschule. Die Hälfte der Kinder wird sich bei den

Proben entweder übergeben oder heulen. Arthur schafft das schon.«

»Wann holen wir ihn ab?«

»Oh mein Gott. Okay.« Mühsam stehe ich auf und atme tief durch. »Ich bin wirklich neben der Spur. Heute bin ja ich bei den Proben für die Kinder zuständig. Also die Kinder, die hinter der Bühne warten.« Rasch schaue ich aufs Handy. »Ich muss los.«

Leo folgt mir nach draußen. »Ich komme mit. Du kannst mich nicht hier warten lassen.«

»Na schön. Wir fahren in zehn Minuten los. Ich muss was fürs Abendessen organisieren.«

»Das übernehme ich. Was essen wir mittwochs noch mal?«

»Überrasch mich«, erwidere ich.

Es fühlt sich wie in Zeitlupe an, als wir an der Abholschlange vorbei zum Vordereingang der Schule gehen. Ich bin davor noch rasch in ein Kleid geschlüpft, weil ich aus Erfahrung weiß, dass es an einem Aprilnachmittag in der Aula heiß wie in einem Backofen ist. »Beeilung!«, hat Leo mich zu Hause gedrängt. Auf meinen Rat hin hat er seine Jeans in eine Leinenhose getauscht. Leo bewegt sich wie ein Getriebener, als hätten wir schon vor Stunden dort sein sollen.

Wir passieren die Sicherheitskontrolle, bei der wir unsere Führerscheine vorzeigen müssen und ich Leo als meinen Hausgast vorstelle. Als der Wachmann einen Blick auf Leos Führerscheinfoto wirft, fragt er: »Echt jetzt?«

Leo antwortet: »Leider ja.«

In der Aula treffen wir Mrs. Sasaki.

»Hi. Ich bin Nora Hamilton. Arthurs Mutter. Wir sind hier, um hinter der Bühne auf die Kinder aufzupassen.« Ich bin Mrs. Sasaki schon mindestens zehnmal begegnet und habe bei ihr nie großes Interesse geweckt. Bis jetzt. Ihr Blick wandert von mir zu Leo, und sie lächelt tatsächlich. »Das ist mein Freund Leo. Wir arbeiten zusammen, und er hat angeboten, mir auch mit den Kindern zu helfen, wenn das in Ordnung ist.«

»Aber sicher. Danke! Das kommt recht unerwartet. Bitte, nennen Sie mich Brenda. Wir können jede Hilfe brauchen, die Sie bieten können, Mr. Vance. Ich habe gehört, dass Sie im Ort sind. Man kann wohl getrost behaupten, dass Sie ein wenig mehr über das Theater wissen als ich.«

Flirtet die Frau etwa mit ihm? Ich schaue zu Leo auf, um seine Reaktion zu beobachten, und er setzt den Schmachtblick auf. Für die arme Mrs. Sasaki. Die arme Mrs. Sasaki, die heute Abend nach Hause zum armen Mr. Sasaki muss. Ich schwöre, Leo wird uns noch alle normalen Männer vermiesen.

Auf dem Weg zum Bühneneingang fordere ich ihn auf: »Lass das.«

»Was denn?«

»Den Schmachtblick.«

Er bleibt stehen. »Dich schmachte ich doch gar nicht an.«

Ich drehe mich ihm zu und stelle einfach die Frage, die mir auf der Zunge liegt. »Warum eigentlich nicht?«

Leo sieht mir in die Augen. »Ich wünschte, ich wüsste es.«

Man kann nicht lange so nah bei Leo Vance stehen und ihm in die Augen schauen, ohne zu Lava zu schmelzen, also sage ich: »Hör auf, die anderen arglosen Frauen mittleren Alters in der Gegend anzuschmachten. Komm jetzt.«

Bernadette stößt hinter der Bühne zu uns, um uns als Assistentin zu helfen, dreht aber eigentlich nur eine Siegesrunde. Ab sofort wird für alle in der Grundschule von Laurel Ridge außer Frage stehen, dass sie gut mit Leo Vance befreundet ist.

Arthur kommt herein, murmelt seinen Text vor sich hin und läuft auf Leo zu. »Was machst du denn hier?«

»Helfen?« Er zuckt mit den Schultern. »Du kriegst das hin, keine Sorge. Du musst die Rolle nur fühlen. Und achte auf Blickkontakt.«

Wir ordnen die Kinder nach Szenen entsprechend der Liste an, die Mrs. Sasaki mir gegeben hat. Meine Aufgabe besteht im Wesentlichen darin, die jeweils richtige Gruppe auf die Bühne zu schicken und dafür zu sorgen, dass sich die anderen ruhig verhalten. Die Waisenkinder sind ein bisschen zu laut, weil sie vor den Marktmädchen prahlen, die allerdings zu gebannt von Leo sind, um es zu bemerken.

Als Arthur das erste Mal die Bühne betritt, verliere ich Leos Hilfe völlig. Er stellt sich an den Bühnenrand und murmelt händeringend Arthurs Text mit. Mrs. Sasaki unterbricht Arthur, um einen Vorschlag zu unterbreiten. Sie möchte, dass er mehr in Richtung des Publikums schaut, während er seinen Text aufsagt.

»Okay.« Arthur späht, nach Bestätigung heischend, zu Leo.

»Finden Sie nicht auch, Mr. Vance?«

»Der Grundgedanke gefällt mir, Brenda. Wirklich. Und erst recht für seine Musiknummern. Aber in dieser Szene finde ich es vor allem wichtig, dass man seine Verbindung zu den Waisenkindern spürt. Damit packt er das Publikum.« Ein Schmachtblick.

Aus dem er die Frau erst entlässt, als sie sagt: »Ich verstehe. Das gefällt mir. Ein uneingeschränkt hilfreicher Vorschlag, Leo. Darf ich Sie Leo nennen?«

Und damit lässt sich Leo für den Rest der Probe auf dem Sitz neben Mrs. Sasaki nieder.

KAPITEL 8

Auf der Veranda erwartet uns eine große Metallbox, die drei Steinofenpizzen von *Mario's* aus der Stadt warm hält. Obenauf liegt eine Tüte mit einem riesigen gehackten Salat und vier Cannoli. Anscheinend hat sich Leo wie versprochen um das Abendessen gekümmert.

Erschöpft lassen wir uns auf unsere Sitze plumpsen und fallen über die Pizzen her. Leo öffnet eine Flasche Pinot noir. Arthur und Bernadette plappern durcheinander. Sie lassen sich darüber aus, wer etwas taugt und wer nicht tanzen kann. Zusammen mutmaßen sie, wer bis Montag aus der Produktion geworfen wird. Arthur sitzt ein wenig aufrechter als sonst da. Seine stille Unsicherheit mutiert zu stillem Selbstvertrauen. Was nicht an der Rolle in dem Stück liegt, wie mir klar wird, sondern an Leos Aufmerksamkeit und Interesse. Ich glaube, Arthur fühlt sich unterstützt.

Bernadette spricht aus, was ich nicht sagen kann. »Also ist das heute dein letzter Abend bei uns?«

Leo schaut mich an. Prompt senke ich den Blick auf mein Weinglas. Ich weiß nicht, was mein Gesicht gerade macht, jedenfalls muss er es nicht sehen.

Arthur schweigt.

»Also, das ist jetzt irgendwie vertrackt«, sagt er. »Man hat mir einen Job als Co-Regisseur von *Oliver Twist* im Ort angeboten. Und ich habe Brenda gewissermaßen versprochen, dass ich bis zur Premiere bleibe.«

Bernadette quiekt freudig. Arthur verhält sich still. »Die ist erst in drei Wochen«, sagt er schließlich.

»Richtig.« Leo schenkt für mich und sich nach.

»Also, das ist nett von dir«, sage ich zu ihm. »Ich meine, willst du das wirklich machen? Dann kannst du natürlich bleiben.« Es gelingt mir nicht, mich beiläufig anzuhören. Ich finde meine normale Stimmlage nicht.

»Danke. Also, was steht als Nächstes an? Hausaufgaben?«

Ich hantiere in der Küche herum und bereite die Kaffeemaschine für den Morgen vor, der doch nicht Leos letzter hier sein wird. Trotz meiner immensen Erleichterung ist mir klar, dass es in drei Wochen nur noch schwieriger sein wird, wenn er geht. Und meine Kinder vergöttern ihn längst. Ich kann mich nicht entscheiden, ob es eine gute Erfahrung für sie ist, einen Mann um sich zu haben, der sich tatsächlich für ihr Leben interessiert, oder ob es den von Ben verursachten Schmerz nur noch verschlimmern wird, wenn Leo letztlich abreist. Wenigstens wird er uns etwas hinterlassen – die Erinnerung an eine erfolgreiche Schulaufführung. Nur dafür bleibt er, und die Dauer der Proben ist endlich. Niemand wird überrascht sein, wenn er geht.

Ich finde Leo auf der Couch im Wintergarten vor. Er hat eine zweite Flasche Wein geköpft und schaut durch das offene Fenster in den Garten hinaus. »Leistest du mir Gesellschaft?«, fragt er.

Ich nehme mir ein Glas. Bernadettes Bastelprojekt liegt auf dem Sessel, deshalb setze ich mich auf die Couch neben seine in Socken steckenden Füße.

»Danke, dass ich bleiben darf«, sagt er.

»Danke, dass du meinem Kind hilfst.«

Er erhebt das Glas zu einem Trinkspruch. Ich erhebe meines und warte darauf. Leo senkt sein Glas wieder. »Irgendwie finde ich Trinksprüche so hochtrabend.«

»Geht mir genauso.«

»Findest du, ich sollte die Schauspielerei aufgeben?«

Ich drehe mich mit dem ganzen Körper zu ihm und ziehe die Beine auf die Couch. »Nein. Das findet niemand. Was redest du denn da?«

»Ich weiß auch nicht. Also, ich hab inzwischen eine Menge Filme gedreht, und ich bin erst vierzig. Vielleicht könnte ich ein völlig neues zweites Leben haben. Ganz ohne berühmt zu sein. Ein Leben, in dem ich den Handscanner für die Selbstbedienungskasse benutze.«

»Du bist bloß ausgebrannt. In den letzten zwei Jahren hast du drei Filme gestemmt. Das hier ist so was wie ein Neustart. Und ehrlich, ich bin wirklich froh, dass du hier bist. Aber bald freust du dich auf die nächste Rolle und bist wieder mit Feuereifer dabei.«

»Irgendwie gefällt es mir hier.«

»Du würdest es sattbekommen.«

»Ist das bei dir so?«

»Überhaupt nicht.«

Er lächelt. »Kann ich dir ein Geheimnis anvertrauen?«

Ich versuche, die Aufregung aus meiner Stimme zu verbannen. »Sicher.«

»Ich sehe mir die Weihnachtsfilme auf dem Romance Channel an. Und ich liebe sie.«

»Tust du nicht.« Ich bemühe mich, das Lächeln zurückzudrängen, das mein Gesicht erobern will.

»Doch. Wenn ich über die Feiertage zu Hause bin, bleiben meine Ma und ich immer lange auf und ziehen uns zwei oder drei hintereinander rein. Ich meine, früher. Als sie noch gelebt hat. Ihr hat gefallen, wie sich die jungen Leute ineinander verlieben. Mir haben die übertrieben dekorierten Häuser und die Mütter gefallen, die alles Mögliche kochen. Und dass für alle die größte Sorge darin besteht, ob wohl die Beleuchtung richtig aufgehängt ist.« Er nippt an seinem Wein. »Ist mein heimliches Laster.«

»Welcher ist dein Lieblingsfilm?« *Sag einen von meinen! Sag einen von meinen!*

Er überlegt länger, als es die Frage meiner Ansicht nach rechtfertigt. »Der mit der Reporterin, die eingeschneit wird und bleibt, um dem Herbergswirt bei der Planung des alljährlichen Weihnachtsfests zu helfen. Die beiden Charaktere mag ich. Sie vermitteln das Gefühl, dass sie einfach zusammengehören.«

»Becca und Daniel. Lake Placid. Der ist von mir.«

»Siehst du? Also bist du doch romantisch.«

»Nur auf dem Papier. Und wenn es um nichts geht.«

KAPITEL 9

Bis zum Ende der Proben am Freitagnachmittag läuft Mrs. Sasaki eigentlich nur noch regelmäßig los, um Leo Wasser zu bringen. Dazwischen nickt sie zu seinen Ideen.

Weezie textet mir, als ich gerade am Einschlafen bin. *Was ist da draußen los? Er sagt, er bleibt noch drei Wochen???*

Ich glaube, er findet es hier erholsam, antworte ich ihr.

Na gut, dann ist er wohl Ihr Problem. Ich »erhole« mich in seinem Penthouse, bis ich was Neues höre.

Schön für Sie, texte ich und beende die Konversation.

Am Samstag will Leo zu Bernadettes Fußballspiel mitkommen. Er kann kaum fassen, wie bequem meine Sitzunterlagen sind. Seiner Ansicht nach ist Bernadette für ein Mädchen ihres Alters ungewöhnlich aggressiv und sollte vor der Mittelstufe einen persönlichen Trainer bekommen. Ich verdrehe die Augen und bemühe mich, nicht auf seine Füße zu starren. Er trägt zum ersten Mal Flipflops, wohl wegen des mittlerweile wärmeren Wetters. Und seine Füße sind genau wie seine Hände zugleich auffallend schön und stark. Ich denke daran, wie diese Füße mitten in der Nacht meine Treppe hinauf- und hinunterstapfen. An seine Hände denke ich nach Möglichkeit nie.

Meine Probleme mit der Aufführung lösen sich von selbst, als sich Leo auf dem Fußballplatz und am Baseballfeld präsentiert, freundlich grüßt und üppig sein Lächeln verteilt. Es sind gerade mal zwanzig Tage bis zur Premiere, und bis heute hat sich noch niemand freiwillig dafür gemeldet, mit der Arbeit an den Kulissen und Kostümen zu beginnen. Der Ersatzplan wäre, einen alten Sackleinenvorhang auf die Bühne zu hängen und die Kinder ihre schmutzigsten Sachen anziehen zu lassen, damit sie wie Waisen rüberkämen. Plötzlich aber wollen alle mitmachen. Tatsächlich werden wir geradezu bestürmt.

Leo richtet sich zu voller Größe auf, als er Tanya Chung kennenlernt. Er blickt ihr tief in die Augen, bis sie zustimmt, die vollständigen Kostüme bis vier Uhr nachmittags am nächsten Mittwoch fertig zu haben, wenn unsere erste Hauptprobe stattfindet. Evelyn Ness erklärt sich bereit, sämtliche Kulissen zu übernehmen, und ich schwöre, dass ich sehen kann, wie ihre Knie leicht nachgeben.

»Du wirst nie mit dem Schauspielern aufhören«, sage ich ihm.

»Und was tut sich hier an Samstagabenden?«, fragt Leo uns auf dem Heimweg von Arthurs verheerendem Spiel in der Little League.

»Ich übernachte bei Sasha«, verkündet Bernadette.

»Ich bin zu einer Geburtstagsparty eingeladen«, erklärt Arthur.

»Oh, dann haben wir wohl Pech. Darf ich dich zum Essen ausführen?«

Auf dem Rücksitz wird gekichert, und ich glaube, ich erröte. Rasch öffne ich das Fenster einen Spalt. »Gern.«

»Gibt's in der Gegend ein vernünftiges Restaurant?«

»Wir haben im Ort ein sehr gutes Bistro. Sei kein Snob.«

Leo schaut in den Innenspiegel, verdreht die Augen und sorgt damit für weiteres Kichern auf der Rückbank.

Ich glaube, ich habe zu viel Make-up aufgetragen, habe allerdings niemanden, den ich fragen kann. Mit Schwarz an den Augen fühle ich mich nicht wohl und komme mir ein wenig wie das Opfer eines Überfalls vor. Andererseits erscheint es mir unhöflich, sich an einem Samstagabend nicht ein wenig Mühe zu geben, also entscheide ich mich für mein marineblaues Seidenkleid, das ohne Ärmel, falls ich schwitze.

Mein Haar ist heute in Ordnung, Gott sei Dank für die kleinen Segen. »Du bist erwachsen«, sage ich zu meinem Spiegelbild. »Benimm dich nicht wie ein Teenager.«

»Verdammt«, entfährt es Leo, als ich die Küche betrete. Er trägt ein gebügeltes weißes Hemd und einen marineblauen Blazer. Frisch rasiert und lächelnd sieht er aus wie … nun ja, wie ein Filmstar.

»Zu viel?« Ich brauche wirklich jemanden, der es mir ehrlich sagt.

»Genau richtig.«

Wie zu erwarten, wird kollektiv nach Luft geschnappt, als wir das Restaurant betreten. Leute, die mich nur flüchtig kennen, winken mir enthusiastisch zu. Leute, die mich gut kennen, planen bereits Toilettengänge ein, damit sie an unserem Tisch vorbeischauen und Hallo sagen können.

Die Kellnerin führt uns in die hintere Ecke mit Blick ins

Restaurant. Als Leo ihr die Hand auf den Unterarm legt, fällt sie beinahe in Ohnmacht. »Ich will nicht lästig sein, aber wäre es möglich, an dem Tisch dort drüben zu sitzen?« Er deutet auf einen vor einer Bank.

Nach einem Glas Wein vergesse ich, dass meine gesamte Gemeinde zu uns herüberstarrt. Wir lachen darüber, wie er diese armen Frauen zur Mitarbeit an der Aufführung gebracht hat. Wir reden über die Kinder, als wären sie für uns beide von Interesse. Er möchte etwas über meine kurze Karriere im Verlagswesen erfahren, und seine Antworten führen mir vor Augen, dass ich dabei mehr gelernt habe, als ich dachte.

»Gehst du auch mal mit Männern aus?«, will er wissen.

»Nein.«

»Nie?«

»Nie.«

»Warum nicht?«

»Wir sind hier in einer ziemlich ländlichen Gegend. Da wimmelt es nicht gerade von Singles. Außerdem stehe ich früh auf, wie du weißt.«

»Bist du je einsam?«

»Nicht so einsam wie während meiner Ehe mit Ben.«

Als unsere Desserts serviert werden, hat er Lust auf sein neues Lieblingsspiel: romantische Filme. »Okay, ich weiß was. Talkshow-Moderator aus Akron, Ohio.«

Ich steche ein Stück von meinem Schokoladenkuchen ab, während ich überlege. »Er fährt aufs Land, um einen zurückgezogen lebenden Filmstar zu interviewen, und verliebt sich in dessen Betreuerin, die wahrscheinlich davon träumt, einen Cupcake-Laden zu eröffnen.«

»Das tun sie alle.«

»In solchen Filmen kommen unheimlich oft Konditoreien vor«, gebe ich ihm recht. »Und niemand ist übergewichtig.«

»Und die Gemeindeveranstaltung am Ende?«

»Hm.« Ich nehme einen Bissen und grüble. »Oh. Er leitet die Auktion bei der Bezirksmesse.«

»Wo sie Muffins verkauft.«

»Natürlich.«

»Und er muss vor der Veranstaltung weg, bricht ihr damit das Herz, kommt aber später zurück, und es gibt einen langen Kuss«, sagt Leo.

»So besonders lang ist der Kuss eigentlich nie.«

Da er seinen Wein bereits ausgetrunken hat, schenke ich ihm die Hälfte von meinem ein. »Und das war's?«, fragt er.

»Na ja, abgesehen von den Details. Wenn die Eltern der Protagonisten vorkommen, sind sie immer überaus liebevoll und eigenständig. Sie fallen nie jemandem zur Last.« Ich nehme einen weiteren Bissen von meinem Kuchen. »Und die Frau hat in der Regel einen Spleen, der die meisten Männer nerven würde, während dieser eine ihn unwiderstehlich findet.«

»Im Ernst?«

»Das gehört mit zur Fantasie. Zum Beispiel wäre eine erzkonservative Frau, die für Ordnung und Listen lebt, ansprechend für einen freigeistigen Musiker, der sein Leben dringend auf die Reihe bekommen muss.«

»Das ist teuflisch. Was ist mit einer Verrückten, die ihr Leben derart durchplant, dass es wie ein Schweizer Uhrwerk läuft?«

»Na ja«, erwidere ich, leere das Glas und lege meine Serviette auf den Tisch, »die würde eine Menge erledigt bekommen. Aber das finden Männer meiner Erfahrung nach nicht wirklich unwiderstehlich.«

»Ich schon«, sagt Leo. »Wir sollten langsam nach Hause gehen.«

Im Haus ist es dunkel, als wir zurückkommen, doch wir schalten beide kein Licht ein. Als wir in der zappendusteren Küche stehen, bewegt sich Leo einen Schritt auf mich zu. »Müssen wir Arthur abholen?«

Arthur?, schießt es mir durch den Kopf. Ach ja, richtig. »Kate bringt ihn nach Hause.«

»Verstehe«, sagt Leo. Er ist mir so nah, dass er mich mit einem weiteren halben Schritt nach vorn küssen könnte. Wieder frage ich mich, ob meine Fantasie mit mir durchgeht und ob es vielleicht an der Zeit ist, beim Schreiben das Genre zu wechseln. Und die Finger von Wein zu lassen.

»Mein Lachs war perfekt gegart«, sage ich buchstäblich aus dem Nichts. Vor allem, weil ich dringend aus dem Blickkontakt ausbrechen muss. Ich bewege mich einen Schritt zur Seite, damit wir uns nicht mehr direkt gegenüberstehen. »Manchmal ist er zu roh, und sie verkaufen es einem als rosig in der Mitte, dabei atmet er praktisch noch. Obwohl Fische ja nicht im herkömmlichen Sinn atmen.« Ich lache verlegen über den eigenen, echt unlustigen Kommentar, aber zumindest bekomme ich wieder Luft. Dann wende ich mich der Frühstückstheke zu und beginne im Dunkeln, einen bereits geraden Stapel Papier zu ordnen. »Soll ich Licht anmachen?«, frage ich.

»Nein«, antwortet er und stellt sich direkt hinter mich.

»Oh«, mache ich und drehe mich um.

Er streicht mir eine lose Strähne aus den Augen und lässt die Hand seitlich an meinem Hals ruhen. Ich kann mich nicht daran erinnern, schon einmal von ihm berührt worden zu sein. Und so, wie sich prickelnde Hitze durch meinen Körper ausbreitet, bin ich mir ziemlich sicher, dass ich es noch wüsste. Obwohl ich ihm nicht in die Augen sehen kann, spüre ich, wie er mich in der Dunkelheit betrachtet. Er beugt sich vor. Sein Gesicht ist meinem so nah, dass sich unsere Nasen streifen. Sein Atem haucht auf meine Lippen. Zwischen uns knistert es vor Verlangen, das wohl größtenteils von mir ausgeht. Ich scheue mich davor, ihm in die Augen zu blicken, weil er es sonst sehen würde. Aus irgendeinem Grund möchte ich in diesem Moment verweilen, auf dieser Linie verharren, damit ich sowohl wissen als auch nicht wissen kann, was gleich passieren wird. Wie Schrödingers Katze in Form eines Kusses.

Leo flüstert meinen Namen, und einige Augenblicke verstreichen. Schließlich schaue ich auf … und Leo küsst mich. Erst nur verhalten, probeweise, dann jedoch wird daraus ein schier endloser Kuss, der mich auflöst. So eindringlich, so leidenschaftlich, dass ich gern glauben möchte, er hätte sich das genauso oft vorgestellt wie ich. Nichts auf der Welt fühlt sich gerade natürlicher oder unvermeidlicher an als seine Hände auf meinen Hüften und meine Finger in seinem Haar. Ich weiß nicht mehr, wo ich bin, als Scheinwerfer in meiner Einfahrt auftauchen. Eine Autotür wird geöffnet und geschlossen, und Leo murmelt: »Arthur.«

Er schaltet das Licht ein, als mein Sohn durch die Haustür hereinkommt. Dass wir beide ein wenig atemlos sind, überspiele ich, indem ich flunkere: »Hallo, Schatz. Perfektes Timing, wir sind gerade aus der Garage heraufgestiegen.« Obwohl mein Auto vor der Tür parkt. »Wie war's?«

»Gut. Wir haben uns 'nen Film angesehen und im Wald hinter dem Haus mit Schaumstoffpistolen gespielt.« Er holt sich ein Glas Wasser, und wir beobachten ihn. Vielleicht, weil wir uns lieber nicht gegenseitig ansehen wollen. »Tja, gute Nacht«, sagt Arthur schließlich und umarmt uns beide.

»Gute Nacht, Schatz. Ich komme gleich hoch und decke dich zu.« Das sage ich, weil er es immer von mir zu hören bekommt. Jeden einzelnen Abend. Ein Teil von mir will die Küche allerdings nicht verlassen.

Als wir oben Wasser rinnen hören, ergreift Leo meine Hand. Unsere Finger fädeln sich ineinander. »Tja«, sagt er.

»Ja.« Ich kann nicht aufhören, unsere vereinten Hände anzusehen. Seine Finger, so verflochten mit meinen.

»Dann gehe ich wohl auch schlafen«, meint er.

»Okay.«

»Okay«, sagt er und küsst mich erneut, diesmal nur hauchzart gestreift. »Wir sehen uns zum Sonnenaufgang«, fügt er hinzu, geht durch die Hintertür hinaus und überquert die Wiese zum Teehaus.

Natürlich bekomme ich kaum ein Auge zu. Ich texte Penny. *Hoffe, ich wecke dich nicht. Falls doch, kannst du zurückschreiben? Er hat mich geküsst.*

Dasselbe sende ich an Kate. Ich bekomme keine Antwort. Mein Herz rast. Ich muss mich dringend beruhigen.

Tatsache: Von diesem Kuss werde ich mich wahrscheinlich nie erholen. Tatsache: Dieser Mann geht mit Starlets aus. Tatsache: Ich bin eine gewöhnliche Frau, die zwei Babys gestillt hat. Oh mein Gott. Vielleicht war er betrunken. Obwohl er mir nicht so vorgekommen ist. Vielleicht schauspielert er. Obwohl er mir aufrichtig zu sein scheint. Vielleicht schauspielert er Aufrichtigkeit. Aber wofür? Um einer einsamen Vorstadtmutti ein paar Küsse zu entlocken? Wenn es ihm darum geht, hat er sich wirklich unheimlich viel unnötige Mühe aufgehalst. Er könnte jede küssen, die er will. *Vielleicht mag er mich wirklich*, denke ich mit kaum hörbarer Denkerstimme.

Als das erste Tageslicht mein Zimmer zu erhellen beginnt, öffne ich die Augen und erinnere mich. Ich springe aus dem Bett und analysiere die Pyjamalage. Weißer Flanell mit gelben Sternchen. Ich tausche das Oberteil gegen ein T-Shirt und ziehe einen hellblauen Pullover darüber. Mein Hals sieht komisch aus, also füge ich einen Schal hinzu. Wenn ich den Gesamteindruck betrachte, stelle ich fest, dass ich es wieder mal geschafft habe: Ich sehe aus, als hätte mich mein Stapel aussortierter Wäsche angesprungen. Also ziehe ich stattdessen einen schlichten Pyjama an.

Als ich die Küche betrete, stelle ich fest, dass bereits Kaffee aufgebrüht ist. Er hat einen Becher für mich vorbereitet. Ich schenke mir ein und gehe nach draußen.

»Du bist spät dran«, kommentiert er. Ich setze mich, und er hüllt mich in seine Decke. Dabei halte ich Ausschau nach Anzeichen darauf, dass sich etwas verändert hat, die Geste irgendwie intimer als sonst ist. Aber er teilt die Decke genau so mit mir wie an jenem ersten Tag vor gefühlten tausend

Jahren, als ich mein durchsichtiges Nachthemd anhatte. Ich nehme seltsam bewusst meine Lippen am Kaffeebecher wahr. Sie fühlen sich wie gewöhnliche Lippen an. Sind sie aber nicht, weil sie gestern Abend von Leo Vance geküsst worden sind. Ich will ihn nicht ansehen, weil ich weiß, dass ich auf seine Lippen starren würde.

Wir beobachten den Himmel, während die Sonne die Blätter der Bäume von hinten erfasst. Das Spektakel ist fast vorbei, und ich muss ihn etwas sagen hören … irgendeinen Hinweis darauf, dass es tatsächlich passiert ist und er vorhat, mich wieder zu küssen.

»Was steht heute auf dem Tagesprogramm?«, fragt er. Ah, wie romantisch. Das Wort »Tagesprogramm« fühlt sich wie ein Schlag an, als hätte ich mir eingebildet, er würde vorschlagen, mit mir nach Cap d'Antibes durchzubrennen. *Was steht heute auf dem Tagesprogramm?* Es dauert einen Moment, bis mir einfällt, dass wir Sonntag haben. Dann schüttle ich den Kopf, um ihn freizubekommen.

Ich atme tief durch. »Es ist Sonntag«, sage ich, um Zeit zu gewinnen. »Bernadette hat um eins ein Fußballspiel. Eine Stunde entfernt in Yardsmouth. Arthur ist zu noch einer Geburtstagsfeier eingeladen, diesmal mittags im Kino.«

»Ist die Mannschaft aus Yardsmouth gut?« Oh Mann. Er stürzt sich eindeutig auf jedes mögliche Thema, das nichts mit unserem Kuss zu tun hat. Sogar Mädchenfußball in der Gruppe unter neun Jahren ist ihm dafür recht.

»Sie ist fürchterlich. Wird ein einseitiges Spiel werden.«

»Interessant«, meint er.

Ich fühle mich ein bisschen verletzlich. Weil ich mich der Möglichkeit geöffnet habe, jener Kuss könnte etwas Echtes gewesen sein, der Beginn von etwas. Und er starrt geradeaus und redet über den Haushaltskalender. Demnächst wird er fragen, wie der Schmortopf funktioniert und ob man dunkle Kleidung heiß waschen darf.

»Nicht wirklich«, entgegne ich und ziehe die Beine an die Brust. Ich verspüre Sehnsucht und bin ein bisschen wütend. Man läuft nicht einfach rum und küsst grundlos einsame Frauen. Das ist unverantwortlich und grenzt an Grausamkeit. Als würde man einem Hund an einem Tag ein Steak servieren und ihn am nächsten wieder mit Trockenfutter abspeisen. Was man nicht kennt, das fehlt einem nicht, und etwas wie diesen Kuss habe ich vorher nicht gekannt.

»Gibt's irgendeine Möglichkeit, dass Bernadette mit jemandem nach Yardsmouth mitfahren kann?«

»Warum?« Ich sehe ihn immer noch nicht an.

»Weil wir dann hier von halb zwölf bis zwei allein sein könnten.« Nun sieht er mich an.

Ich erröte, laufe *richtig* rot an. »Oh«, rutscht es mir heraus.

»Geht das?«

»Ich rufe Jenna an«, sage ich. Zwar habe ich ihm immer noch nicht in die Augen gesehen, aber er ergreift unter der Decke meine Hand. Als wäre es das Normalste auf der Welt.

KAPITEL 10

Beim Frühstück achte ich darauf, keinen Blickkontakt zu Leo herzustellen. Ich spüre, dass er mich beobachtet, aber ich kann nicht riskieren, dass meine Kinder den lüsternen Wahnsinn in meinem Gesicht bemerken, wenn wir uns in die Augen sehen. Zur Ablenkung bereite ich ein übertrieben aufwendiges Frühstück mit selbst gemachten Waffeln und gebratenen Würstchen zu. Obwohl ich etwas länger als sonst jogge, stelle ich fest, dass ich null Prozent meiner nervösen Energie aufgebraucht habe. Nach dem Duschen ziehe ich mich an und gehe wieder nach unten. Irgendwie habe ich Arthurs Aufmerksamkeit erregt.

»Hast du heute was vor?«

Abrupt halte ich auf der Treppe inne. Ich sehe erst ihn an, dann Leo. »Warum?«

»Dieses Kleid. Gehst du zu einer Party?«

Ich blicke auf mein gelbes Sommerkleid hinab und habe keine richtige Erklärung dafür parat. Meine übliche Uniform aus T-Shirt und Jeans schien mir heute einfach nicht gut genug zu sein. Oder habe ich mir unterbewusst gedacht, dass Jeans schwerer auszuziehen sind und Nahtlinien auf der Haut hinterlassen? Insgeheim verfluche ich mich dafür, dass ich mich verraten habe.

»Oh, ich bin nur ein bisschen mit der Wäsche im Rückstand. Schnapp dir Howies Geschenk, dann setze ich dich beim Kino ab.«

»Ma. Es ist erst halb elf.«

»Richtig.« Leo tut an der Arbeitsplatte in der Küche so, als läse er etwas auf seinem Handy, aber ich merke, wie er mühsam ein Lachen unterdrückt.

Nachdem Jenna hier gewesen ist, um Bernadette abzuholen, und wir ihr Auto auf die Hauptstraße einbiegen hören, durchquert Leo die Küche und nimmt mich in die Arme. Mir wird klar, dass mein Körper in höchster Alarmbereitschaft gewesen ist und ich diese Umarmung dringend brauche. Die Stärke seiner um mich gelegten Arme und sein berauschender Duft beruhigen mich nach und nach.

»Also, wo stehen wir jetzt?«, murmelt er in mein Haar.

»Ich hab Angst«, gestehe ich ihm.

»Ich auch. Darf ich dich rüber zum Teehaus bringen?«

Es fühlt sich nach einer guten Idee an, den Geruch von Waffeln und schmutzigem Geschirr hinter sich zu lassen und sich an einen Ort zu verlagern, an dem wir klarer denken können. »Gern«, antworte ich. Leo hält meine Hand, als wir barfuß hinausgehen.

Sobald wir im Teehaus sind, schließt er die Tür. Ich bin mir nicht sicher, wohin ich soll. Schließlich setze ich mich auf sein ungemachtes Bett. Leo lässt sich nicht neben mir nieder.

»Soll ich ein Feuer anzünden?«

»Ist ziemlich warm hier drin.«

»Stimmt.« Er rückt den Stuhl am Tisch gerade. Dann faltet er einen Pullover zusammen, der über der Rückenlehne gehangen hat. Es fühlt sich an, als würde er Zeit schinden. Ich rutsche auf dem Bett weiter zurück und verfluche erneut das Kleid, für das ich mich heute entschieden habe. Denn ich würde gern die Knie schützend an die Brust ziehen, um mich sicher zu fühlen, während ich herauszufinden versuche, was hier geschieht. Allerdings kann ich aus Gründen des Anstands nur die Beine übereinanderschlagen, wodurch ich mir kindlich und ungeschützt vorkomme.

»Darf ich mich zu dir setzen?«, fragt Leo schließlich.

»Natürlich.« Er kommt die zwei Schritte zum Bett herüber und lässt sich so vorsichtig nieder, als könnte durch eine falsche Bewegung seines Körpers versehentlich eine Bombe hochgehen.

Ich muss ihn unbedingt berühren. Und allmählich beschleicht mich die Sorge, es könnte meine letzte Gelegenheit dafür sein. Also ergreife ich seine Hand und streiche mit den Fingern über seine Handfläche. Ich würde das für immer tun, wenn ich dadurch vermeiden könnte, ihn sagen zu hören, das hier wäre ein Fehler.

»Ich weiß, warum ich solche Angst habe«, ergreife ich das Wort. »Aber warum bist du nervös? Machst du so was nicht ständig?« Das ist mein Versuch, die Stimmung aufzulockern, als wären wir bloß Leo und Nora, die ein bisschen herumalbern. Geht allerdings in die Hose.

»Du bist ein echter Mensch.«

»Weil ich einen Subaru fahre?« Ich bin mir nicht sicher, wann ich diese Gabe entwickelt habe, in den ungünstigsten Momenten die abtörnendsten Dinge auszusprechen.

»Weil ich dich kenne. Damit hab ich nicht viel Erfahrung.«

»Tja, und ich gar keine«, erwidere ich.

»Wir müssen das nicht tun.« Trotz der Worte ruht seine Hand mittlerweile auf der Innenseite meines überkreuzten Fußgelenks. Er betrachtet die Linie, die er an meiner Wade entlangzieht. Das Gefühl seiner Finger, die meine Haut kaum berühren, bis sie meine Kniekehle erreichen, verschlägt mir den Atem.

»Ich denke doch«, flüstere ich beinahe, weil ich meiner Stimme nicht recht traue. Er schaut auf, dann küsst er mich innig und stützt die Arme links und rechts neben meinem Kopf an die Wand, als würde ich sonst vielleicht fliehen. Von wegen. Mir ist von dem Kuss so schwindlig, dass ich nicht mitbekomme, wie sich meine Arme um seinen Hals und meine Beine um seinen Rücken schlingen. Wie sich herausstellt, war das Kleid doch eine gute Entscheidung. Wir überschlagen uns förmlich dabei, uns aus den Klamotten zu schälen. Als sich nichts mehr zwischen uns befindet, verlangsamt sich alles außer meinem Herzschlag. Leo küsst mich gemächlich, und als er anfängt, mich zu lieben, weiß ich mit Sicherheit, dass er nicht schauspielert. Er ist in diesem emotional entblößten Zustand, in dem er alle Vorsicht fahren lässt, derselbe Mensch, der auf meiner Veranda gesessen hat – der mir aufmerksam zugehört, sich voll und ganz auf mich eingelassen hat. Zum ersten Mal in meinem Leben schalte ich meinen überaktiven Verstand ab und existiere nur noch in dem Duft, den Leos Hals verströmt. Im Klang seiner Stimme, die meinen Namen flüstert. Im Gefühl seiner mittlerweile schweißfeuchten Haut. In den

Empfindungen meines Körpers, der sich für etwas so Mächtiges öffnet, dass ich nicht weiß, wie ich je davon zurückkehren soll.

Die Liege ist zu klein, um uns danach nebeneinander auszustrecken, deshalb kehre ich Leo den Rücken zu, um meine Gedanken zu sammeln. *Wo sind sie hin?* Leo dreht sich zu mir, schlingt die Arme um mich, küsst meinen Nacken. Ich fühle mich ein wenig verlegen. So entblößt bin ich noch nie im Leben gewesen.

»Daran hab ich schon lange gedacht«, sagt Leo.

»Du hast mich erst vor zwei Wochen kennengelernt.«

Leo lacht und küsst meine Schulter. »Du bist echt nicht besonders romantisch, oder?«

»Möglich, dass ich ein bisschen zu kopflastig bin.«

»Das bringe ich in Ordnung«, bietet er an, und ich drehe mich zu ihm um. Natürlich scherzt er, aber mich begeistert die Vorstellung, er könnte es ernst meinen. Mich begeistert der Gedanke, er könnte mich der Mühe wert finden. Und mich begeistert, dass sich tief in dem Satz vergraben die Andeutung einer Zukunft verbirgt.

Meine Kinder merken, dass irgendwas im Busch ist, aber zum Glück nicht, was. In ihrem Alter fällt ihr erster Verdacht nicht gleich auf Sex, sehr wohl jedoch haben sie ein feines Gespür für subtile Veränderungen an ihrer Mutter. Ich merke, wie sie mich beobachten, und ich weiß nicht, ob es an meinen beschwingten Bewegungen oder am Lächeln in meinem Gesicht beim Kartoffelwaschen liegt. Mir ist bewusst, dass ich förmlich strahlen muss, allerdings kann ich es weder verbergen noch beenden.

Obwohl sich alles verändert hat, weiche ich in der ersten Woche kaum von meiner Routine ab. Sonnenaufgang, Frühstück, Kinder zur Schule, joggen, duschen, Teehaus von zehn bis zwei. Nur statt zu schreiben, liege ich mit einem Filmstar im Bett. Wir haben Sex, geradezu lächerlich viel. In meinem früheren Leben hätte ich schon die Hälfte davon als absoluten Albtraum empfunden. Nun jedoch fühlt sich ein im Bett verbrachter Tag rundum erfüllend an. Gut möglich, dass ich Sex vor Leo gar nicht richtig verstanden habe.

Ich habe oft an den Klempner gedacht, wenn ich mit Ben zugange war. Nicht weil ich mich in irgendeiner Weise zu unserem Klempner hingezogen fühlte. Eher, weil ich überlegte, ob ich ihn angerufen und gebeten hatte, die Dichtung am Außenwasserhahn zu überprüfen. Sonst könnten die Rohre einfrieren und platzen, und dann würde es richtig teuer werden. Eine solche Reparatur hätte mein ohnehin schon knappes Weihnachtsbudget gesprengt. Und ich musste Arthur unbedingt davon überzeugen, dass er kein Schlagzeug brauchte. Gar nicht so sehr wegen des Lärms. Aber es würde eine Menge Platz einnehmen und mich nerven, weil ich um das Ding herum staubsaugen müsste, zumal er zum Jahresende bestimmt genug davon hätte. Am Neujahrstag bereitete ich gern Curry-Hühnersalat zu, doch Arthurs Arzt riet uns wiederholt dazu, bei ihm die Milchprodukte zurückzuschrauben. Wegen der Mayonnaise würde ich mit der Tradition brechen müssen. Aber Moment. *Mayonnaise besteht eigentlich nur aus Öl und Eiern. In Mayonnaise sind gar keine Milchprodukte! Davon kann Arthur essen, so viel er will! Ich könnte sogar Makkaroni-*

Salat und den Gemüsedip machen, den er so mag. Mayonnaise fällt nicht unter Milchprodukte, dachte ich lächelnd, wenn sich Ben letztlich von mir rollte. Natürlich glaubte er, jenes Lächeln würde sich wie sonst auch alles um ihn drehen.

Vermutlich war das Problem mit Ben im Bett dasselbe wie mit Ben außerhalb des Betts: Bei ihm ging es immer nur um Ben und sonst niemanden. Ben konzentriert sich ausschließlich darauf, was Ben glücklich macht, wodurch sich Ben gut fühlt und Ben vor anderen gut dasteht. Bei Leo geht es weder um ihn noch um mich. Beinahe so, als hätten wir zusammen etwas Drittes erschaffen. Und wenn wir das Teehaus betreten, verschwindet der Rest der Welt. Dann gibt es bis drei Uhr nachmittags keine Zeit, keine Nachrichten, keine Außenwelt.

Leo streicht gern mit einem Finger vom unteren Rand meines Ohrs über den Hals hinunter zu meinem Schlüsselbein. Manchmal lullt mich sein Rhythmus dabei in den Schlaf. Wir stehen auf, um Lebensmittellieferungen in Empfang zu nehmen. Manchmal erledigen wir Besorgungen. Wir sind gleichzeitig energiegeladen und faul, hyperaktiv und schläfrig. Ich frage mich, ob andere spüren, dass wir auf einer eigenen Energiewelle surfen, als hörten wir einen anderen Soundtrack und fühlten die Luft erlesener auf der Haut. Tief in meinem Inneren ist mir klar, dass es keine dauerhafte Realität sein kann. Trotzdem klammere ich mich daran wie an einen richtig schönen Traum, wenn man sicher ist, dass man das Gefühl im wahren Leben nie kopieren kann.

Leo hat noch nie einen Fuß in mein Schlafzimmer gesetzt. Wenn die Kinder zu Hause sind, achtet er darauf, nicht mal mit der Hand die meine zu streifen. Wir haben nicht darüber geredet. Er scheint meinen Instinkt, sie zu schützen, auch ohne Worte zu verstehen. In der dunkelsten Ecke meines Wesens, wo ein winziger Teil von mir die Realität nach wie vor anerkennt, weiß ich, dass die Sache mit Leo ein Ablaufdatum hat. Mir steht ein grauenhafter Absturz bevor. Aber solange es allein mein Problem bleibt und nicht zu ihrem wird, ist es mir das wert.

Leo fängt an, mich beim Joggen zu begleiten, und befindet es für langweilig. Ich bevorzuge einen Rundkurs, weil ich dadurch gezwungen bin, mein volles Pensum zu absolvieren. Und offen gestanden gleicht mein gesamtes Leben einem Rundkurs – ich lande jeden Tag genau dort, wo ich angefangen habe. Er mag Abwechslung, deshalb erkunden wir die Nebenstraßen, die sich um Laurel Ridge herumschlängeln. Manche Abschnitte sind gepflastert, andere unbefestigt, wodurch sich die Geräusche unserer Füße beim Laufen verändern. Gelegentlich kommen wir an einem Haus mit einem Lattenzaun vorbei, aber überwiegend sind die Straßen von Wiesen gesäumt, auf denen späte Narzissen blühen. Alte Kirschbäume und Hornsträucher spenden sporadisch Schatten. Und wenn der Wind zur richtigen Zeit weht, laufen wir durch einen Schauer weißer Blüten, die sich wie Konfetti anfühlen.

Manchmal joggen wir so weit, dass wir zurück nur noch spazieren. Und manchmal hält er dabei meine Hand. Wir befinden uns mitten in einer tagelangen Unterhaltung, in der sowohl die unbedeutendsten als auch die monumentalsten Details unseres Lebens zur Sprache kommen.

»Meine Mutter hatte Lungenkrebs«, erzählt er mir bei einem Spaziergang. »Aber mir haben sie es erst kurz vor dem Ende gesagt. Sie wollten mich nicht bei den Dreharbeiten stören. Als ob die wichtig gewesen wären.« Eine Weile schweigt er. »Am Tag vor ihrem Tod habe ich sie noch mal gesehen. Luke war schon seit zwei Wochen dort. Das hat mich echt sauer gemacht. Das Letzte, was sie zu mir gesagt hat, war: ›Ein Hospiz ist nichts für Filmstars.‹«

»Was macht Luke?«, frage ich.

»Er ist Anwalt. Für Anwälte ist ein Hospiz offenbar schon etwas. Jedenfalls musste ich innerhalb von drei Tagen von ihrer Krankheit erfahren, mich von ihr verabschieden und ihren Tod miterleben.«

»Und bist du deshalb hier?« Kaum habe ich es ausgesprochen, widerstrebt mir zutiefst, wie bedürftig meine Stimme dabei klingt.

»Ich bin deinetwegen hier«, erwidert Leo. »Aber vor dir, vor alldem, hat sich die Verbindung zum wahren Leben gut angefühlt – der Wald, der Sonnenaufgang, die Tagespläne. Jemand, der sich damit auskennt, kommt auch mit einem Hospiz zurecht.«

Später im Teehaus will er mehr über Ben erfahren. »Der Mann muss einen schweren, schweren Schaden haben«, sagt er und küsst mich so zärtlich, dass mir zum Weinen zumute wird.

Er kennt den Großteil der Geschichte, weil er Ben im Film verkörpert hat. Leo weiß, wie wir uns am College kennengelernt haben und in die Stadt gezogen sind. Wie ich einen Job im Verlagswesen bekommen habe und er ein Technologieunternehmen gründen wollte. Wie ein Jahr nach der Gründung seiner Firma ein größerer Konzern dasselbe Projekt gestartet hat. Wie sich dasselbe Schema bei seiner nächsten und übernächsten Idee wiederholt hat. Den finanziellen Aspekt streift der Film nur. Er geht nicht darauf ein, wie geradezu aggressiv Ben das von mir verdiente Geld verprasst hat. Als hätte er vor lauter Wut eingekauft.

»Weil er reich aufgewachsen ist, hat er wohl nie damit gerechnet, dass irgendetwas schwer sein könnte. Er konnte überhaupt nicht damit umgehen, wenn etwas nicht so gelaufen ist, wie er es wollte. Als hätte es ihm zugestanden.«

»Was ist aus dem Geld seines Großvaters geworden?«

»Wurde über die Jahre alles verwirtschaftet. Bens Vater hat sich nicht wirklich ums Geschäft gekümmert, als es an ihn übergeben wurde. Geblieben ist ein Haufen zorniger, anspruchsvoller Menschen ohne Geld und ohne Ahnung, wie sie selbst für sich sorgen sollen.«

»Das hättest du in den Film einbauen sollen. Hätte mir für seine Figur gefallen. Ich hatte nämlich Mühe zu verstehen, warum Trevor so ein Vollpfosten war.«

Ich streiche Leo die Haare aus den Augen. »Es war auch meine Schuld. Ich habe zugelassen, dass er sich vorgemacht hat, er würde kurz vor dem großen Durchbruch stehen. Ich bin jahrelang für ihn in die Bresche gesprungen, weil ich mich mit meiner Ehe, mit dem Verlauf meines Lebens nicht geirrt haben wollte.«

»Du hast 'nen Vogel«, meint er scherzhaft. »Ich sollte dir wohl gestehen, dass ich auch nicht gut mit Geld umgehen kann. Tatsächlich weiß ich gar nichts darüber.«

»Außer, dass du dir haufenweise Bananen leisten kannst.«

Leo lacht. »So viele Bananen.«

»Tja, jetzt bin ich ja reich, also ist alles gut«, sage ich.

»Echt? Dann sind all meine Träume wahr geworden.« Er zieht mich innig an sich. »Was für ein Fang.«

»Ich mein's ernst. Mit *Das Teehaus* bin ich meine Schulden losgeworden. Wenn man immer Schulden gehabt hat, fühlt man sich ohne auf einmal reich. Das wird kein Film, in dem die Heldin die Farm verkaufen muss.«

»Gott sei Dank. Die Farm gefällt mir nämlich.«

»Einmal hat Ben mich hier drin beim Sortieren eines Stapels Rechnungen angetroffen. Ich hab damals überlegt, was wir sofort zahlen müssten und was wir aufschieben könnten. Dabei ist mir irgendetwas darüber herausgerutscht, dass es so viel leichter wäre, wenn wir beide einen Job hätten. Ich glaube, das war der Anfang vom Ende. An dem Tag hat er mich wohl auf die Liste der Leute gesetzt, die seinen großen Träumen im Weg stehen.«

»Das war sogar im Drehbuch.«

Ich lache, denn für mich verschwimmt mittlerweile alles. Mein wahres Leben als Film, aus dem sich eine wilde Affäre mit dem Mann entwickelt hat, der im Film meinen Ehemann mimt. Mein Leben ist bisher so geradlinig verlaufen, ich hätte nie gedacht, dass sich all die Handlungsstränge je so ineinander verflechten würden.

»Hast du ihn geliebt?«

»Vielleicht am Anfang. Aber manche Aspekte von Menschen kann man nach Jahren des Zusammenlebens nicht mehr ausblenden. Zum einen sein Desinteresse an den Kindern. Aber auch seine Besessenheit von sich selbst und seine Unfähigkeit, Schönheit zu schätzen. Viel eigentlich.«

»Ich schätze Schönheit«, sagt Leo. Und dazu setzt er ein Lächeln auf, das ich aus keinem seiner Filme kenne. Es ist das gleiche Lächeln, das er im Gesicht hatte, als Arthur es durch seinen gesamten Text geschafft hatte, ohne einmal im Drehbuch nachzusehen.

»Was ist das für ein Lächeln?«, frage ich und streiche über seine Lippen.

»Ich bin glücklich. So glücklich darüber, dass er dich verlassen hat.«

Penny schickt mir zehn Textnachrichten am Tag. *Was passiert jetzt? Wie lange bleibt er? Warum schreibst du nicht zurück?????* Ich antworte darauf: *Ich bin gefährlich glücklich und zu splitternackt, um dir zurückzuschreiben.*

Jeden Nachmittag sind wir zwei Stunden lang voneinander getrennt, und es fühlt sich schier unerträglich an. Leo gibt in der Aula den Regisseur, ich hüte hinter der Bühne die Kinder. Es kommt mir seltsam vor, dass mich all die Normalsterblichen wie eine von ihnen behandeln. Ich bin keine Normalsterbliche. Ich bin Leo Vance' Geliebte.

»Mrs. Hamilton«, wendet sich eines der Mädchen an mich, »proben wir heute die Marktszene?« *Keine Ahnung,* geht es mir durch den Kopf. *Ich weiß ja nicht mal, welchen Tag wir heute haben.* Es ist noch keine Woche her, dass Leo mein Lover geworden ist. Ich wandle nach wie vor in einem Nebel, den ich nicht verfliegen lassen will.

Kate hilft mir, die Kinder zusammenzutreiben. Sie teilt sie zum Anziehen der Kostüme in Gruppen ein. Ich lasse sie übernehmen. »So hab ich dich noch nie erlebt«, sagt sie.

»Was meinst du?« Als ob ich es nicht wüsste.

»Aufgedreht. Locker. Verträumt.«

»Bin ich alles.«

»Und wie lautet der Plan? Er bleibt noch ein bisschen und reist nach der ersten Vorstellung ab?«

»Na ja, das hatte er ursprünglich vor. Jetzt weiß ich es nicht mehr. Wir reden nicht wirklich darüber, aber er deutet an, dass er vielleicht bleiben will. Als ginge es ihm nicht nur um das hier.« Ihr besorgter Blick ist schwer zu ignorieren. »Ich bin total wahnhaft, oder?«

»Nein, Süße, du bist verliebt. Uns ist nur noch nicht klar, wie das Happy End aussehen soll.« Sie legt den Arm um mich und drückt mich.

Manchmal überlasse ich die Kinder Kate, nur damit ich mich an den Bühnenrand stellen und Leo beim Regieführen beobachten kann. Zum einen sehe ich ihn einfach gern an. Und wenn ich Glück habe, bemerkt er es und wirft mir einen Blick zu, der mich erschauern lässt. Ich sehe Leo auch gern dabei zu, wie er versucht, den Kindern etwas über Schauspielerei beizubringen. Er nimmt die Sache so ernst.

Leo findet offenbar, dass Oliver zu aufgesetzt wirkt. Er geht vor Ty Jacksons ungewöhnlich kleiner Gestalt in die Hocke und sieht ihm direkt in die Augen. »Du musst dich in Olivers Kopf hineinversetzen.«

Ty starrt ihn nur an. »Seinen Kopf?«

»Du musst dir seine Umstände vorstellen. Du hast keine Eltern, kein Zuhause.«

»Ich hab einen Swimmingpool«, sagt Ty zu ihm.

»Du schon. Aber Oliver nicht. Du musst dir vorstellen, deine Eltern wären nicht mehr da, und du hättest gar nichts, nur die Klamotten, die du gerade trägst. Du hast nicht mal eine Decke, um dich zu wärmen. Und keinen einzigen

Freund.« Zwölf andere Darsteller beobachten, wie Ty die Augen schließt und versucht, es sich vorzustellen. Zwölf andere Darsteller sind entsetzt, als Ty in Tränen ausbricht.

Leo legt die Arme um Ty. »Jetzt hast du es. Benutz das in der nächsten Szene.«

Ich stürme hinaus und schlage vor: »Machen wir eine kleine Pause.« *Zu viel*, bilde ich mit den Lippen in Leos Richtung.

Als die Kinder von der Probe abgeholt werden, begleitet Leo den kleinen Ty hinaus zu seiner Mutter. Die Kinder und ich bleiben ein paar Schritte zurück, weil es sich nach etwas entweder sehr Persönlichem oder sehr Professionellem anfühlt, das wir nicht sehen sollten.

»Hi, ich bin Leo«, stellt er sich vor und streckt Tys Mutter die Hand entgegen. Sie scheint außerstande zu sein, ihr Lächeln im Griff zu behalten. »Ich denke, ich schulde Ty eine Entschuldigung, und ich wollte, dass Sie es wissen.«

»Was? Oh, ich bin sicher, es ist alles in Ordnung. Wir können immer noch nicht fassen, dass Sie bei dem Stück Regie führen. Das hätten wir in tausend Jahren nicht für möglich gehalten.« Ty hat beide Arme um die Taille seiner Mutter gelegt.

»Ich habe ihn zum Weinen gebracht. Und das tut mir aufrichtig leid.« Er wendet sich an Ty. »Du bist so ein guter Schauspieler, nur habe ich übersehen, dass du erst zehn bist. Vergiss den Kram, den ich gesagt habe, okay? Du hast es auch vorher wunderbar gemacht.«

Ty lässt seine Mutter los und umarmt stattdessen Leo. »Okay«, sagt er.

»Man muss Verantwortung übernehmen«, erklärt Leo beim Abendessen, während er an einem Hühnerknochen nagt. »Wenn man's oft genug macht, ist es gar nicht mal schwer. ›Ich hab's vergeigt, es tut mir leid.‹ Ist nichts dabei.«

»Ich dachte echt, Ty dreht durch«, merkt Arthur an.

»Anders geht es nicht. Wenn man Mist baut, muss man dafür geradestehen«, erklärt Leo. »Ist das Lieblingsthema meines Vaters – persönliche Verantwortung. Wenn man dazu steht, dass man nicht perfekt ist, wird das Leben leichter. Und machen wir uns nichts vor, das war total daneben von mir. Ich weiß nicht das Geringste über Kinder. Ihr zwei seid die einzigen, die ich kenne.«

Ich frage mich, ob meine Kinder gerade an Ben denken. Ich frage mich, ob ihnen je aufgefallen ist, wie ihr Vater bei jedem seiner Fehltritte so argumentiert hat, dass er ihn nicht zugeben musste. Und ich hoffe, sie sehen mir nicht am Gesicht an, wie hoffnungslos verliebt ich in dem Moment in Leo bin. Ich selbst kann nicht mehr vor mir gerettet werden, doch ich hoffe, dass sie unsere Situation als das betrachten, was sie ist: Wir haben einen netten Hausgast, der uns bei der Schulaufführung hilft und seine Weltanschauung mit uns teilt. Dennoch muss ich zugeben, dass wir vier um den Küchentisch uns nach so viel mehr anfühlen.

»Mir ist es immer peinlich, wenn ich mich entschuldigen muss. Dann wird mir innen ganz heiß«, sagt Bernadette.

»Mach einfach damit weiter, bis es dir leichter fällt«, rät Leo. »Aber natürlich nur, wenn du wirklich im Unrecht bist.«

»Ich glaub nicht, dass Ty den Oliver gut hinkriegen wird«, meint Arthur.

»Ich auch nicht«, gesteht Leo. »Aber darüber müssen wir hinwegsehen und einfach unser Bestes geben.«

Arthur nickt Leo zu, als hätte er etwas Tiefschürfendes verstanden. Etwas vollzieht sich bei Hühnchen, Reis und grünen Bohnen. Ein Austausch von Weisheit findet statt. Man könnte es auch als Erziehungsmoment bezeichnen. Und mich verblüfft, dass er von jemand anderem als mir geschaffen wurde. Als Ben noch hier war, wachte ich oft mitten in der Nacht auf und wurde von der Sorge geplagt, meine Kinder würden sämtliche Lebenslektionen allein von mir lernen müssen. Wissen sie, wie man richtig die Straße überquert? Wissen sie, dass man im Zickzack laufen muss, wenn man von einem Bären verfolgt wird? Ben hat ausschließlich als abschreckendes Beispiel dafür gedient, wie man es nicht machen sollte. Werde nicht Unternehmer, wenn du nicht dafür arbeiten willst. Setze deine Kinder nicht herab, wenn du von ihnen geliebt werden willst.

Leo lächelt mich über sein Weinglas hinweg an. Wir räumen auf, danach sehen wir uns *Glücksrad* an. Anschließend besteht er darauf, dass ich mit den Kindern nach oben gehe, sie zu Bett bringe und ihnen vorlese. Er kehrt ins Teehaus zurück, und wir texten uns gegenseitig, bis wir beide einschlafen. Eigentlich ist diese Routine absurd. Ich schlafe kaum noch, und seit jenem ersten Kuss habe ich kein Wort mehr an einem Drehbuch geschrieben. Trotzdem will ich nicht, dass sich irgendetwas daran ändert.

KAPITEL 11

An den meisten Morgen kuscheln wir während des Sonnenaufgangs und lauschen auf das Knarren der Insektenschutztür. Es ist ein Samstag, aber Bernadette schläft nie lange. »Rutscht zusammen«, verlangt sie, noch bevor sie ganz herausgekommen ist. Sie setzt sich neben Leo, und er legt den Arm um sie. Meine Tochter lehnt sich an seine Brust. Das ist mir noch nie aufgefallen, und ich frage mich, ob es das erste Mal ist. Mein Verstand kann gerade nicht berechnen, wie lange Leo schon hier ist, aber auf einmal fühlt es sich an, als wäre er es immer gewesen.

»Was steht heute auf dem Programm?«, fragt er Bernadette.

»Ich hab Fußball, Arthur hat ein Baseballspiel. Aber im Craft Park ist ein Streetfood-Festival. Wir sollten hingehen.«

»Bin dabei«, sagt Leo.

»Die Leute würden dich bestürmen«, warne ich ihn.

»Ist schon öfter passiert«, erwidert er. »Ihr könnt mich ja beschützen.«

Wir überstehen – siegreich – Fußball und – weniger siegreich – Baseball, bevor wir direkt zu dem Festival fahren. Es strotzt vor Menschen. An den zehn Streetfood-Wagen stehen jeweils mindestens zwanzig Leute in der Warteschlange. Eine Band spielt Countrysongs, und es gibt einen Stand mit Bierfässern. Abgesehen davon, dass ich mit meinen beiden Kindern aus einem schäbigen Kombi aussteige, fühle ich mich jung und unbeschwert.

»Willst du ein Bier?«, fragt mich mein Lover.

»Gern«, antworte ich. Meine Kinder laufen los, ich stehe da und beobachte Leo. Mit den Händen in den Taschen seiner Jeans, stellt er sich hinten an der Schlange des Bierstands an, bis ihn erst eine, dann zwei und schließlich zehn Personen bemerken und sich umdrehen. Seiner Körpersprache nach zu urteilen, hat er kein Problem damit. Bald plaudert und lacht die gesamte Warteschlange mit ihm. Ein kleines Mädchen reicht ihm einen Stift und eine Papiertüte, und er gibt ihr darauf ein Autogramm. Während sich die Schlange vorwärtsbewegt, scheint tatsächlich er die Unterhaltung anzuregen, stellt Fragen, nickt. Die Frau aus dem für Laurel Ridge zu schicken Haushaltswarengeschäft reiht sich in die Schlange ein, und sie wechseln ein paar Worte.

Ich stelle mir vor, wie Leo Jahr für Jahr zu dieser Veranstaltung herkommt, sich die Namen und wichtigsten Fakten über die Menschen merkt, die Kinder aufwachsen sieht. Er würde bei Mr. Mapletons Beerdigung weinen und daran zurückdenken, wie er den Mann kurz nach dessen Hüftoperation kennengelernt hat. »Sie ist zugedröhnt«, sagt jemand. Ich reiße mich zusammen und erblicke Kate und Mickey neben mir.

»Bin ich nicht«, stelle ich klar. »War nur in einem kleinen Tagtraum verloren.«

»Und da kommt er.« Mickey deutet mit dem Kopf auf Leo, der mit zwei Plastikbechern Bier auf uns zusteuert. »Wie soll ich da je mithalten?« Mickey ist Feuerwehrmann im Ort und der vielleicht anständigste Kerl, den ich je kennengelernt habe. Weder Kate noch ich verspüren das Bedürfnis, ihn mit aufmunternden Worten zu bestärken.

»Hi, Kate.« Leo reicht mir mein Bier und schüttelt Mickey die Hand. »Ich bin Leo.«

»Du scheinst ja ziemlich gut mit Menschenmengen umgehen zu können«, meint Mickey. »Ich an deiner Stelle wäre wahrscheinlich eher im Auto geblieben.«

»Oh, das war nett. Die Hälfte der Leute kenne ich schon vom Einkaufen im Ort. Nora lässt mich ihr eine Menge Zeug kaufen.«

Ich stupse ihn an, und er legt den Arm um mich. Ich höre Mickey zu Kate sagen: »Wow. Du hast ja echt nicht gescherzt.«

»Habt ihr heute Abend schon was vor?«, fragt Leo. »Wir wollen grillen und haben bestimmt mehr als genug. Sonst kann ich auch noch mal zum Supermarkt.« Mit seinem fragenden Ton bittet er mich um Rat in der Situation, und mich verblüfft, dass er sich verhält, als wären wir ein Paar, das jemanden zum Essen einlädt.

»Tolle Idee«, sage ich. »Bringt die Kinder mit. So gegen fünf?«

Leo ist enttäuscht, dass ich genug zu essen habe und er nicht noch mal einkaufen gehen kann. Bernadette findet, wir sollten auf der Wiese vor dem Teehaus essen. Ich bemühe mich, nicht hinzusehen, als sie und Leo die Beine von meinem Küchentisch entfernen, um ihn nach draußen bringen zu können.

Nachdem ich für Arthur in der Stadt ein Griffband für seinen Schläger besorgt habe, erwarten Leo und Bernadette mich auf der Veranda. »Wir brauchen das Auto«, verkündet Bernie. Eine Stunde später kommen sie mit einem gelb-weiß gestreiften Tischtuch, dazu passenden Servietten und sechs weißen Lichterketten zurück. Bernadette ist hinter dem riesigen Strauß Sonnenblumen, den sie trägt, kaum zu erkennen.

»Ich bin für die Kulisse zuständig«, teilt sie mir mit.

»Habt ihr den Verstand verloren?«, frage ich, als sie sich an die Arbeit machen.

»Ein bisschen.« Leo schenkt mir ein Lächeln.

Arthur und ich verbringen nicht annähernd so viel Zeit damit, das Essen herzurichten, wie die beiden damit, die Bühne dafür zu bereiten. Leo hat eine Leiter und Schnur gefunden. Die beiden hängen die Lichter zwischen den Bäumen zu beiden Seiten der Wiese auf, bilden ein langes funkelndes Firmament über dem Tisch. Auch Stunden bevor die Sonne untergeht, ist der Anblick atemberaubend.

Nach dem Abendessen spielen die Kinder im Garten vor dem Haus Wiffleball. Kate und ich sorgen beide dafür, dass Mickeys Weinglas nie leer wird. Wir haben uns darüber nicht abgestimmt. Anscheinend wollen wir beide ihn instinktiv einlullen, damit er vielleicht darüber hinwegsieht, dass Leo in seinen Augen nicht wirklich für seinen Lebensunterhalt arbeitet.

Kate schildert Erlebnisse aus ihrem Berufsalltag. Sie leitet ein gemeinnütziges Erziehungsprogramm für Menschen in unterversorgten Gemeinden. Das Budget des Programms liegt bei knapp über null. Die investierte Willenskraft und die Tricks, mit denen sie es trotzdem am Laufen hält, sind geradezu heldenhaft. Leo stellt Fragen, die klar erkennen lassen, dass er aufmerksam zuhört, wodurch er Kate lebhafter und mitteilsamer werden lässt, als ich sie je erlebt habe. Das ist Leos Superkraft, und ich halte es für möglich, dass sie Mickey auf die Nerven geht.

Leo und ich sitzen dem Teehaus und dem Wald dahinter zugewandt. Irgendwann meint er ins Blaue hinein: »Es ist so wunderschön hier. Als würde jeden Tag irgendwas Neues erblühen.«

»Warte bis Juli, wenn die Hortensien loslegen«, meint Kate. »Die werden dich umhauen.«

Das Wort »Juli« schwebt in der Luft. Kate und ich sehen uns kurz in die Augen, bevor ich wegschaue. Mickey lehnt sich auf dem Stuhl zurück und beobachtet Leo.

Und Leo lässt kein Zögern erkennen. »Ich kann's kaum erwarten«, sagt er. Dabei drückt er meine Hand. Und mir wird in dem Moment klar, dass ich mir nichts sehnlicher wünsche als Leo und die blühenden Hortensien zur selben Zeit am selben Ort. Allmählich ängstigt mich, wie sehr ich möchte, dass er bleibt.

»Woher kommst du ursprünglich?«, beginnt Mickey sein Verhör.

»New Jersey«, antwortet Leo. »Ausfahrt zweiundachtzig.«

Mickey lacht, und ich bin mir nicht sicher, ob es nett klingt. »Und jetzt lebst du in Los Angeles?«

»Und New York«, ergänzt Leo.

»Und Cap d'Antibes«, steuere ich bei und verdrehe die Augen.

»Ich kann total verstehen, warum du so viel Zeit in Laurel Ridge verbringst. Muss eine nette Abwechslung sein«, meint Mickey.

»Es ist ziemlich schön«, bestätigt Leo und legt einen Arm um meine Stuhllehne.

Kate lächelt uns an. Alle schweigen einen Moment lang, bis Mickey sagt: »Ehrlich, ich weiß einfach nicht, was hier abgeht. Ich meine, hast du vor zu bleiben? Willst du hier leben? Woher weißt du, dass du nicht bald genug davon hast?«

»Mickey.« Kate peitscht ihn mit ihrer Serviette. »Reiß dich zusammen. Das geht uns nichts an.«

»Nora geht uns nichts an?« An der Stelle erkenne ich, dass er bereits zu viel intus hat. »Ich konnte Ben nicht ausstehen«, sagt er zu Leo. »Er war arrogant und faul.«

»Für mich klingt's so, als wäre er auch ein lausiger Vater gewesen«, erwidert Leo.

»Wie viel hast du letztes Jahr verdient?«, fragt Mickey, als wäre nichts dabei. Kate versetzt ihm erneut einen Klaps, und ich schüttle den Kopf in Leos Richtung, der jedoch keine Miene verzieht.

»Ich hab keine Ahnung, aber du könnest es wahrscheinlich googeln.«

Mickey lacht und hält Leo sein Bier entgegen. »Muss schön sein.«

»Ist es. Man gewöhnt sich schnell dran, keinen Gedanken mehr an Geld verschwenden zu müssen. Aber wie es so treffend heißt, glücklich macht es einen nicht.«

»Mich würde es glücklich machen«, entgegnet Mickey.

»Aber nur, weil du schon glücklich bist.«

KAPITEL 12

Am Montag gegen Mittag klingelt mein Telefon. Wir sind im Teehaus, und der Anruf kommt von Ben. Leo und ich starren einige Sekunden lang auf das Display. »Willst du rangehen?«, fragt er.

»Willst du das?« Ich lege das Handy weg und drehe es um. Auf keinen Fall will ich Ben in meinen Kokon der Seligkeit lassen.

»Ich meine, könnte es nicht wichtig sein? Normalerweise ruft er ja nicht an, oder?«

Als ich mich Leo zuwende, hört das Telefon zu klingeln auf. »Er ruft alle paar Monate an. Sagt, er will die Kinder sehen. Toll, meine ich dazu immer. Dann verspricht er, sich im Lauf der nächsten Woche zu melden, sobald er ›ein paar Dinge geklärt hat‹. Und ruft danach nie an.«

»Nie?«

»Nie. Beim ersten Mal hab ich den Kindern gesagt, dass er kommen würde, und sie waren ganz aus dem Häuschen. Aber natürlich ist er nicht aufgekreuzt. Seither sage ich ihnen nichts mehr. Falls er doch je an die Tür klopft, wird es einfach eine Überraschung.«

Das Handy klingelt wieder. »Er ruft noch mal an«, sagt Leo. »Ehrlich, du solltest rangehen.«

»Er kann's bloß nicht leiden, wenn man ihn ignoriert«, erwidere ich, nehme den Anruf jedoch entgegen und schalte ihn auf Lautsprecher.

»Hi, Ben.«

»Hi. Wie läuft's bei dir?«

»Großartig.« Ich lächle Leo an, denn für mich läuft es wirklich großartig. Besser als in meinen kühnsten Fantasien, wenn ich mir je die Zeit genommen hätte, welche zu haben.

»Super. Und wie geht's den Kindern?«

»Gut. Ich meine, klar, ihr Vater hat sie verlassen und besucht sie nie. Aber davon abgesehen gut.«

»Ist dir klar, dass du das jedes Mal sagst, wenn wir telefonieren?«

»Ja.«

Genervt stößt er den Atem aus. »Also, ich dachte mir, ich komme in zwei Wochen mal vorbei. Muss nur noch ein paar Dinge klären, aber wäre es in Ordnung, wenn ich sie dann für ein Wochenende mitnehme?«

»Sicher.«

Leo verdreht die Augen, und ich nicke.

»Okay, danke. Und bei dir ist wirklich alles in Ordnung? Du klingst ein bisschen abgelenkt. Arbeitest du wieder an einer deiner kitschigen Romanzen?«

Ich lächle Leo an. »Ja. An der besten und kitschigsten bisher.«

»Ha. Hast du je die Geschichte über mich zu Ende gebracht?«

»Ja, hab ich.«

Leo sieht mich mit großen Augen an.

»Zu komisch«, meint Ben, weil er wirklich keine Ahnung hat, was für ein Idiot er ist.

Als ich auflege, zieht Leo mich fest an sich. »Also besteht gar keine Chance, dass er's durchzieht und auftaucht?«

»Es würde mich vor Überraschung aus den Socken hauen, wenn er wirklich je an die Tür klopft. Lass es mich so formulieren: Ben tut immer, was er will. Wenn er etwas will, dann kauft er es. Wenn er gehen will, dann geht er. Wenn er die Kinder wirklich sehen wollte, wäre er schon vor Monaten hier gewesen.«

»Tu mir einen Gefallen: Lass mich an die Tür gehen, falls er je anklopft«, sagt Leo.

Die Woche zieht mit einem vertrauten Rhythmus ins Land. Aufwachen, Sonnenaufgang, Kinder, Joggen, Teehaus, Theaterprobe, Abendessen. An manchen Tagen verhalten wir uns wie ein gewöhnliches Paar. Wir fahren zum Einkaufen in den kleinen Supermarkt im Ort. Er will zu Costco, aber ich teile ihm mit, dass er damit überfordert wäre. Zum Mittagessen gehen wir ins Bistro und setzen uns an denselben Tisch wie bei unserer ersten Verabredung. Ich fühle mich bei Leo so wohl, dass ich manchmal vergesse, zwischen Denken und Aussprechen eine Pause einzulegen.

Als der Kellner meine Bouillabaisse bringt, platze ich heraus: »Reist du nach der Premiere wirklich ab?« Kaum ist es ausgesprochen, kann ich nicht fassen, dass ich es tatsächlich gesagt habe. Ich blicke auf meine Meeresfrüchte und versuche, die Fassung wiederzuerlangen. »Ich meine, schon klar, das war der Plan. Aber ist es immer noch der Plan?«

Leo erwidert: »Ich muss nirgendwohin.«

Erleichterung. »Okay. Gut. Ich meine, ich wusste nämlich nicht, ob ich schon die Tage herunterzählen soll oder … Ach, Herrgott noch mal.« In dem Augenblick betritt die verflixte Vicky Miller das Restaurant.

»Was ist?«

»Das ist Vicky Miller. Sie hatte eine Affäre mit Ben und glaubt, ich wüsste es nicht. Was lächerlich ist, weil es jeder im Ort weiß.«

»Dieser Mistkerl«, entfährt es Leo. »Was hat er sich dabei gedacht?«

»Tief in seinem Inneren hat sich Ben schlecht deswegen gefühlt.«

»Und du verteidigst ihn auch noch.«

Im Nu steht Vicky mit einem breiten Lächeln an unserem Tisch. »Nora! Ist ja nicht zu fassen. Ich sehe dich sonst nie beim Ausgehen!« Nett.

»Muss wohl Murmeltiertag sein«, erwidere ich und tue so, als linste ich aus einem Loch.

»Ich bin Leo«, stellt sich Leo deutlich zurückhaltender als sonst vor.

»Ja. Ich bin Vicky«, sagt sie, als wäre es eine aufsehenerregende Neuigkeit. »Ich hab gehört, dass Sie im Ort einen Film drehen.«

»Das ist erledigt. Jetzt wohne ich einfach bei Nora.« Er streckt den Arm über den Tisch und ergreift meine Hand, während er auf einen Kommentar von ihr wartet.

»Na, wie schön«, meint Vicky, die ihre Unterwäsche im Audi meines Ehemanns vergessen hat.

Als wir das Restaurant verlassen, hat Leo tausend Fragen. »Du hast ihn deswegen also nie zur Rede gestellt? Oder sie?«

»Ich hab's nicht so mit Konfrontationen. Darin bin ich nicht gut. Zu dem Zeitpunkt war ohnehin längst klar, dass er mich nicht mehr liebt. Und man kann niemanden dazu überreden, einen wieder zu lieben.«

»Hättest du denn gewollt, dass er dich wieder liebt?«

Darüber muss ich kurz nachdenken. »Ich denke schon. Es hätte für mich bedeutet, dass ich ihm eine gute Ehefrau war und unsere Welt zufriedenstellend am Laufen gehalten habe. Das hätte mir schon gefallen. Aber so, wie es war, hat mich die Affäre nicht groß gejuckt. Ein Jahr später war er sowieso weg. War also egal.«

Leo hält mich auf dem Bürgersteig an. »Das klingt unglaublich kaltschnäuzig. Hat es dich denn gar nicht verletzt?«

»Ein bisschen schon. Aber was hätte ich tun sollen? Ich hatte halt ziemlich viel um die Ohren.«

»Beantworte mir eine Frage. Wenn ich mit der dämlichen Vicky So-und-so Sex hätte, würde es dich stören?« Eine Frau muss einen Kinderwagen um uns herummanövrieren, denn Leo rührt sich nicht von der Stelle. »Rück besser raus damit. Ich weiß nämlich, wie man jemandem eine Szene macht.«

»Warum fragst du?«

»Ich sammle nur Informationen.« Leo wirkt in dem Moment verletzlich. Sein Gesichtsausdruck ist erwartungsvoll, seine Schultern sind angespannt, als rechnete er mit einem Schlag.

»Es würde mich sogar sehr stören«, antworte ich.

Und damit küsst er mich in aller Öffentlichkeit am helllichten Tag mitten im Ort.

Als wir zum Auto gehen, lacht er. »Ich wusste es. Du stehst total auf mich.«

Mickey hat es sich angewöhnt, auf dem Heimweg von der Arbeit auf ein Bier mit Leo vorbeizuschauen. Offenbar hat Leo ihn beim Grillen für sich eingenommen. Er geht mit seinem Erfolg so unbekümmert um, dass dieser leicht in den Hintergrund rückt und man ihn vergisst. Als Mickey und Kate neulich nach dem Grillabend nach Hause fuhren, schmiedeten die beiden Männer bereits Pläne zum Angeln im August. *August.* Mickey ist mittlerweile also auch ein bisschen vernarrt in Leo. Die beiden sitzen auf der Veranda, während ich koche. Ich bemühe mich, sie nicht zu belauschen, bis Kate anruft und mir sagt, ich soll ihren Mann nach Hause schicken. Leo will wissen, wie man Rippchen grillt. Leo will etwas über Solarzellen erfahren. Mickey will wissen, welche Hollywoodstars Leo schon nackt gesehen hat.

Mickey erzählt vom Vogelschutzgebiet, das sich Leo prompt ansehen will. Obwohl ich ihm erkläre, dass es einfacher wäre, mit dem Auto hinzufahren, beschließen wir, am nächsten Morgen dorthin zu joggen. Ich bin dankbar für die neue Strecke und die Vögel. Und dafür, dass Leo mich mittlerweile bei meinen Läufen begleitet, weil das täglich eine Stunde weniger ist, die wir voneinander getrennt sind.

Wenn man nicht mit dem Auto hinfährt, führt der einzige Weg ins Vogelschutzgebiet durch den Wald über einen unwegsamen Pfad, der parallel zu einem Bach verläuft. Die Ahornbäume weisen verspielte grüne Blüten auf, die sich schillernd am blauen Himmel abzeichnen. In einem Monat wird alles völlig anders aussehen. Den Anblick lasse ich nur kurz auf mich wirken, weil ich mich auf den Weg vor mir konzentrieren und die Schritte überlegt platzieren muss, um nicht in dem Labyrinth von oberirdischen Wurzeln zu stolpern. Teilweise fühlt es sich mehr nach einem Hindernislauf als nach lockerem Jogging an. Wir schwitzen und lachen jedes Mal, wenn wir nach einer Kurve mit einer weiteren umgestürzten Birke oder einer schlammigen Pfütze konfrontiert werden. Als Leo mir über die Schulter zuruft, dass er meinen Subaru vermisst, fühle ich mich bestätigt.

Sobald der Pfad endet, verspüre ich Erleichterung. Der Weg wird breiter, zu beiden Seiten gesäumt von zwei Meter hohem, wild wucherndem Pampasgras. Die federartigen Spitzen neigen sich im Wind und weisen uns vorwärts. Den Bach kann ich zwar nicht mehr sehen, aber ich höre ihn plätschern, während wir laufen.

Wir scheuchen eine Truthahnfamilie auf. Als sie die Flucht ergreift, sehen wir, dass wir angekommen sind. Wir bleiben stehen und schnaufen durch. Mittlerweile befinden wir uns auf einer Wiese mit gelben und lavendelfarbenen Wildblumen sowie einigen alten Eichen und Apfelbäumen. Der Bach ist wieder aufgetaucht. Er schlängelt sich durch die Wiese und darüber hinaus. Still lauschen wir den Vögeln, die einander in den Bäumen zuzwitschern. Es klingt so geordnet, als führten sie eine Unterhaltung. Etwas Schöneres habe ich noch nie erlebt.

»Also, das ist neu«, sage ich.

»Ja«, bestätigt Leo und ergreift meine verschwitzte Hand.

»Ich meine, es ist eine nette Abwechslung zu meiner alten Runde.«

»Und ich meine, dass du die erste Frau bist, in die ich mich je verliebt habe«, sagt er. Einfach so.

Ich glaube, wir haben Mittwoch, bin mir allerdings nicht sicher. Wir stehen schweißgebadet auf einer von Bäumen gesprenkelten Wiese und sind von zwitschernden Vögeln umgeben, als Leo Vance mich wissen lässt, dass er in mich verliebt ist. In der Sekunde fühlt sich mein Leben wie das Teehaus an – ich kann mitten hindurch in eine völlig andere Realität blicken.

KAPITEL 13

Alle sind aufgeregt, als wir nach der Probe am Donnerstagabend in die Zufahrt einbiegen. In einer Woche ist Premiere, und abgesehen davon, dass Frankie Bowfox auf Emma Schwabs Kleid getreten ist und sie zum Weinen gebracht hat, ist alles perfekt gelaufen. Leo hat Pizza bestellt. Auf der Veranda erwartet uns bereits die bekannte große Metallbox.

»Da ist ein Päckchen für dich«, sage ich und reiche es Leo.

»Für mich?« Er trägt die Pizzen ins Haus und wirft das Päckchen neben das Spülbecken. »Ich bin am Verhungern.«

»Musst du es nicht öffnen?«

»Musst du es denn?« Er lächelt mich mit dem Mund voller Pizza an.

»Irgendwie schon«, erwidere ich. Also öffne ich den Umschlag und ziehe ein Drehbuch heraus. Der Titel lautet *Mega-Man.* Ein Post-it klebt darauf: *RUF MICH SOFORT AN.*

Als ich es Leo reiche, reagiert er kaum darauf. Stattdessen wischt er Tomatensoße von Bernadettes Wange und verreibt sie bedächtig auf der anderen. Es wird viel gelacht, alles wirkt unbekümmert, und eine strahlende Zukunft lugt über den Horizont.

Manchmal vergesse ich, dass das Leben kein Film ist.

Nach dem Abendessen telefoniert Leo eine lange Weile im Teehaus. Die Kinder lassen sich reichlich Zeit mit den Hausaufgaben. Wir alle spüren, dass irgendwas im Busch ist. Also beschäftigen wir uns, damit wir unten bleiben können. Ich putze die Küche blitzsauber und überprüfe doppelt und dreifach die Kaffeemaschine. Arthur leiert mit Roboterstimme unablässig seinen Text. Bernadette malt den Umschlag ihres Notizbuchs an.

Leo wirkt verändert, als er durch die Hintertür hereinkommt. Seine Schuhe sind nass vom Gras. Er hält nicht inne, um sie auszuziehen. Wie um die schreckliche Ahnung zu verdrängen, die mich beschleicht, konzentriere ich mich voll auf seine Schuhe. Schwarze Sneakers mit brauner Gummisohle. Er zieht sie immer dann an, wenn er nicht gerade joggt oder Flipflops trägt. Mir gefällt an Leo, dass er meines Wissens nur drei Paar Schuhe besitzt. Ich sehe sie so gern unter der Liege im Teehaus verstaut. Diese Schuhe müssen bleiben.

»Hi zusammen. Können wir kurz reden? Ich hab große Neuigkeiten.« Er wirkt energiegeladen, läuft auf und ab, setzt sich hin, steht wieder auf. Die Kinder und ich hocken da und warten. Mir fällt nichts ein, was ich sagen könnte. »Ich hab mit meinem Agenten telefoniert, Jeremy. Paramount produziert einen großen Actionfilm namens *Mega-Man.*«

»Ich liebe *Mega-Man*«, merkt Arthur an.

Ich hasse Mega-Man, geht es mir durch den Kopf.

»Tja, wer nicht?« Leo sieht Arthur mit großen Augen an. »Der Regisseur will mich für die Rolle haben. Ich muss zwar vorsprechen, aber er ist sich ziemlich sicher, dass ich der Richtige bin.«

Jetzt fallen mir Worte ein. »Das ist aufregend. Stimmt's, Kinder?« Ich bin wieder ganz die Mutter. Er wird gehen. Schlagartig bin ich nicht mehr die Frau, die jeden Tag Sex hat. Ich bin weder wunderschön noch unwiderstehlich. Ich bin nur Nora, und ich kullere gerade einen steilen Hang hinunter. Leo wird nach »Asien« gehen, jenen mythischen Ort, an den es Männer verschlägt, wenn sie genug von mir haben. Ich muss meine Kinder packen und sie in Sicherheit bringen, bevor ich in den Abgrund stürze.

Bernadette zeigt sich misstrauisch. »Und was heißt das jetzt für dich?«

»Die Sache ist die, dass sie einen engen Zeitplan haben. Deshalb müssen sie sofort wissen, ob ich es mache oder nicht.« Beinahe werfe ich eine Erklärung ein, wie so etwas abläuft, doch ich entscheide, ihm nicht zu helfen. Er wird es schon selbst aussprechen müssen. »Ich fliege morgen früh nach L. A.«

Jetzt ist es passiert. Mein Herz zerfließt, in meine Eingeweide hinein. Ich atme tief durch, sehe meine wunderbaren Kinder an. Und ich kann nicht fassen, was ich ihnen angetan habe. Ich habe gestattet, dass sie sich so tief auf diesen Mann eingelassen haben. Und jetzt geht er. Damit haben wir null von zwei Männern.

Arthur schüttelt den Kopf. »Leo, du kannst nicht gehen. Die Aufführung ist in einer Woche. Wir haben noch nicht mal die Generalprobe gehabt.«

Bernadette wirft ein: »Und ich stehe am Samstag gegen die Vipers im Tor.« Man kann unmöglich die Augen davor verschließen, dass meine Kinder in Leo nicht nur eine lustige Abwechslung sehen, einen Hausgast, der bei einem Theaterstück mithilft. Sie zählen auf ihn.

Leo hält inne. »Ich weiß, und ich will es gar nicht wahrhaben, dass ich das alles verpassen werde. Aber nächste Woche um die Zeit bin ich rechtzeitig zur letzten Generalprobe und für den großen Abend wieder da. Mrs. Sasaki hat locker alles im Griff, während ich weg bin. Eigentlich seid ihr inzwischen so gut, dass ihr nicht mal mehr einen Regisseur braucht. Und Bernie, ich bin nächstes Wochenende hier, wenn du gegen Brookeville spielst. Und du wirst spitze sein.«

Arthur schweigt eine Weile, als überlegte er etwas. Ich frage mich, ob er den Moment mit damals vergleicht, als Ben gegangen ist. Allerdings hat Ben ziemlich vage behauptet, er würde zurückkommen, ohne eine bestimmte Zeit zu nennen. Diesmal ist es anders und doch auch ähnlich. Schließlich ergreift mein Sohn das Wort. »Okay, das ist cool. Dann viel Glück beim Vorsprechen.« Man sieht ihm an, dass er sich Mühe gibt, nicht zu weinen und Würde zu bewahren. Er streckt Leo die Hand zum Schütteln hin. »Danke für deine Hilfe.« Leo zieht ihn in eine Umarmung. Bernadette wirft die Arme um die beiden. Sie weint.

Leo unterbricht die Gruppenumarmung und hockt sich auf Augenhöhe mit den Kindern. »Hört mal, ihr zwei, wir reden hier von einer Woche. So ist meine Arbeit nun mal. Sie bringt meine Pläne durcheinander.«

Arthur atmet tief durch. »Okay. Eine Woche.« Sie umarmen sich erneut, und ich fühle mich weit entfernt, während ich beobachte, wie sich die Szene vor mir entfaltet.

»Also gut, es ist spät, und morgen ist ein großer Tag!« Ich breite die Arme aus, um anzuzeigen, wie groß. Dann umarme ich meine Kinder innig. »Ab nach oben, und putzt euch die Zähne.«

Bisher hatte ich noch keinen Wein. Mir ein Glas einzuschenken würde meine Hände beschäftigen. Also hole ich eine Flasche aus dem Kühlschrank und will sie köpfen. Nur muss ich erst das Ding zum Entfernen der Folie finden. Ich glaube, es ist in der Schublade beim Karottenschaber. Ist es aber nicht. Da ich mir sicher bin, dass ich es gestern benutzt habe, schaue ich im Geschirrspüler nach, obwohl das Teil eigentlich nicht abgewaschen werden muss. Zum Glück erweist sich das Geschirr in der Maschine als sauber. Ich fange an, es wegzuräumen.

»Hör auf«, dringt Leos Stimme an meine Ohren. Er öffnet die Flasche und schenkt ein Glas ein. Nur eines.

»Danke«, ringe ich mir ab. Ich stehe mit dem Rücken zum Spülbecken und umklammere das kalte Porzellan.

»Hör mal, du musst verstehen, wie wichtig das für mich ist. Wir reden hier von keinem gewöhnlichen Film, sondern von einem Blockbuster. Genau die normale, unbeschwerte Familienunterhaltung, die ich brauche. Es fühlt sich wirklich richtig an.«

Mir fällt auf, dass er meine Hand hält. Und ich glaube, das hat auch Ben getan, bin mir aber nicht sicher. Ich dachte, wir wären genau die normale, unbeschwerte Familienunterhaltung, die er braucht. Ich dachte, wir fühlen uns für ihn richtig an. Plötzlich fällt es mir wie Schuppen von den Augen, in welchem Teil des Films wir uns befinden.

»Wie kann es nur für eine Woche sein? Du musst einen ganzen Film drehen.« Keine Ahnung, was ich mir die ganze Zeit gedacht habe. Wie soll er ein Filmstar sein, wenn er den ganzen Tag in meinem Teehaus abhängt?

»Ich fliege nur für das Vorsprechen hin. Wenn es klappt, bleibe ich dort, während die den Deal in trockene Tücher packen. Dann komme ich hierher zurück, bis die Dreharbeiten beginnen. Und dazu kannst du mitkommen. Oder ich komme an freien Tagen her. Nora, wir haben etliche Möglichkeiten, wie es funktionieren kann. Ich habe einen Privatjet.«

Ich würde gern cool bleiben, jemand sein, der eine Woche ohne Leo überstehen kann. So jemand war ich mal. Nur kann ich mich kaum noch an die Frau erinnern. Ich versuche, mir Naomis Darbietung ins Gedächtnis zu rufen, als Ben geht.

»Okay. Ich freu mich für dich. Wir kriegen das schon hin. Hast du alles gepackt?« Meine Stimme klingt nicht richtig, aber er ist zu aufgekratzt wegen des dämlichen Films, um es zu bemerken.

»Viel hab ich ja nicht. Aber in zwanzig Minuten kommt mich ein Wagen abholen, also sollte ich wohl …« Er zieht mich in seine Arme und küsst mich. Es ist süß und traurig, und ich kann nicht verhindern, dass mir Tränen übers Gesicht kullern. »Hey, das ist kein Abschied. Ich komme zurück. Oder du kannst zu mir kommen. Was immer du willst.« Er hebt mein Kinn an, zwingt mich, ihn anzusehen. »Es ist nur Los Angeles.«

Und ich weiß nicht, was das bedeutet. Heißt das, ich soll mich freuen, dass er nicht ins ungewisse Asien verschwindet? »Es ist nur Los Angeles«, wiederhole ich. Und mir gefällt, wie es klingt. Los Angeles ist ein Ort, von dem man zurückkommen kann. Ich küsse ihn noch einmal, bevor ich ihn auffordere: »Okay, los jetzt. Ich gehe nach oben zu den Kindern. Viel Glück.«

Zehn Minuten später steht ein Auto in der Einfahrt. Eine Tür öffnet sich, eine Tür schließt sich. Dann fährt der Wagen davon, und mir wird bewusst, dass ich aufgehört habe, aus *Percy Jackson – Diebe im Olymp* vorzulesen. Bernadette und Arthur liegen beide in meinem Bett, kuscheln sich an mich. »Ist okay, traurig zu sein, Ma. Ich bin auch traurig«, sagt Bernadette.

Ich drücke ihre perfekte kleine Schulter. »Danke, Bernie. Es wird alles gut.« Ich lasse sie in meinem Bett einschlafen, weil wir es gerade alle nicht ertragen können, allein zu sein.

Als das erste Tageslicht mein Zimmer erhellt, bin ich bereits wach. Ich beschließe, den Sonnenaufgang zum ersten Mal seit einer Ewigkeit sausen zu lassen und stattdessen bei meinen Kindern im Bett zu bleiben. Das Schwierigste am Dasein einer Mutter, vor allem einer alleinerziehenden Mutter, ist zu wissen, wann man sich gehen lassen darf. Heute werden meine Kleinen mit einem vertrauten Verlustgefühl aufwachen. Der dünne Schorf, der sich bei ihnen über der von Ben hinterlassenen Wunde gebildet hat, wird abgerissen werden. Was ich praktisch herausgefordert habe. Arthur muss zu den Proben und auf die Bühne. Das muss ich auch.

Ich starre an die rissige Decke, bis ich mir sicher bin, dass die Sonne vollständig aufgegangen ist. Dann wecke ich meine Kinder mit einer Umarmung. Bernadette steht sofort auf und rennt los, um sich anzuziehen. Arthur rührt sich nicht. »Ich glaube, Fagin braucht Pfannkuchen«, sage ich und küsse ihn auf die Lider.

»Mit Schokostückchen«, murmelt er.

Es kostet mich meinen gesamten Adrenalinvorrat, unbeschwert zu wirken und sie zur Schule zu bringen. Leo muss inzwischen in der Luft sein, trotzdem sehe ich nach, ob er mir eine Nachricht geschickt hat. Er wird in L. A. sein, wenn die Schule endet, und mir wird klar, dass ich keine Ahnung habe, wo er danach sein wird. Als ich mir an der Haustür meine Laufschuhe schnappe, stelle ich fest, dass ich heute nicht joggen kann. Auf der Arbeitsfläche in der Küche steht ein einsames Weinglas. In der Zeit erstarrt, betrachte ich es. Irgendwann hole ich mein Handy heraus und texte Kate: *Komm her.*

Als sie eintrifft, findet sie mich immer noch in der Küche stehend vor. »Was ist passiert? Wo ist er?«

»Weg. Los Angeles. Großer Film.« Und damit fange ich an zu weinen. Kate zieht mich auf die Couch, und ich bin so dankbar, dass ich nachgebe. Schluchzend erzähle ich ihr alles, und sie zeigt viel Geduld mit mir.

Als ich mich ausgeheult habe, ergreift sie das Wort. »Okay. Du musst ein bisschen Nachsicht mit mir haben. Das ist jetzt Neuland für mich. Ich hab dich noch nie weinen sehen. Nicht mal, als dein richtiger Mann dich verlassen hat.«

Ich nicke. »Das war anders. Wieso sollte ich ihn hier haben wollen, wenn er nicht hier sein wollte? Aber das …« Wieder fließen die Tränen. »Leo will ich immer noch hier haben.«

»Er ist erst seit zwölf Stunden weg, und er hat doch gesagt, er kommt zurück.«

»Glaubst du das wirklich?« Ich tupfe mir mit dem Ärmel das Gesicht ab und klammere mich an ihre Worte.

»Warum sollte er sagen, dass er zurückkommt, wenn er es nicht ernst meint? In sechs Tagen ist er wieder da. Das ist nicht mal eine Woche.«

»Trotzdem zu lange«, erwidere ich und lasse mich auf ihren Schoß plumpsen.

Es ist Samstag, und Bernadette verhindert gegen die Vipers sechs Tore. Im Alter von acht Jahren ist das eine große Sache, aber statt Gratulationen bekommen wir von allen nur zu hören: »Wo ist Leo?« Etwas anderes fällt den Leuten bei meinem Anblick nicht ein. »Wo ist Leo?«, artet praktisch zur Begrüßung aus. Ich sage so oft »Los Angeles«, »Vorsprechen« und »Donnerstag«, dass es zu einer Melodie wird, die ich auf dem Weg durch die Menschenmenge singe. Als wir endlich mein Auto erreichen, packe ich den Klappsessel in den Kofferraum und schicke Leo ein Video von Bernadette, wie sie ihr Spiel mit einer letzten Parade gewinnt.

Er antwortet sofort, und mein Herz schlägt sofort schneller. *Unfassbar, dass ich das verpasst habe. Drück sie von mir.*

Ich: *Sie ist so glücklich.*

Leo: *Was steht als Nächstes an?*

Ich: *Schnelles Mittagessen, danach Baseball.*

Leo: *Oh Mann. Viel Glück. Liebe dich.*

»Wo ist Leo?«, begrüßt uns Mr. Mapleton, als wir seinen Laden betreten.

»Los Angeles. Ein Vorsprechen«, antworte ich wieder mal.

»Er kommt zurück«, fügt Bernadette hinzu.

»Hat er einen bestimmten Tag genannt?«, fragt Mr. Mapleton nach. Er hat beim Sortieren der Bohrer auf seiner Ladentheke innegehalten. Seine volle Aufmerksamkeit gilt mir.

»Donnerstag«, sage ich.

Mr. Mapleton lächelt. »Ah, dann kommt er zurück. Solange er ein Flugticket für einen bestimmten Tag hat, kommt er zurück. Gut.« Er klingt, als wollte er nicht nur mir, sondern auch sich selbst Mut zusprechen.

Leo kauft keine Flugtickets, verkneife ich mir. »Arthur hat am Freitagabend seinen großen Auftritt. Das ist eine bessere Garantie als ein Flugticket«, sage ich. Damit verspreche ich etwas, worüber ich in Wirklichkeit keine Kontrolle habe. Aber immerhin ist es mir gelungen, Worte auszusprechen, die mich trösten und Mr. Mapleton davon abhalten, mich zu bemitleiden. Als Arthur meine Hand drückt, beschleicht mich das Gefühl, ich sollte vielleicht auch ihn trösten.

Tatsächlich hat er für seine Verhältnisse ziemlich gut gespielt. Er hat es zu einer Base geschafft und keine Fehler begangen. Auch das würde ich Leo gern texten, finde jedoch, es wäre zu viel. Ich werde es ihm erzählen, wenn er sich bei mir meldet. So würde es eine normale, nicht von ihm besessene Freundin halten. Und wenigstens vorläufig will ich so tun, als wäre ich das. Er macht sein Ding, hat andere Dinge im Kopf. Und ich versuche, es ihm gleichzutun.

Irgendetwas passt nicht mit dem Regisseur. Leo erzählt es mir am Dienstagabend am Telefon. Er redet viel, während ich im Bett liege und lausche. Eigentlich mag ich einfach nur den Klang seiner Stimme hören.

»Ich meine, ich hätte die Rolle auch ohne Bohai als Regisseur gewollt«, sagt er. »Aber die Chance, mit ihm zu arbeiten, war irgendwie das Tüpfelchen auf dem i. Wenn sie ihn feuern, steht praktisch alles wieder auf Anfang.«

»Und warum noch mal sollten sie ihn feuern?« Ich werde allmählich schläfrig. Insgeheim wünsche ich mir, dass er weiterredet.

»Wenn an den Anschuldigungen gegen ihn was dran ist, dann ist er ein Widerling, mit dem niemand arbeiten wollen wird. Ich auch nicht. Eigentlich sollte ich mich heute Abend mit der Produzentin zum Essen treffen, um mehr zu erfahren, aber sie hat abgesagt.«

»Und was wirst du jetzt essen?«

»Ich hab tatsächlich ein Huhn gekauft.« Leo klingt ziemlich selbstzufrieden. »Und einen Salat.«

»Warte. Du kochst?«

»Nein. Na ja, ich hab mit dem Gedanken gespielt. Ich war bei *Whole Foods.* Bist du schon mal in einer Filiale von denen gewesen?«

»Ja.«

»Ist schöner als der *Stop n' Save.*«

»Stimmt.«

»Also, die haben eine Menge Hühnchen. Ich hab dagestanden, mir all die rohen Hühner angesehen und war irgendwie überfordert. Zwei Leute sind stehen geblieben und haben mich dabei fotografiert, wie ich geglotzt habe. Ich dachte, ohne dich kriege ich das nicht hin. Aber hast du gewusst, dass die auch fertig gekochte Hühnchen verkaufen? Und fertigen Salat?«

Ich lache. »Ja, das hab ich gewusst. Hör mal, wenn du zurückkommst, zeige ich dir gern, wie man ein Huhn brät.«

Leo schweigt einen Moment lang. »Nein danke. Ich hätte lieber, dass du es für mich brätst. Ich will nie wieder ein Huhn essen, das nicht du gebraten hast.«

Prompt verspüre ich schier unbändige Lust, mir eine Schürze umzubinden und für den Mann ein Huhn zu braten. Dabei besitze ich nicht mal eine Schürze. Ich möchte einfach, dass er nah genug bei mir ist, damit ich ihm einen Teller mit Hühnchen reichen kann. »Okay«, sage ich. »Dann soll heute der letzte Abend sein, an dem du ein nicht von Nora zubereitetes Huhn isst.«

Am Mittwochabend kann ich es kaum erwarten, mit ihm zu reden, weil ich nämlich zum Abschluss sagen kann: »Bis morgen!« Bernadette und Arthur zeigen sich beim Abendessen aus demselben Grund untypisch gut gelaunt. Zur Vorbereitung räumen sie ihre Sachen wieder in mein Bad und putzen sich dort die Zähne.

Gegen neun erhalte ich eine Nachricht von Leo. *Jetzt geht's rund. Gib bei Google einfach »Bohai« ein, dann weißt du Bescheid. Das Studio hat ihn gefeuert. Ich muss mich heute Abend mit dem neuen Regisseur treffen. Kann sein, dass ich's erst am Freitag schaffe. Kann ich dir nach dem Essen noch schreiben? Oder soll ich dich schlafen lassen?*

Ich antworte: *Passt schon, kannst mir ruhig schreiben.*

Und damit meine ich, dass es in Ordnung ist, mich zu wecken, weil ich lieber mit ihm rede, als zu schlafen. Ich meine damit nicht, dass es in Ordnung ist, wenn er erst am Freitag kommt.

Als ich aufwache, sehe ich, dass gerade die Sonne aufgeht und ich zwei Nachrichten von Leo habe. Sie sind um zwei Uhr nachts eingegangen und haben mich nicht geweckt.

Leo: *Hi. Zu spät zum Telefonieren?*

Zehn Minuten später: *Bin froh, dass du schlafen kannst. Heute Abend war heftig. Ich mag den Neuen zwar, aber es wird haufenweise Änderungen geben. Vor Freitag schaffe ich es auf keinen Fall. Tut mir so leid. Liebe dich.*

Also nicht heute. Warte ich eben noch einen Tag. Was ist schon dabei? Beim Frühstück teile ich es den Kindern mit. »Leo hat mir mitten in der Nacht geschrieben. Die mussten einen neuen Regisseur engagieren, deshalb kann er erst am Freitag kommen.«

»Hat er mir auch geschrieben«, sagt Arthur an seine Eier gewandt.

»Siehst du?«, meint Bernadette. »Deshalb brauche ich ein Handy. Ist ungerecht, dass Leo euch schreibt und mir nicht. Ich fühle mich in dieser Familie total ausgeschlossen.« Das letzte Wort bringt mich zum Stutzen.

»Du bist acht«, sage ich. »Wenn ich einer Achtjährigen ein Handy kaufe, damit sie mit einem Filmstar texten kann, bin ich mir ziemlich sicher, dass man mich mit gezückten Mistgabeln aus Laurel Ridge verjagt.« Ich lächle meine Tochter an und ernte dafür einen finsteren Blick.

»Glaubst du, er kommt am Freitag?«, fragt Arthur. Ich merke ihm an, wie nervös er bei der Frage ist.

»Natürlich! Da ist deine Aufführung. Die würde Leo um keinen Preis verpassen wollen.« Meine Stimme klingt schrill wie die eines Marktschreiers. Arthur schenkt mir ein verkniffenes Lächeln. Die Wahrheit ist, dass es mir nicht zusteht, Versprechungen über eine Schulaufführung für einen Mann abzugeben, der an einem Film mit einem Budget von 250 Millionen Dollar arbeitet. Leo ist zu etwas zurückgekehrt, das größer ist als wir. Ich habe meine Chance vertan, Arthurs Erwartungen zu lenken. Vor allem, weil ich nicht die Möglichkeit in Betracht ziehen will, dass Leo uns beiden das Herz brechen könnte.

Den ganzen Donnerstag lang höre ich nichts von Leo. Er ist wohl mit dem beschäftigt, wofür er in Los Angeles bleiben muss. Der Arbeit mit dem neuen Regisseur. Irgendwas mit einer Anprobe für leicht geänderte Kostüme. Ich weiß, er hat viel zu tun. Aber als er bis zum Abendessen nicht angerufen hat, um die vier kleinen Worte *»Wir sehen uns morgen!«* zu sagen, wird mir regelrecht schlecht. Mein eigenes egoistisches Herz braucht ihn zurück. Und schlimmer noch, ich kann den Gedanken nicht ertragen, dass er Arthur enttäuscht.

Als ich am Freitagmorgen aufwache, stelle ich fest, dass er mir in der Nacht eine Nachricht geschickt hat. *Es tut mir so leid, ich kann gerade unmöglich weg. Wenn ich jetzt gehe, fällt das gesamte Projekt auseinander. Bin nicht sicher, wann ich zurückkommen kann. Ich rufe dich an, sobald es geht.*

Es fühlt sich wie ein Schlag in die Magengrube an. Abgesehen vom Schmerz, bricht das überwältigende Gefühl über mich herein, dass ich diesen Schlag nie hätte zulassen dürfen. Ich bin sagenhaft leichtsinnig geworden. Arthur wird am Boden zerstört sein. Und nicht nur er, auch die gesamte Gemeinde. Beim Gedanken, heute Abend die Aula zu betreten und im Chor die Frage »Wo ist Leo?« zu hören, würde ich am liebsten schreien.

Arthur trifft mich auf der Veranda mit meinem Kaffee an. »Ich hab die Nachricht auch gekriegt«, sagt er. »Das ist kacke.«

»Ist es«, pflichte ich ihm bei und lege den Arm um ihn. »Ist es wirklich. Aber du wirst heute Abend spitze sein, und die gesamte Gemeinde wird dir zujubeln.«

»Wir brauchen ihn nicht.« Er sieht mich eindringlich an, mustert mein Gesicht. »Geht's dir gut?«

»Natürlich«, flunkere ich, und wir wissen beide, dass ich lüge.

»Deine Augen sehen aus, als hättest du geweint«, sagt er.

»Allergien«, behaupte ich.

Er rutscht näher zu mir und ergreift meine Hand. »Bitte sei okay, Ma.« Und ich weiß, was er meint: Ich bin alles, was er hat.

In dreißig Minuten geht der Vorhang auf, und ich blicke immer noch suchend in die Menge, denn tief im Inneren bin ich nach wie vor Drehbuchautorin kitschiger Romanzen. Ich kenne diese Szene, habe sie bereits vierunddreißig Mal geschrieben. Die Werbepause ist vorbei. Wir sind bei der Gemeindeveranstaltung. Die Heldin hat einen Weg gefunden, allein zurechtzukommen, da taucht der Held wie durch Magie auf. Er hatte die Erleuchtung, dass er dieses Leben will. Ein keuscher Kuss, dann weiter mit dem

Stadtfest, der Eröffnung der Suppenküche oder der Ballettaufführung. In diesem Fall haben wir es mit der Schulaufführung von Zehnjährigen zu tun.

Kate springt hinter der Bühne für mich ein, damit Bernadette und ich in der dritten Reihe sitzen und zusehen können. Mrs. Sasaki scheint begeistert zu sein, weil sie die Lorbeeren für Leos Regiedebüt erntet. Oliver ist gut. Fagin ist großartig. Ich bin dankbar für die Düsternis im Saal, als er *»You can go but be back soon …«* singt, denn es sind Tränen im Spiel. Bernadette nimmt meine Hand.

Am Ende gibt es stehende Ovationen. Arthur strahlt von innen mit einem Lächeln, das mir verrät: Er weiß, wer er ist, und er weiß, was er kann. Eine grundlegende Wahrheit des Daseins als Mutter erfüllt mein Herz: Wenn es den Kindern gut geht, hat man eigentlich keine Probleme. Ich werde dieses Gefühl auskosten. Und weiter Bernadettes Hand drücken.

Da wir Freitagabend haben, gibt es keine Hausaufgaben, und wir müssen nicht früh ins Bett. Es ist kühl genug, um ein Feuer anzuzünden, und wir kuscheln uns auf die Couch im Wintergarten. Hier haben wir schon länger nicht gesessen, weil für Leo kein Platz gewesen wäre. Ohne ihn fühlt sich alles irgendwie leer an, deshalb zieht es uns in den kleineren Raum. Wir beurteilen die Aufführung, als wären wir unvoreingenommen, und gelangen zu dem Schluss, dass Fagin allen die Show gestohlen hat. Die Kinder gebärden sich so zurückhaltend, dass mir etwas klar wird – ich muss irgendwas über Leo sagen, um die Spannung aufzulösen.

»Ich wette, Leo tut's unheimlich leid, dass er heute Abend nicht dabei sein konnte. Er hat fast so hart für das Stück gearbeitet wie du.« Damit habe ich eine Öffnung geschaffen.

»Ich bin sicher, er kommt drüber hinweg«, sagt Arthur. »Er kann ja die DVD bestellen.«

Das könnte eine Weile dauern.

Als ich ins Bett gehe, piept mein Telefon.

Leo: *Wie ist es gelaufen?*

Ich: *Er war fantastisch, hat allen die Show gestohlen. Wie läuft's bei dir?*

Leo: *Chaotisch, aber wir machen Fortschritte. Ich denke, es wird ein guter Film.*

Ich lüge: *Das ist toll! Ich freue mich so für dich!*

Leo: *Danke. Muss jetzt los zum Abendessen. Aber ich liebe und vermisse dich sehr.*

Ich: *Liebe dich auch.*

Erleichterung durchströmt mich. Er wird zurückkommen – er liebt mich. Ich muss mich nicht wie ein Baby aufführen. »Mein fester Freund ist beruflich unterwegs«, sage ich laut. Und mir gefällt, wie es klingt. Ich meine, ich habe ein Jahrzehnt lang mit einem Mann zusammengelebt, der sich geweigert hat zu arbeiten. Und jetzt will ich mich beschweren, dass der neue Mann zu viel arbeitet? Mal im Ernst. Leos Arbeit ist ein wichtiger Bestandteil seiner Persönlichkeit und wird auch Teil unserer Beziehung sein. Ich beschließe, dass »Beziehung« ein schönes Wort ist, und schlafe mit dem Gedanken ein.

Am Samstag höre ich nichts von ihm. Den ganzen Tag lang kein Anruf, keine Nachricht. Ich tröste mich damit, die letzte Mitteilung noch einmal zu lesen. Er liebt mich, er vermisst mich. Am Sonntag höre ich auch nichts von ihm. Es ist Wochenende, sage ich mir. Vielleicht arbeiten die Leute in Los Angeles ja am Wochenende. Mir kommt der Gedanke, dass ich ihm auch schreiben kann.

Ich: *Hi*

Keine Antwort. Ich starre aufs Handy und versuche, Gründe zu finden, warum er nicht reagiert. Vielleicht haben die Dreharbeiten schon begonnen, und er ist am Set. Vielleicht ist er mit seinem Agenten zum Brunch verabredet. Vielleicht schwimmt er Runden in seinem riesigen Pool. Ich atme tief durch und halte mir vor Augen, dass ich nicht mehr in der Highschool bin.

KAPITEL 14

Am nächsten Morgen gehe ich ohne Handy joggen, dafür mit der Überzeugung, dass ich nachher mehrere verpasste Anrufe von Leo vorfinden werde, wenn ich es in der Küche liegen lasse. Weil das Gras ja bekanntlich nicht schneller wächst, wenn man daran zieht und so. Ich beende meinen Lauf in Rekordzeit und bin überrascht, um nicht zu sagen fassungslos, dass ich gar nichts verpasst habe.

Gegen Montagabend fühlt sich mein partout nicht klingeln wollendes Telefon in meiner Hand nach einem Folterinstrument an. Mein neuer Plan besteht darin, das Handy im Wintergarten zu lassen, damit ich mich bei den Hausaufgaben, beim Abendessen und bei *Glücksrad* ganz den Kindern widmen kann. Indem ich dem Telefon meine Aufmerksamkeit entziehe, überliste ich es dazu, endlich zu klingeln.

Bevor ich die Kinder nach oben ins Bett bringe, überprüfe ich es. Nichts. Ich bestrafe mein Handy, indem ich es weiterhin im Wintergarten lasse, während wir lesen. Es bestraft mich seinerseits, indem es weiterhin nicht klingelt. Ich nehme es mit auf die Veranda, betrachte die Schwärze der Nacht und fühle mich unsagbar machtlos, als läge mein gesamtes Glück in den Händen eines anderen Menschen.

Keine Ahnung, wo ich meine Kraft verloren habe. Er wollte bleiben. Er hat mich geküsst. Er hat gesagt, dass er mich liebt. Wieso bin ich plötzlich Elizabeth Bennet, die durchs Moor wandert und darauf hofft, dass Mr. Darcy auftaucht?

Der letzte Gedanke ärgert mich dermaßen, dass meine Finger wie von selbst Leos Nummer wählen. Meine Kehle ist wie zugeschnürt, als die Verbindung hergestellt wird und ich es klingeln höre. Er wird mich mit einem »Hi« begrüßen und mir dann erklären, wo er gewesen ist. Und ich werde total cool damit umgehen. Ein zweites Klingeln, ein drittes. Mein Mut sinkt, als der Anruf auf der Mailbox landet. Ich lausche der Ansage bis zum Ende, nur um seine Stimme zu hören, bevor ich auflege.

Er wird sehen, dass ich angerufen habe, und mich zurückrufen, wenn er Zeit hat. Als ich zu Bett gehe, habe ich den Klingelton auf volle Lautstärke geregelt, damit ich ihn nicht überhöre.

Am Dienstag teile ich Kate in einer Nachricht mit, dass er nicht zurückkommen wird. Zehn Minuten später steht sie vor meiner Tür.

Ich weine nicht, als ich ihr öffne. »Lassen wir mal den üblichen Quatsch beiseite, dass er sein Handy möglicherweise verloren hat oder unter einem Bus eingeklemmt ist. Es gibt keine Realität, in der es normal ist, dass jemand, der mir früher jede Nacht drei Stunden lang getextet hat, nachdem er den ganzen Tag mit mir verbracht hatte, von jetzt auf gleich damit aufhört. Es sei denn, er hat sich bewusst dafür entschieden. Und wenn er tot wäre, hätten wir es längst in den Nachrichten gehört.«

»Bist du fertig?« Sie schiebt sich an mir vorbei und stellt eine Schachtel mit Keksen auf die Arbeitsfläche.

»Wahrscheinlich nicht.« Ich schenke für uns beide Kaffee ein und nehme mir einen Keks. »Du musst für mich vernünftig und ehrlich zu mir sein. Im Moment habe ich das Gefühl, meinem Verstand nicht trauen zu können. ›Ich liebe dich. Ich vermisse dich.‹ Und dann auf einmal völlige Funkstille? Ben hat mir wenigstens reinen Wein eingeschenkt.«

»Wie, ist Ben jetzt auf einmal ein Vorbild für männliche Verhaltensweisen?« Wir sitzen Seite an Seite mit Kaffeebechern in der Hand an meinem Küchentisch.

»Sag mir, was ich denken soll«, fordere ich Kate auf.

»Ich gebe zu, es ist seltsam. Es würde mich weniger überraschen, wenn es gewissermaßen auslaufen würde. Also immer weniger und kürzere Nachrichten. Von ›Ich liebe dich‹ über ›Liebe dich‹ zu ›LD‹. So was in der Art.«

»Tatsächlich dachte ich, so würde es werden. Ein langsamer Ausstieg. Nicht sofort aus den Augen, aus dem Sinn. Und er ist im verdammten Los Angeles, wo Frauen echte Sonnenbräune und Strähnchen haben. Wenn man den ganzen Tag auf so was glotzt, fällt es wohl schwer, sich daran zu erinnern, warum man in die Frau mit dem widerspenstigen Haar und den weiten Oberteilen verliebt war.«

»Ja, darüber wollte ich schon länger mal mit dir reden«, scherzt Kate.

Als draußen ein Auto vorfährt, schlägt mir das Herz plötzlich bis in den Hals. Er hat es sich anders überlegt. Leo will persönlich auf meine Nachricht antworten, weil er mir mitteilen möchte, dass er bleibt und hauptberuflich

Regisseur von Kinderaufführungen wird. »Geh du nachschauen«, fordere ich meine Freundin mit dem Kopf in den Händen auf.

Es ist ein Kurier, der Kate ersucht, für einen Umschlag mit meinem Namen zu unterschreiben. Das Päckchen ist zu dick für einen Liebesbrief, und ich hasse mich dafür, dass ich in einem meiner eigenen Drehbücher lebe. Niemand schreibt Liebesbriefe und lässt sie persönlich zustellen. Ich öffne den Umschlag und finde darin ein Bündel Hundertdollarscheine und eine Nachricht von Weezie. *Hi, Nora. Leo sagt, er schuldet Ihnen noch Miete. Vielen Dank, dass Sie sich um ihn gekümmert haben. Hoffen wir, dass es in L. A. für ihn klappt! Weezie.*

Ich zähle einundzwanzigtausend Dollar. »Oh mein Gott. Ich werde ausbezahlt.« Unwillkürlich fange ich an zu weinen, dann jedoch werde ich so wütend, dass die Tränen schnell versiegen. Ich erkläre Kate, dass wir uns auf siebentausend Dollar für sieben Tage geeinigt hatten. Aber als er beschloss, zu bleiben und Arthur zu helfen, hatte ich nicht mehr die Absicht, ihm etwas zu berechnen. Herrgott, ich habe mit ihm geschlafen. Was macht das eigentlich aus mir?

Als ich mir zornig das Handy schnappe, hält Kate mich auf. »Warte. Lass uns proben, bevor du unvorbereitet aus der Haut fährst.«

»Ich will nur Weezie texten«, sage ich. Allerdings rast mein Herz dermaßen, dass ich nicht tippen kann. »Mach du das.« Ich reiche Kate mein Handy und diktiere. »Hi, Weezie! Ich hoffe, es geht Ihnen gut! Danke für das Geld, aber es ist viel zu viel. Ich wollte ihm nur die ersten sieben

Tage in Rechnung stellen, also schicke ich den Rest zurück. Bitte um eine Adresse. Danke!«

Kate zeigt mir den Text zur Durchsicht. »Da sind viel zu viele Ausrufezeichen drin. Ich komme ja rüber wie eine Irre.« Sie löscht erst eines, dann zwei, und wir finden, damit ist die Stimmung richtig getroffen. Wir schicken die Nachricht ab.

Sofort erscheinen Sprechblasen, die anzeigen, dass Weezie eine Antwort tippt. *Oh, wow! Dann habe ich seine Nachricht wohl falsch verstanden! Okay, danke! Ich bin derzeit in seiner Wohnung, weiß aber nicht, wie lange noch.* Als Nächstes folgt seine Adresse, ein Penthouse in der 56th Street.

»Gut gemacht. Sie hat noch mehr Ausrufezeichen drin als du. Jetzt müssen wir dich erst mal auf Vordermann bringen.« Kate drängt mich unter die Dusche und geht hinaus, um das Teehaus zu inspizieren. Sie kommt mit zwei leeren Weingläsern und Leos gesamtem Bettzeug zurück. Auf dem Weg die Treppe hinunter rubble ich mein Haar mit dem Handtuch trocken und finde sie dabei vor, wie sie seine Laken streichelt.

»Was soll ich damit machen? Irgendeine Chance, dass ich sie behalten kann?«

»Bring sie direkt in dein Auto.«

Einmal in der Highschool hat ein Freund mit mir Schluss gemacht. Meine beste Freundin Ellen und ich haben damals Eis in uns hineingestopft, bis uns schlecht wurde. Im ersten Jahr an der Uni habe ich mit einem Typen rumgeknutscht, und als er mich danach nicht angerufen hat, haben meine Mitbewohnerin und ich uns hemmungslos betrunken. Als ich nun Kate betrachte, fällt mir kein selbstzerstörerischer

Zeitvertreib ein, durch den ich mich besser fühlen würde. Mir wird bewusst, dass ich alle Reserven aufbieten werden muss, um das durchzustehen.

»Was willst du den Kindern sagen?«

»Sie wissen es.« Kaum habe ich es ausgesprochen, wird mir klar, dass es stimmt. Sie haben seinen Namen seit Tagen nicht mehr erwähnt. Sie verhalten sich in meiner Gegenwart vorsichtig, übertrieben rücksichtsvoll. Sollte nicht ich diejenige sein, die sie vor einem weiteren gebrochenen Herzen bewahrt? »Vielleicht haben sie es instinktiv vermutet. Es ist wieder wie bei Ben.«

Am Mittwochmorgen bringe ich die Kinder zur Schule, überwinde mich zum Joggen und finde mich später irgendwie im Auto auf der I-95 in Richtung Stadt wieder. Meine Absichten sind gutartig – ich muss das Geld zurückgeben, das mir nicht gehört. Und damit werde ich eine Kette von Ereignissen in Gang setzen. Denn Weezie als seine Bevollmächtigte wird ihn darüber informieren müssen, dass ich das Geld zurückgebracht habe, wodurch in Leos Kopf die Erinnerung an mich ausgelöst wird. Er wird keine andere Wahl haben, als zu unterbrechen, was er gerade macht, und mich anzurufen. *Nora*, wird er sagen, *du fehlst mir so sehr, und dass du das Geld zurückgebracht hast, zeigt mir, was für ein guter und aufrichtiger Mensch du bist. Ich nehme den nächsten Flug …*

Ja, ich habe offenbar völlig den Verstand verloren. Der zweite Grund dafür, das Geld persönlich zu übergeben, ist, dass ich dringend einen Tapetenwechsel brauche. Und mit »Tapetenwechsel« meine ich, dass ich sehen muss, wo er wohnt. Irgendwie wird es mir helfen, wenn ich sein Leben in der Stadt zu Gesicht bekomme, sage ich mir. Ich rede mir ein, dass ich ihn dann dorthin entlassen kann. Ja, die Idee ist großartig.

Ich verlasse den Franklin D. Roosevelt East River Drive an der 63rd Street und fahre in westlicher Richtung. An der Ecke 65th und Lexington Avenue finde ich ein Parkhaus und beschließe, das Auto dort abzustellen und zu Fuß in sein Viertel zu gehen. Je weiter ich nach Westen gelange, desto weniger verstopft sind die Straßen, obwohl es sich ständig so anfühlt, als wäre in Manhattan gerade Müllabfuhrtag. Ich überquere die Park Avenue und schaue in beide Richtungen den Mittelstreifen entlang. Man hat dort rote und gelbe Tulpen gepflanzt, und ich halte an, um ein Foto zu schießen.

An mir laufen Frauen mit Stöckelschuhen vorbei, in denen ich nicht mal stehen könnte. Ich blicke auf mein weites Oberteil, meine Jeans und meine Sandalen hinab und denke mir: *Wann bin ich zu Carole King geworden?* Sein Apartment liegt zwischen Madison Avenue und 5th Avenue. Die Stadthäuser zu beiden Seiten der Straße sind erlesene Gebäude aus Back- und Kalkstein. Einen Moment lang überkommt mich das Gefühl, ein unbefugter Eindringling in dieser Gegend zu sein. Leo wohnt in der Mitte des Blocks in einem Bauwerk aus der Vorkriegszeit mit Pförtner. Ich druckse herum und frage mich nicht zum ersten Mal, wie ich hierhergekommen bin.

Schließlich betrete ich das Gebäude durch die schmale vergoldete Tür. Der Pförtner steht auf, um mich zu begrüßen. »Was kann ich für Sie tun, Ma'am?«

»Also, ich habe etwas für Leo. Vance.« Ich zeige ihm den Umschlag mit dem Geld, mache aber keine Anstalten, ihn auszuhändigen. Mir ist klar, dass ich nicht bereit bin zu gehen. »Ist Weezie hier?«

»Ich denke schon. Darf ich Ihren Namen erfahren?«

»Nora. Nora Hamilton.«

Er wählt eine Nummer, und mich beschleicht Bedauern. Ich habe Weezie nichts zu sagen, und sie muss nicht wissen, dass ich neunzig Minuten gefahren bin, um mir Leos Apartment anzusehen.

»Sie sagt, Sie können direkt raufkommen. Drücken Sie einfach auf PH im Aufzug links.«

Ich bin froh, dass es nicht einer dieser Fahrstühle ist, bei denen der Pförtner mitfahren muss, um das Ding zu bedienen. Ich drücke auf PH und nutze die verspiegelte Wand während der langen Fahrt, um meine Zähne und mein Gesamterscheinungsbild zu überprüfen. Die Zähne sind in Ordnung, aber ich habe in nur drei Tagen sichtbar abgenommen und sehe ziemlich müde aus.

Die Türen öffnen sich zu einem kleinen Foyer mit einem Marmortisch und einem Schirmständer. Es gibt nur eine Tür, an die man klopfen kann, und sie steht bereits offen. »Nora! So eine Überraschung! Was machen Sie denn hier?« Weezie trägt ihren Schlafanzug und hat einen Bagel in der Hand. »Nur herein, immer herein.«

»Tut mir aufrichtig leid, Sie so zu überfallen, aber ich hatte einen Termin in der Stadt und dachte mir, dann bringe ich das Geld gleich persönlich vorbei.« Alles ist aus Marmor und cremefarben. Die Sofas und Stühle stehen so, dass Gespräche unmöglich länger als zwanzig Minuten dauern können. Ich entdecke keine Stelle, die etwas Gemütliches vermittelt. Mein Blick sucht den Raum nach irgendeinem persönlichen Touch ab, vielleicht Fotos oder so. Aber dieser Ort scheint niemand Bestimmtem zu gehören.

»Was für ein Termin?«, fragt sie mich.

»Friseur«, sage ich zu schnell, und sie betrachtet prompt mein Haar, das definitiv nicht so aussieht, als käme ich gerade aus einem Salon. »Ich meine, ich bin unterwegs zu einem Termin. So können die Haare ja unmöglich bleiben, oder?«

»Ich finde, Sie sehen toll aus. Ein bisschen wie Carole King.« Oh mein Gott. »Muss schön sein, dass Sie Ihr Haus wieder für sich allein haben, vor allem nach so einem Überraschungsgast.« Weezie verdreht die Augen und winkt mich in die Küche. »Kaffee?«

»Gern«, sage ich, weil ich seine Kaffeebecher sehen will. Sie reicht mir einen weißen, der aus einem Hotelrestaurant stammt. »Ist ja ziemlich schmucklos hier. Verbringt Leo viel Zeit in dem Apartment?«

»Ha. Er kann es nicht leiden. Naomis Innenarchitektin hat alles eingerichtet, während sie im Januar in Saint Bart's waren. Er hat gesagt, sie soll ihn überraschen. Und das hat sie. Naomi war begeistert, aber Leo hat regelmäßig darüber gemurrt, dass er nicht weiß, wo er sich hinsetzen soll. Weiß er immer noch nicht.«

»Das versteh ich nicht.« Sonst fällt mir nichts ein.

»So ist er einfach nicht aufgewachsen. Er mag es lieber gemütlicher.«

»Nein, das mit Naomi. Warum waren sie zusammen weg? Zu Dreharbeiten?«

»Nein, sie waren bis über beide Ohren ineinander verliebt. So ist Leo. Er verliebt sich Hals über Kopf und ist genauso schnell wieder weg. Naomi war eine Ausnahme, weil tatsächlich sie ihm den Laufpass gegeben hat. Hat er Ihnen bestimmt erzählt. Am dritten Drehtag von *Das Teehaus.*«

»Verstehe«, sage ich, und es stimmt. Jetzt verstehe ich wirklich. »Das erklärt, warum er bei den restlichen Dreharbeiten so ein betrunkenes Wrack war.« Ich lache verhalten, um anzuzeigen, wie belustigend ich ein derart jugendliches Verhalten finde.

»Tja, er verdankt Ihnen eine Menge. Anscheinend hat ihm die kleine Auszeit auf dem Land den Kopf zurechtgerückt, und jetzt spielt er die Hauptrolle in der größten Produktion seines Lebens.«

»Also steht das Projekt noch?«

»Ja, hätte ich wohl erwähnen sollen. Die Dreharbeiten beginnen schon übernächste Woche.«

Ich muss hier raus. Nachdem ich den heißen Kaffee so schnell hinuntergestürzt habe, dass er mir die Kehle verbrennt, sage ich: »Tja, dann viel Glück euch beiden. Ich muss mich um mein Haar kümmern. Bisschen weniger wie Carole King, bisschen mehr wie Naomi Sanchez, wenn Sie verstehen, was ich meine.« Ich rede zu schnell und zu wenig überzeugend. Rasch schnappe ich mir meine Handtasche und umarme die Frau flüchtig. »Passen Sie gut auf sich auf.«

»Oh nein«, sagt Weezie, und ich halte inne. »Sie sind verliebt in ihn.«

Eigentlich bin ich eine recht passable Lügnerin. Ich kann mich durch etliche unangenehme gesellschaftliche Situationen mogeln. Verdammt, meine Schwester ist eine New

Yorker Salonlöwin. Ich habe schon mit lächelnder Miene Abendessen mit ihren Freunden überstanden, die darüber geklagt haben, dass ihre Kindermädchen auf Bezahlung für Feiertage bestehen. Aber in diesem Moment kann ich mir kein *Oh, jetzt machen Sie sich nicht lächerlich* abringen. Ich bin so aufgewühlt, und der Gedanke, es jemandem anzuvertrauen, der vielleicht irgendwelche Informationen beisteuern kann, ist unwiderstehlich.

»Ja.«

»Oh nein«, wiederholt sie. »Haben Sie mit ihm …«

»Ja. Und er hat mir ungefähr tausendmal gesagt, dass er mich liebt. Ich kann's beweisen«, sage ich und halte mein Handy hoch. »Er hat es keine zwei Stunden ausgehalten, ohne mich zu sehen, mich zu berühren oder mir zu texten, obwohl er gerade mal hundert Meter entfernt war. Und jetzt habe ich seit Freitag überhaupt nichts mehr von ihm gehört.«

Weezie schaut betroffen drein. »Tut mir so leid. Das ist nicht seine übliche Vorgehensweise, zumindest nicht, soweit ich weiß. Noch keine hat mir je erzählt, er hätte ihr gesagt, dass er sie liebt.« Noch keine.

»Also ist er nicht im Knast, hat sein Handy nicht verloren und liegt auch nicht mit Gedächtnisverlust im Krankenhaus«, sage ich.

»Nein. Hier geht irgendetwas echt Seltsames ab, wenn er Sie auf einmal ghostet.«

Ich umarme Weezie, weil ich ihr unheimlich dankbar für ihre Ehrlichkeit bin. Das Letzte, was ich brauche, ist jemand, der es gut mit mir meint und mir deshalb falsche Hoffnungen macht. Ich muss mich den simplen Tatsachen stellen und nach vorn schauen.

Gott sei Dank erwartet mich der Aufzug bereits. Noch besser finde ich, dass ich eine Sonnenbrille in der Handtasche habe. Ich ringe mir ein Lächeln für den Pförtner ab, bevor ich hinaus in die Mittagssonne trete. Was bin ich für eine Idiotin. Mit einem Mal ist mir alles so klar, dass ich kaum begreifen kann, wie mein Verstand die Wahrheit umschifft hat. Vielleicht habe ich einen verspäteten psychotischen Scheidungsschock erlitten. Jedenfalls habe ich zugelassen, dass ich mich in einer meiner seichten Fantasiegeschichten verrannt habe.

Die Fakten: Leo hat mit Naomi Sanchez geschlafen. Männer, die mit Frauen wie Naomi Sanchez schlafen, verlieben sich nicht in Frauen wie mich. Ich war für ihn jemand mit einem einladenden, gemütlichen Haus. Einem Ort, an dem er ein Weilchen innegehalten hat, um sich zu erholen. Er hatte vier Tage, sich zu melden, und er hat es nicht getan. Mit dem Geld wollte er wohl seine Schuld lindern. Ich war für ihn ein Ort zum Erholen, damit er anschließend wiederauferstehen und die Hauptrolle im größten Film seiner Karriere landen konnte. Und auf einmal bereue ich, das Geld zurückgegeben zu haben.

KAPITEL 15

Ich habe die ganze Woche mit dem Versuch verbracht, mein Haus zurückzuerobern. Angefangen mit dem Sonnenaufgang, den ich mich zu genießen bemühe. Meistens weine ich dabei aber nur. Ich besorge hellgrüne Bettwäsche für das Teehaus und zwinge mich, dort jeden Tag eine Stunde am Tisch zu sitzen. Allerdings schreibe ich nicht. Wie konnte ich zulassen, dass dieser Mann drei Wochen lang hier bei mir gewesen ist und mir mein Herz, mein Haus und meine Karriere gestohlen hat?

Manchmal kann ich nicht atmen. Zum Beispiel, wenn ich einen Raum betrete, in dem wir zusammen gewesen sind und mich ein Echo seiner Stimme abrupt innehalten lässt. Dann höre ich ihn etwas sagen, was nicht wahr sein kann. Und stehe nur da, wie gelähmt vor Schmerz. Mein Verstand dreht sich im Kreis – er hat gesagt, dass er mich liebt und zurückkommt, und er ruft nicht an, und er lässt mir von jemand anderem Geld schicken, doch er hat gesagt, dass er mich liebt und zurückkommt.

Das Abholen der Kinder von der Schule gleicht einem langsamen, qualvollen Tod, immer dreißig Minuten am Stück. Ich versuche, ein bisschen später als sonst einzutreffen, um mir zu ersparen, wieder und wieder sagen zu müssen: *Ja, dieser Film ist total aufregend. Nein, ich habe nichts von ihm gehört. Es geht mir gut, ehrlich.*

Kate bewegt sich wie eine Leibwächterin um mich herum, schiebt den Körper zwischen mich und besonders beleidigende Kommentare. Ich fühle mich wund, ungeschützt. Mittlerweile ist mir klar, was genau das bedeutet – als hätte ich keine Haut. Ich hätte mich nie mit ihm in der Öffentlichkeit zeigen dürfen. Ich hätte die Affäre für mich behalten sollen. Es war völlig unangebracht, mich am helllichten Tag mitten im Ort küssen zu lassen.

Die Leute hatten Mitleid mit mir, als Ben ging, aber ihn hat niemand wirklich gemocht. Es dachte damals auch niemand, dass ich glücklich mit ihm gewesen wäre. Als sie mich mit Leo gesehen haben, wahrscheinlich grinsend wie ein liebestoller Teenager, haben sie es wohl geahnt. *Leo Vance wird nicht für immer bei dieser Frau in Laurel Ridge bleiben. Sie steuert auf einen Absturz zu.* Ob echt oder eingebildet, was ich in den Gesichtern lese, ist: *Wir haben es gewusst!* Alle außer mir haben es kommen sehen.

Ich weiß nicht, wo Kate steckt, als ich plötzlich den Schmollmund von Vicky Miller vor mir habe. So viel muss ich Ben zugestehen, sie ist eine wirklich überaus attraktive Frau. Blond, fit, gepflegt. »Ich habe davon gehört«, sagt sie.

»Oh«, mache ich und suche über ihre Schulter hinweg nach einem Fluchtweg. Sie tritt näher. Zu meinem Entsetzen streckt sie die Arme aus, als wollte sie mich drücken. Die Vorstellung empfinde ich als unerträglich. »Warte. Du willst mich doch nicht etwa anfassen, oder?«

»Natürlich. Eine Umarmung. Ich fühle mich schrecklich.«

»Weil du mit meinem Mann geschlafen hast? Oder wegen Leo?«

So blank liegen meine Nerven. Mir ist egal, ob es auf dem Spielplatz jemand mitbekommt. Mir ist egal, ob ich ein bisschen verrückt wirke. Ich weiß nur, dass ich sterbe, wenn diese Frau mit ihrem Selbstmitleid mich berührt.

»Nora«, sagt Vicky in unheimlich irritierendem Ton, in dem unterschwellig mitschwingt: *Jetzt beruhig dich doch.*

Kate fegt von dort zurück, wo sie sich herumgetrieben hat, hängt sich bei mir ein und zieht mich weg. »Sie weiß es«, raunt sie über die Schulter zu Vicky. »Alle wissen es, und wir finden dich eklig.«

Das bringt mich zum Lächeln, während sie mich zum anderen Ende des Parkplatzes manövriert. »Eklig?«, frage ich. »Klingt wie bei einem Schulkind, das seine Popel isst.«

»Hab ein bisschen Nachsicht«, erwidert sie. »Das ist neu für mich.«

»Du bist 'ne gute Haut«, lobe ich sie.

»Ich muss dir was sagen«, kündigt sie an. Und wirkt dabei nervös.

»Bitte, dass du schwanger bist«, gebe ich zurück.

»Nein. Ich bin auch ausbezahlt worden. Von Leo.«

Auf dem Asphalt ist es echt heiß, und mir wird ein bisschen schwindlig. »Wovon redest du?«

»Ich hab heute vom Leo Vance' Wohltätigkeitsfonds einen Scheck über hunderttausend Dollar für mein Programm bekommen.« Sie lässt mir einen Moment Zeit, die Information zu verarbeiten. »Und ich weiß, er ist der Teufel und benutzt Geld, um seine Schuldgefühle zu lindern, weil er der totale Widerling ist, aber mit dem Geld könnte ich die Reichweite meines Programms in den nächsten zwei Jahren verdoppeln. Das könnte alles verändern.«

»Was stimmt nicht mit ihm?«, wiederhole ich meine liebste rhetorische Frage.

»Also willst du, dass ich den Scheck zurückgebe?« Kate scheint drauf und dran zu sein zu betteln.

»Tut mir leid. Nein, natürlich nicht. Behalte das Geld, das ist super. Ich weiß nur nicht, warum er die Zeit dafür findet, seinen Wohltätigkeitsfonds anzurufen und eine Spende zu veranlassen, aber nicht, um auf meine Nachricht zu antworten und zu sagen: ›Hey, tut mir leid, ich bin raus.‹«

»Wenigstens fühlt er sich schuldig, das heißt, ihm ist bewusst, dass er ein Arsch ist«, meint Kate.

»Ich weiß nicht recht. Eigentlich dachte ich, schlechter könnte ich mich nicht mehr fühlen. Aber dass Leo offenbar Mitleid mit mir hat, katapultiert mich auf eine völlig neue Elendsebene.«

Als die Schule im Juni endet, beschließe ich, mit den Kindern für zwei Wochen zu meinen Eltern in die Adirondacks zu fahren. Als sie aus Chesterville wegzogen und mein Vater sein Poolreinigungsunternehmen verkaufte, bestand er darauf, dass sie sich an einem See zur Ruhe setzten. So viel Wasser zum Schwimmen, und niemand muss es je putzen, meinte er damals zu jedem, der ihm zuhörte.

Ich habe die Hypothek und die Steuern für diesen Monat ebenso bezahlt wie meine Kreditkartenabrechnung, und ich habe noch 8 329 Dollar auf der Bank. Zum Schreiben ins Teehaus kann ich vorläufig nicht zurück. Vielleicht gelingt es mir ja woanders, irgendetwas zu Papier zu bringen.

Außerdem hoffe ich, dass ich mich ein wenig gehen lassen kann, während meine Eltern etwas mit den Kindern unternehmen.

Bei meinen Eltern wirkt immer alles so einfach. Meine Mutter hat mal zu mir gemeint: »Das Geheimnis einer glücklichen Ehe ist, dass du ihm hundertzehn Prozent gibst und er dir hundertzehn Prozent zurückgibt.« So mathematisch unmöglich es sein mag, mir hat immer gefallen, wie sich das anhört. Meine Eltern haben sich von jeher geradezu kitschig füreinander aufgeopfert. Sie wurden schon an der Highschool ein Paar, und sie arbeitete als Kindermädchen, während er seinen Betrieb als Poolreiniger aufbaute. Alles, was er hat, schreibt er ihr zu. Und umgekehrt.

Es ist durchaus möglich, dass es mir deshalb so leichtfällt, Drehbücher für Liebesfilme zu schreiben, weil ich mit diesem Musterbeispiel einer Ehe aufgewachsen bin. Wegen meiner Eltern bin ich davon überzeugt, dass manche Menschen wirklich füreinander geschaffen sind und es glückliche, unbeschwerte Ehen geben kann. Zwei Menschen, die sich lieben und in dieselbe Richtung blicken, können sich ein wunderbares Leben aufbauen. Ich habe mich schon dabei ertappt, dass ich kleine Gesten und Eigenarten meiner Eltern in Drehbücher einfließen lasse. Deshalb frage ich mich, ob sie der Prototyp des Paars sind, das ich in Abwandlungen immer wieder verwende.

Penny und Rick haben ihre eigene aufgemotzte Version einer solchen Partnerschaft, obwohl mich die Freude darin noch nie wirklich überzeugt hat. Sie geben beide hundertzehn Prozent und konzentrieren sich auf dieselben Dinge. Allerdings erscheinen sie mir nicht allzu sehr aufeinander konzentriert. Meine Ehe habe ich nur halb richtig hinbekommen. Ich habe hundertzehn Prozent gegeben und Ben gar nichts, im Schnitt sind wir also bei fünfundfünfzig Prozent gelandet, was in jeder Hinsicht unzulänglich ist.

In der Hütte am See fährt mein Vater mit seinen Enkelkindern jeden Morgen mit dem Boot zum Wasserski und Tubing raus. Arthur weicht nicht von der Seite seines Opas, als hielte er ihn für den letzten richtigen Mann auf Erden. Ist er vielleicht in gewisser Weise sogar.

Nachmittags spielen wir Karten, genehmigen uns ein Nickerchen und reden übers Abendessen. Ich gehe spazieren und weine, aber hier fühlt es sich weniger brutal an. Die Umgebung ist eine Leo-freie Zone. Niemand erwähnt ihn, und ich muss nicht durch den Raum gehen, in dem er mich zum ersten Mal geküsst hat. Ich muss nicht jedes Mal das Mitleid in Mr. Mapletons Augen sehen, wenn ich Staubsaugerbeutel brauche.

Oder die Wut in Mickeys Augen. Er hat die Sache ziemlich persönlich genommen, als wäre er von Leo verführt und dann abserviert worden. »Er hat gesagt, er würde bleiben«, hat er ungläubig gemeint. »Er wollte ein Big Green Egg kaufen, und wir wollten Rippchen grillen.« Über diese Rippchen kommt Mickey nicht hinweg. Was ich vollkommen nachvollziehen kann. Wir sind alle gelackmeiert worden.

Meine Mutter und ich kümmern uns in der Küche um das Geschirr, während mein Vater und die Kinder ihr Mittagstief im Fernsehzimmer überdauern. »Du bist fürchterlich dünn«, klagt sie.

»Wirklich?«

»Und nicht die glückliche Art von schlank. Was ist los?«

»Nichts. Dasselbe. Vielleicht jogge ich zu viel.«

»Kein Wort von Ben?«

»Er kommt nicht zurück, Ma.«

»Was für ein Arschloch«, schimpft sie, und wir lachen beide. Meine Mutter hebt sich Kraftausdrücke für besondere Gelegenheiten auf.

»Er fehlt mir nicht«, sage ich. »Ohne ihn bin ich viel glücklicher.«

»Das ist gut. Und die Aufregung mit dem Film und diesem Hollywoodstar, der bei dir gewohnt hat, muss dir ja auch Auftrieb gegeben haben.«

»Ja, das war schon was.«

»Ma! Da ist Leo!«, ruft Bernadette aus dem Fernsehzimmer, und ich lasse das Glas fallen, das ich gerade abtrockne.

Ma und ich rennen hin. Er ist in der Promisendung *TMZ*, in der er gerade mit Naomi aus einem Club kommt, den Arm um ihre Schultern gelegt. Ich kann nicht wegsehen und spüre, wie meine Mutter mich beobachtet. »Ach herrje«, kommentiert sie.

Am nächsten Tag will sie wandern gehen. »Erzähl es mir«, fordert sie mich auf, noch bevor wir die Einfahrt verlassen haben.

»Die lange oder die kurze Fassung?«

»Ich habe alle Zeit der Welt«, erwidert sie.

»Ich glaube, meine Energie reicht nur für die Kurzfassung. Wir hatten eine große Romanze, richtig groß. Dann wurde er abberufen, um einen Film zu drehen, und seitdem habe ich nichts mehr von ihm gehört. Und er ist eindeutig nicht tot.«

»Klingt wie eine Fantasie. Wie etwas, das sich Penny ausgedacht haben könnte.«

»Wenn du damit sagen willst, dass es nicht nach mir klingt, stimme ich dir voll und ganz zu. Es ist, als hätte ich unter vorübergehendem Wahnsinn gelitten.«

»Manchmal ist Liebe genau das«, meint meine Mutter.

Am nächsten Tag trifft Penny mit ihrer Familie ein. Als ich sie aus ihrem Mercedes G-Wagon steigen sehe, zwei Erwachsene mit zwei Kindern, ein feines Quadrat, wird mir bewusst, dass meine Familie einem Dreieck gleicht.

Meine Kinder tauchen aus dem Nichts auf und stürzen sich förmlich auf die Zwillinge. Ethan und Maxwell sind neun Jahre alt und passen somit perfekt zwischen Arthur und Bernadette. Wenn Arthur mit seinen Cousins zusammen ist, wird er geradezu männlich. Er denkt sich Spiele aus, bei denen es auf Kraft ankommt. Vermutlich, weil sie die einzigen noch unsportlicheren Kinder als er sind, die er kennt. Deshalb findet Penny, dass Arthur ziemlich grob ist, was mich jedes Mal wieder zum Lachen bringt.

»Hey, Pen. Hey, Rick«, grüße ich und umarme sie nacheinander. Penny hält mich ein paar Takte länger als nötig fest, um mir ihre Liebe, ihre Unterstützung und ihr Mitgefühl für mein erbärmliches Leben zu vermitteln. Ich bin dankbar, dass ich wenigstens nicht die Worte hören muss. Rick zeigt auf seine AirPods, um zu verdeutlichen, dass er gerade telefoniert. Tut er praktisch ständig.

»Du bist dünn«, stellt Penny fest, legt den Arm um mich und führt mich von Rick weg.

»Hab ich schon gehört.«

»Also immer noch kein Wort?«

»Kein einziges«, antworte ich.

»Wenn du willst, kannst du den Hass ruhig hinter dir lassen«, sagt sie. »Ich hasse ihn nämlich genug für uns beide.«

Penny ist leidenschaftlich, und ich bin schon mein Leben lang froh, sie an meiner Seite zu haben. Nur zu gern würde ich mir ihren Hass borgen und in mein Herz injizieren. Wut würde sich besser als das anfühlen, was ich empfinde.

Die Kinder werden alle oben schlafen und sind hinaufgerannt, um über die Betten zu verhandeln. Ich hole Bier, und wir machen es uns auf der Terrasse gemütlich, beobachten die vorbeifahrenden Boote. Noch vor zwei Sommern war Ben bei uns. Damals war auch meine Familie ein ordentliches Quadrat. Rick gegenüber hat er sich immer ohne ersichtlichen Grund feindselig verhalten. Vielleicht nur deshalb, weil Rick reich ist und regelmäßig zahlt, wenn wir zum Essen ausgehen. Tatsächlich gefällt mir das an Rick am besten.

Pennys anfänglicher Enthusiasmus für Ben und dessen Familie verblassten schnell, als sie ihn besser kennenlernte. Ben hat sich nie gescheut, meine Arbeit vor anderen herabzuwürdigen, beinahe so, als wollte er eine Bestätigung dafür, wie sinnlos sie in seinen Augen war. Über seine ersten Geschäftsideen zeigten sich meine Schwester und Rick noch begeistert, auf die nächsten ungefähr zehn reagierten sie dann schon deutlich zurückhaltender. Bei unserem letzten Abendessen zu viert erzählte Ben von einer App, die er zusammen mit einem Chinesen entwickeln wollte, den er im Internet kennengelernt hatte. »Du hast Glück, dass du Nora hast«, meinte Rick, als er die Rechnung beglich.

Abgesehen von dem Moment, habe ich Rick nie wirklich gemocht. Genauer gesagt, konnte ich nie wirklich seine Menschlichkeit erkennen. Er geht förmlich mit seinen Kindern um, ist höflich zu meinen Eltern und mir. Penny behandelt er wie eine Geschäftspartnerin, als wären sie beide Vorstandsmitglieder ihres Familienverbands. Obwohl dieser Aspekt ihrer Ehe eine Drehbuchautorin für Liebesfilme nicht gerade vom Hocker reißt, weiß ich, dass unerschütterlicher gegenseitiger Respekt den Kern ihrer Verbindung bildet. Kein Augenverdrehen, kein Sarkasmus. Trotzdem hatte ich immer das Gefühl, ich würde Rick mehr mögen, wenn ich ihn auch mal weinen oder reihern sehen würde.

Rick schickt noch rasch eine E-Mail, dann begutachtet er uns alle, als müsste er sich erst ins Gedächtnis rufen, wo er ist. »Und, Nora, wie behandelt dich Hollywood? Wird ein großer Film, was?«

»Werden wir sehen. Er kommt im Oktober in die Kinos. Ich hoffe, er findet Anklang.«

»Und hast du einen Vertrag für zwei Filme oder so? Was kommt als Nächstes?«

»Nein. Aber an ein zweites Bier habe ich gerade gedacht«, wechsle ich das Thema und schaue zu meiner Mutter.

Penny wird aufgeregt. »Weißt du, was du machen solltest?« Oh Mann. »Du solltest eine epische, romantische Liebesgeschichte für die große Leinwand schreiben. Eine Fantasy-Romanze mit Szenen wie der, wo die beiden in *Wie ein einziger Tag* durch den Regen paddeln. Eine, bei der man ein Taschentuch nach dem anderen verbraucht.«

»Ich bin mir nicht sicher, ob ich dafür geeignet bin«, entgegne ich.

»Denk einfach an den romantischsten Moment deines Lebens und bau darum eine Geschichte. Ist doch dein Beruf. Es muss ja nicht formelhaft sein, mach es einfach glaubwürdig.«

Wie Penny das Wort »einfach« benutzt, erinnert mich daran, wie viel leichter sie es im Leben hat als ich. Damit meine ich nicht nur ihr Geld und ihren Ehemann, der sie bedingungslos unterstützt. Penny neigt dazu, Dinge *einfach* zu tun, ohne groß darüber nachzudenken. Mal eben *einfach* eine Putzfrau einstellen. *Einfach* jemand anders kennenlernen. *Einfach* einen weiteren Film aus dem Ärmel schütteln.

Aber in dem Fall ist sie etwas auf der Spur. Ich spüre es kribbelnd im Hinterkopf. Was, wenn ich Leo und meine Geschichte aufschreibe? Was, wenn ich auf die Art darüber hinwegkäme und nicht mehr darüber grübeln müsste? Was, wenn ich mir einen Ausweg aus diesem Loch erschreiben könnte?

Nach dem vierten Juli sind wir zurück in Laurel Ridge und haben uns auf die langsame, träge Routine des Sommers eingestellt. Arthur ist elf Jahre alt geworden und schläft länger, überlässt die frühen Morgen ganz Bernadette und mir. Bernadette hat heute ein ganztägiges Fußballcamp, das um neun Uhr beginnt. Arthurs Schauspielcamp startet gegen Mittag. Zwischen den Fahrten habe ich zwar Zeit zum Joggen, aber nicht wirklich genug, um mich hinzusetzen und zu schreiben.

Ich beschließe, es nicht krampfhaft zu versuchen und mir einen echten Sommerurlaub von der Arbeit zu gönnen. Bis Ende September werde ich pleite sein und muss wahrscheinlich ein paar Schulden machen, bevor ich ein weiteres Drehbuch an den Romance Channel verkaufe. Bei dem Gedanken, wieder Schulden anzuhäufen, fühle ich mich, als hätte jemand mein Haar in Brand gesteckt. Aber die Vorstellung, ins Teehaus zurückzukehren, empfinde ich als noch schlimmer.

Es ist schon zu viel für mich, nur am Fenster des Wintergartens zu stehen und die prächtigen Hortensien zu beiden Seiten der Teehaustür zu betrachten, die Leo im Juli nicht sehen wird. So lächerlich es sein mag, in meinen Augen stehen sie für eine Lüge. Leo ist nicht wie versprochen geblieben, um sie im Juli blühen zu sehen. Bernadette schneidet sie gern und bringt sie ins Haus, was uns normalerweise den Sommer versüßt – offene Fenster und überall riesige blaue Hortensien. Dieses Jahr lege ich ihr nahe, sie alle in ihr Zimmer zu stellen.

Ich spiele mit dem Gedanken, in der Bibliothek zu schreiben, doch in Wahrheit bin ich schlichtweg noch nicht bereit dazu. Ich bin nicht bereit, lockere Geschichten über Liebesaffären und Liebeskummer zu verfassen. Und mich selbst sehe ich mit Sicherheit nicht auf ein Happy End zusteuern. Mir ist klar, dass ich meine Welt um mich herum neu aufbauen muss. Mein Tagesplan war meine Rüstung. Also muss ich mir wieder einen basteln. Ich brauche neue Routinen, damit ich nicht jedes Mal Leo vor mir sehe, wenn ich ein Hähnchen brate. Viele Menschen braten keine Hähnchen. Künftig werde ich zu ihnen gehören.

Aber ich konzentriere mich nicht ausschließlich auf Selbstverbesserung. In den ruhigen Stunden, wenn die Kinder nicht da sind, mache ich es mir auf der Couch gemütlich und gucke Realityshows über Menschen, denen es schlechter geht als mir. Das soll mir helfen, mich in meinem Leben besser zu fühlen. Wenigstens habe ich nicht meine gesamten Ersparnisse einem unechten Online-Freund überwiesen. Wenigstens leide ich nicht unter dem Zwang, meine eigenen Haare zu essen. Unter dem Strich fühle ich mich trotzdem nicht besser mit meinem Leben. Mich deprimiert nur, dass es diesen Menschen so schlecht geht.

Nachts liege ich im Bett und scrolle durch Leos Instagram-Account. Mir ist klar, dass er die Sachen nicht selbst postet. Soweit ich weiß, hat er auf dem Handy nicht mal Instagram. Aber wer auch immer von Leos Agenten damit beauftragt wurde, die dreißig Millionen Follower zu bespaßen, muss seine Fotos irgendwoher bekommen. Da sind Bilder vom Set von *Mega-Man*, auch ein paar von seinem Haus in Los Angeles. *Leos Haare sind länger. Leo trägt jetzt Pastellfarben.* Glückwünsche zum Geburtstag an Naomi, ein Schnappschuss von den beiden am Set von *Das Teehaus*. Ich vergrößere Leo, um nach Hinweisen darauf zu suchen, wer er wirklich ist. Eines Nachts wird ein Foto von ihm auftauchen, auf dem man eine Spur von Bosheit in seinem Gesicht erkennen kann oder, besser noch, Kummer. Und dann wird für mich alles einen Sinn ergeben.

Ich stoße auf ein Foto eines Sonnenuntergangs und bin überzeugt davon, dass nicht er es aufgenommen hat. Keine Ahnung, woher ich es weiß, aber so würde er ihn nicht einfangen. Der Gedanke wirft mich zurück. Mich beunruhigt, dass ich ihn so gut kenne. Mich beunruhigt, dass ich mich auf Anhieb in seinen Kopf versetzen kann und weiß, was er denken würde, obwohl ich eigentlich keinen Schimmer habe, wer er inzwischen ist. *Vielleicht hat doch er das Foto geschossen,* denke ich. *Vielleicht sieht er die Dinge jetzt so.* Ich gelobe mir, Instagram am nächsten Morgen von meinem Handy zu löschen.

Ich lösche Instagram nicht.

Die Kinder und ich gehen vorsichtig miteinander um. Sie wissen nicht, wie sie über die Situation mit Leo reden sollen, was vermutlich daran liegt, dass sie nicht wissen, was sie eigentlich war. Sie wissen nur, dass sich ohne ihn alles anders anfühlt, vor allem ich. Gelegentlich versuche ich, Leo beiläufig zu erwähnen, um das Thema zu entschärfen. Ich bemühe mich, ihn als etwas darzustellen, das unverhofft passiert ist, als kleine Aufregung, die jedoch nichts mit unserer Zukunft zu tun hat.

Arthurs Camp bereitet eine Inszenierung von *West Side Story* vor, die Mitte August für die gesamte Gemeinde aufgeführt werden soll. Er kann den Regisseur nicht ausstehen. »Der hat keine Ahnung von Schauspielerei. Normalerweise ist er Sportlehrer. Er sagt uns immer nur, wo wir stehen sollen.« Das Hauptproblem des Mannes ist wohl eher, dass er nicht Leo ist.

Ich beschließe, die Gelegenheit zu nutzen. »Das ist schade. Aber es war auch ziemlich ungewöhnlich, dass ein waschechter Filmstar bei deinem letzten Stück Regie geführt hat.«

»Schon möglich.« Arthur schaut durchs Autofenster.

Ich unternehme einen weiteren Anlauf. »Gut, dass du Leo nicht versprochen hast, du würdest nicht weiter schauspielern. Scheint allmählich dein Ding zu werden.«

»Wäre auch egal gewesen. Leo hat's ja selbst nicht so damit, sich an Versprechen zu halten.«

KAPITEL 16

Es ist September, und ich bin wieder da, rede ich mir ein. Ich habe mir eine Auszeit zum Trauern zugestanden, und die ist nun vorbei. Da mir mittlerweile praktisch das Geld ausgegangen ist, habe ich mich in eine Lage manövriert, die mich zum Schreiben zwingt, um zu überleben. Wider besseres Wissen habe ich sogar zweihundert Dollar für ein großes Grillfest zum Tag der Arbeit im Garten springen lassen. Das war es mir wert. Die Bar habe ich auf dem Tisch im Teehaus aufgebaut. Leute sind dort ein und aus gegangen, haben den Ort im Wesentlichen gereinigt. Jemand hat eine Margarita auf dem Boden verschüttet. Dafür hätte ich mich beinahe bedankt. Das beste Mittel gegen alte Erinnerungen sind neue.

Bei Sonnenaufgang am ersten Schultag gelobe ich mir, mich zusammenzureißen und ins Zeug zu legen. Heute werde ich wieder mein altes Ich aus der Zeit vor *Das Teehaus*. Und ich werde schreiben. Ich habe ein wenig Sonnenbräune und wieder mein Normalgewicht. Sogar einige von Leos und meinen gemeinsamen Strecken laufe ich wieder, obwohl ich nicht noch mal im Vogelschutzgebiet gewesen bin. Ich bin schließlich nicht wahnsinnig.

Als ich zum Teehaus hinübergehe, ist die Tür geschlossen. Heute muss es klappen. Also öffne ich die Tür so, wie ich es mag, und kehre ins Haus zurück, um neu anzufangen. Ich bereite mir eine frische Tasse Tee zu und spitze meine Bleistifte an. Als ich mich dem Teehaus erneut nähere, ist das alte Gefühl wieder da. Eine Kombination aus Inspiration und Motivation. Etwas Magisches. Ich stehe kurz davor, eine andere Welt zu betreten. Nachdem ich meine Sachen abgelegt habe, mache ich das Feuer an.

Mit zusammengeknotetem Haar klappe ich den Laptop auf und beginne zu tippen. Ich habe Jackie versprochen, dass ich bis zum 1. Oktober ein fertiges Drehbuch für den Romance Channel haben werde, was kein Problem sein sollte. Meine Geschichte dreht sich um einen Schauspieler aus Manhattan, der für Dreharbeiten in ein altes Haus auf dem Land reist und sich in die Frau verliebt, die darin wohnt. Eine Zeit lang zanken sie sich, dann aber hilft er bei der Schulaufführung ihres Sohns aus. Am Tag der Premiere wird er in seine alte Welt zurückgesaugt, überlegt es sich jedoch anders und kehrt zurück, als der Vorhang aufgeht. Ein keuscher Kuss, während die Kamera zurückfährt.

Es fällt mir leicht, darüber zu schreiben, und dabei wird mir bewusst, warum ich überhaupt schreibe. Weil ich dabei etwas so erschaffen kann, wie ich es gern hätte. Ich kann meinen Kummer durch die seichte Unbeschwertheit eines nachmittäglichen Liebesfilms filtern, und plötzlich wirkt er albern. Praktisch banal. Meine große Liebesaffäre mutiert zu einem achtzigminütigen Aufhänger dafür, in den üppigen Werbepausen von Tampons bis hin zu Lebensversicherungen alles Mögliche zu verkaufen.

Er findet ihre Tagespläne bezaubernd. Sie öffnet ihm die Augen für das schlichte Vergnügen des Sonnenaufgangs. Er schildert ihr, dass sein kaltes Penthouse überhaupt keine Aussicht bietet, obwohl es so nah am Park liegt. Der erste Kuss wird wie üblich unterbrochen. Beide wandeln sich zum Besseren.

Die Geschichte auf diese Weise zu erzählen bestätigt mir, dass alles nicht real war. Es war eine Fantasie, was ich eigentlich hätte erkennen sollen, zumal ich ja in der Branche tätig bin. Diese Intensität und dieser Liebesquatsch waren neu für mich, für Leo hingegen nur Dramatik, die er in eine Rolle einbringt. Und das muss ich ihm lassen, er ist ein waschechter Profi. In Wirklichkeit habe ich einen Film nach Schema F durchlebt, so simpel gestrickt wie eine Lückentextgeschichte. Ich gelange zu dem Schluss, dass ich mit diesem Drehbuch wahrscheinlich in drei Tagen fertig sein werde, weil so viel davon schon für mich geschrieben worden ist. Leicht verdientes Geld, denke ich mir, als ich mich für mein Nickerchen hinlege.

Ich warte bis zum 20. September, um es meiner Agentin zu schicken. Hauptsächlich, weil Jackie nicht wissen soll, wie schnell ich es geschrieben habe. Ich denke mir immer, sie verhandelt ein höheres Honorar, wenn sie glaubt, ich hätte einen ganzen Monat daran gesessen. Aber ich warte nicht bis zum 1. Oktober. Hauptsächlich, weil ich meine Kreditkarte nicht mit der gesamten Hypothekenzahlung belasten will.

Drei Tage später ruft sie mich beim Abendessen an. »Du hast dich also in ihn verliebt?«

»In wen?«, schinde ich Zeit und nehme das Handy mit auf die Veranda, um das Gespräch ungestört führen zu können.

»In Leo! Nora, ich bin keine Idiotin.«

»Komisch, ich schon.«

»Einfach nur *wow*. Ist das alles wahr?«

»Gewissermaßen. Aber im echten Leben hat's auch eine Menge Sex gegeben, und er ist nicht zurückgekommen.« Prompt bedauere ich, dass ich mein Weinglas nicht mit nach draußen genommen habe.

»Tut mir so leid. Die Seelenqualen triefen nur so von den Seiten.«

»Gar nicht.« Abrupt setze ich mich aufrechter hin und werde defensiv. »Ich habe das Drehbuch bewusst auf den Romance Channel zugeschnitten – wenig emotionaler Tiefgang, schnelle Auflösungen.«

»Nein, hast du nicht. Und abgesehen vom Ende, das sich völlig falsch anfühlt, ist es wieder ein fantastisches Drehbuch. Also hier ist mein Plan: Ich sage dem Romance Channel, du hast die Grippe, und ich verschiebe den Abgabetermin. Dann warte ich, bis die ersten Rezensionen zu *Das Teehaus* rauskommen. Das wird so um den fünften Oktober herum sein. Wenn sie so gut sind, wie ich hoffe, verkaufe ich das hier für eine Million Dollar.«

»Warte. Was?«

»Ich denke, *Das Teehaus* wird ein Bombenerfolg. Groß genug für die Oscars. Die Branche wird nach deinem nächsten Drehbuch lechzen, und das hier ist richtig stark. Bring nur das Ende in Ordnung.«

Als ich das Telefonat beende, bin ich derart verwirrt, dass ich mein Weinglas und die Flasche auf die Veranda hole. Klingt so, als müsste ich noch mal lesen, was ich ihr geschickt habe. Vielleicht habe ich es doch nicht so seicht verfasst, wie ich dachte. Ein Film darüber, was ich wirklich für Leo empfunden habe, wäre geradezu episch demütigend. Andererseits wäre eine Million Dollar auf dem Konto episch beruhigend.

Und dann ist da noch das Problem mit dem Ende. Man kann einen Film nicht damit enden lassen, dass eine Frau nur auf ihr nicht klingeln wollendes Handy glotzt. Und es gibt kein Szenario, in dem er zurückkommt oder sie das Gesicht wahren kann. Er ist einfach gegangen und hat sich nie wieder gemeldet. Und er hat ihr Geld geschickt, um Himmels willen. Nein, ich werde den Großteil des Drehbuchs überarbeiten und sämtliche Gefühle herausholen. Ich verpasse der Heldin einen Hund, mit dem sie viel spazieren geht. Vielleicht träumt sie insgeheim auch davon, einen Cupcake-Laden zu eröffnen. Ich kann diesen Albtraum immer noch in einen Film für den Romance Channel verwandeln.

Also verbringe ich eine Woche damit, mein Herz aus dem Drehbuch zu beseitigen. Wie ich feststelle, habe ich als Dialoge unbewusst echte Gespräche benutzt, die wir geführt haben. Ich ersetze sie durch meine Interpretation ihrer Hoffnungen und Träume – er wollte sich schon immer an Holzbearbeitung versuchen. Sie schwärmt von einem Cupcake-Laden. Lange Blicke, flüchtige Berührungen der Hände. Aus den Kindern der Protagonistin mache ich eineiige Zwillingsmädchen und gebe ihnen den besten Text. Dann füge ich noch Eltern hinzu, die gern hilfreiche Ratschläge erteilen, allerdings nur, wenn sie darum gebeten werden.

Jackie braucht genau einen Tag, um sich bei mir zu melden. »Was zum Teufel ist das?«

»Die Version meiner Geschichte für den Romance Channel. Mit Hund und Cupcakes.«

»Also willst du lieber fünfundzwanzigtausend statt einer Million? Du verzichtest darauf, eine bei großen Hollywoodstudios gefragte Drehbuchautorin zu werden, statt einfach die Wahrheit zu erzählen?«

Das kränkt mich ein wenig. Ich betrachte mich nämlich gern als wahrheitsliebend. Es hat sich gut angefühlt, *Das Teehaus* zu schreiben, weil es etwas bedeutet und die Grauzonen meines Lebens erkundet hat. Aber jene Geschichte mit der Welt zu teilen hat mich nichts gekostet. Am Ende habe ich gesiegt, weil ich Bens Abschied überlebt habe. Und zwar sehr gut, weil ich ihn ohnehin satthatte. Die Moral von der Geschichte ist, dass Menschen manchmal gehen und nichts mitnehmen. Leo hingegen hat praktisch alles mitgenommen.

Den Sonnenaufgang. Das Teehaus. Und jetzt auch noch meine Million Dollar. Ich stelle mir Leo vor, wie er sich mit Naomi in seiner Villa in Bel Air vergnügt und vielleicht nach Abschluss der Dreharbeiten eine Reise in irgendein Tropenparadies plant. Dann denke ich an den Saldo meiner Kreditkarte und die unerfreuliche Tatsache, dass Arthur definitiv eine Zahnspange brauchen wird. »Na schön«, sage ich zu meiner Agentin. »Was hältst du davon? Heb diese flockige Fassung mit Cupcakes und Hund für den Fall auf, dass wir sie noch brauchen. Und ich sehe zu, ob mir ein alternatives Ende für die andere Version einfällt.«

»Wirklich? Das macht mich so was von glücklich!« Ich kann praktisch hören, wie in ihrem Kopf die Kasse klingelt.

Gleichzeitig kann ich vor mir sehen, wie ich meine Kreditkarte zu einem effektiven Jahreszins von achtzehn Prozent überziehen muss, um meine Hypothekenzahlung im Oktober zu leisten. »Visieren wir Mitte Oktober an. Der Film kommt am dritten in die Kinos. Dann geht der Rummel los, und wir kriegen eine Vorstellung davon, wie er abschneiden wird. Außerdem wirst du zur Premiere in New York erwartet. Hab vergessen, wo sie stattfindet, aber das schicke ich dir noch.«

»Da geh ich nicht hin.«

»Nora. Das ist dein großer Moment. Du hast ein wirklich starkes Drehbuch geschrieben und verdienst es, über den roten Teppich zu schreiten und den Erfolg zu genießen. Lass dir das nicht von ihm nehmen.«

Ich beschließe, noch nichts zu beschließen. Morgen fange ich mit der Überarbeitung des echten Drehbuchs an, der Version mit dem Titel *Sonnenaufgang*, nicht der mit dem Titel *Landliebe*. Mir gefällt die Vorstellung, als ernsthafte Drehbuchautorin richtig Geld zu verdienen. Mir gefällt die Vorstellung, nach Hollywood zu fliegen und … Tja, ich weiß nicht mal, was die Leute dort machen. Ich werde Strähnchen und andere Klamotten brauchen, und auch das fühlt sich gut an. Solange ich weiterhin Männer dazu bringe, mich zu verlassen, werde ich unheimlich erfolgreich sein. Sollte kein Problem werden.

Meine Kinder zanken sich im Wohnzimmer. Es geht um irgendetwas mit der Xbox, und ich beschließe, mich nicht darauf einzulassen. »Gehen wir alle nach oben und putzen uns die Zähne«, schlage ich vor.

»Na gut«, sagen beide und schauen finster drein.

Nachdem ich Bernadette zugedeckt habe, finde ich Arthur bereits im Bett vor. Beim Quietschen der Schlafzimmertür ertönt ein hektisches Rascheln von Laken, und etwas wird unter der Decke versteckt. »Oh, hi, Ma«, sagt er mit einer Stimme, die ich nicht kenne.

Er hat einen Porno, denke ich. Wie kann das passieren? Er ist in der sechsten Klasse und hat noch kaum Haare an den Beinen. Ich habe keinen Mann im Haus, der mit meinem Jungen darüber reden könnte, und ich habe keine Ahnung, wie ich es anstellen soll. Zum ersten Mal überhaupt wünschte ich, Ben wäre hier.

Ich setze mich auf seine Bettkante und umarme ihn. »Was hast du da unter der Decke?«

»Nichts.«

»Es ist nicht nichts. Du hast etwas. Das ist nichts, wofür man sich schämen muss, aber wir müssen darüber reden. Woher hast du es?«

Arthur blickt auf seine Hände. Dann sieht er mich an. Er will etwas sagen, bringt es jedoch nicht heraus.

»Schatz, es ist völlig in Ordnung, neugierig zu sein. Aber das ist nicht der richtige Weg. Woher hast du es?«

»Von Leo«, sagt er, und mein Herz setzt einen Schlag aus.

Wut will sich in meiner Brust ausbreiten, bis er »es« unter der Decke hervorholt und mir reicht. Es ist eine Erstausgabe von *Oliver Twist*. »Oh«, sage ich lachend. »Das ist ja schön. Warte, wann hat er dir das Buch geschenkt?«

»Er hat es geschickt. Mit der Post. Anfang des Sommers.«

»Warum hast du mir nichts davon gesagt?«

Arthur lässt mich eine gefühlte Ewigkeit auf die Antwort warten. »Weil ich dachte, es würde dich traurig machen.«

»Ach Schatz.« Meine Hände streichen über sein zu langes Haar. Ich berühre sein für Pornos zu junges Gesicht. »Du musst dich nicht um mich sorgen. Ich freue mich, dass du ein so schönes Geschenk bekommen hast.«

»Es war ein Brief dabei.« Kurz überlegt er, bevor er mich fragt: »Willst du ihn lesen?«

Auch ich überlege, bevor ich antworte: »Ja.«

Lieber Arthur,

Mrs. Sasaki hat mir die DVD von der Premiere geschickt. Ich habe sie mir schon zweimal angesehen. Du hast jede einzelne Zeile, jeden einzelnen Song perfekt hinbekommen. Ich glaube nicht, dass ich in deinem Alter die Bühne so hätte beherrschen können. Hoffentlich bekommst du alles, was du anpackst, so überzeugend hin wie deinen Auftritt an dem Abend.
Und hoffentlich hast du Gelegenheit, dieses Buch zu lesen. Wird ganz einfach, die Dialoge kennst du ja alle schon. Ich wünsche dir einen wunderschönen Sommer, und bitte grüß mir alle.

Alles Liebe,
Leo

Was zum …

Verschiedene Möglichkeiten für ein alternatives Ende von *Sonnenaufgang* brechen wie eine Flutwelle über mich herein. Leo ist auf dem Weg zurück zu mir, wird aber von einem Zug erfasst. Vielleicht von einem Bummelzug, der ihn nicht auf der Stelle umbringt. Stattdessen lebt er unter Qualen noch eine Weile in einem versifften Dritte-Welt-Krankenhaus weiter. Er hat Läuse. Unmengen von Läusen.

Ich will Leo sowohl Läuse als auch eine Harnwegsentzündung der übelsten Sorte verpassen. Rasch google ich, ob Männer Harnwegsentzündungen bekommen können. Sie können! ... *bitte grüß mir alle.* Nicht mal ein eigener Satz für mich. Ich teile ihn mir mit meiner achtjährigen Tochter, Mrs. Sasaki und Kate. Verdammt, mit allen eigentlich. Wir hatten eine Romanze. Oder zumindest haben wir miteinander geschlafen. Ich sollte *Sonnenaufgang* wohl noch mal lesen, denn allmählich zweifle ich an mir.

Aber nein, es war eine Romanze. Nachts, wenn er im Teehaus war und ich in meinem Zimmer, hat er mir *Du fehlst mir* getextet und damit sämtliche Zellen in meinem Körper in dreimal so schnelle Schwingungen versetzt. Manchmal haben wir stundenlang hin- und hergeschrieben, bis ich ihm schließlich mitgeteilt habe, dass die Sonne in vier Stunden aufgehen würde und wir vielleicht noch etwas schlafen sollten. Darauf hat er immer geantwortet: *Kann's kaum erwarten.*

In jenen zwei Wochen habe ich fast nicht geschlafen, außer an den Nachmittagen im Teehaus. Sogar an manchen dieser Tage bin ich wach geblieben und habe ihm beim Schlafen zugesehen. Unterzieht man nicht auf die Weise jemanden einer Gehirnwäsche? Durch Schlafentzug und jede Menge Lügen? Ich beschließe, dass dem so ist, und frage mich, wie viele andere Frauen schon auf diesen Schwachsinn hereingefallen sind.

Letztlich entscheide ich mich für ein Ende von *Sonnenaufgang*, das mich befriedigt. Er hat eine katastrophale Trennung von einem Starlet hinter sich und war drei Wochen in einer Entzugsklinik – ich habe mir die Freiheit genommen, seinen Alkoholkonsum eine Stufe höher zu schrauben –, dann kehrt er zu meinem Haus zurück. Für mich ist sein Haar dabei von Läusen verseucht, aber das schreibe ich nicht, weil ich die Kinobesucher nicht verstören will. Er quillt über vor Entschuldigungen und Erklärungen, behauptet, endlich zu wissen, was er will.

Ich weiß auch, was ich will, teilt ihm die Heldin mit, während er ihre Hand hält. *Und du bist es nicht.*

Ich erhebe mich vom Tisch im Teehaus und setze mich auf die Liege. »Und du bist es nicht«, sage ich laut. Die Zurückweisung fühlt sich gut an. Ich stelle mir den Schmerz in seinem Gesicht vor. Die Überraschung darüber, dass ich in meinem kleinen Leben nach vorn geschaut habe. »Und du bist es nicht«, wiederhole ich und fange an zu weinen, weil es natürlich nicht stimmt.

KAPITEL 17

Eine Woche vor der offiziellen Premiere in New York wird *Das Teehaus* bereits in einigen kleineren Kinos gezeigt, und den Kritikern scheint der Film zu gefallen. Sie bezeichnen ihn als »durchdacht« und »kraftvoll«, was ich lustig finde, denn für mich ist es einfach »so passiert«. Ich habe Jackie zugesagt, dass ich bei der Premiere in New York antanzen werde, nachdem sie mich daran erinnert hat, dass ich mir von Leo nicht meinen großen Auftritt stehlen lassen soll.

Weezie erkundigt sich in einer Textnachricht, ob ich dort sein werde. *Wer will das wissen?*, scherze ich.

Nur ich, aber ich will mich vergewissern, dass Sie dabei umwerfend aussehen. Sie bietet mir an, ihre Freundin, eine Stylistin, ein paar Kleider zur Auswahl zu mir schicken zu lassen, und ich denke mir: *Warum nicht?* Jedenfalls habe ich nicht vor, dort so aufzutauchen, als wäre ich gerade dem Cover von *Hausmütterchen aktuell* entstiegen. Mittlerweile habe ich eine zweite Kreditkarte ohne Limit, und sie fühlt sich wie eine geladene Waffe an. Ich habe sie für den Fall in der Brieftasche, dass ich sie wirklich, wirklich brauche. Ben hat unseren nicht ausgeschöpften Kreditrahmen immer als Guthaben gezählt, so nach dem Motto: »Natürlich können wir uns das leisten, wir haben noch tausendzweihundert Dollar auf der Visa-Karte.«

Ein Karton mit drei Kleidern und zwei Paar Schuhen trifft ein. An allem ist ein Preisetikett, und ich bemühe mich, nicht hinzusehen. Die Kleider sind smaragdgrün, silbern und schwarz, alle so geschnitten, dass sie mich jung und lebendig wirken lassen, zugleich jedoch erwachsen. Mit Bernadettes Hilfe entscheide ich mich für das silberne Modell, weil sie findet, dass ich damit funkle. Die Schuhe sind absurd und kosten mehr als das Kleid. Sie sind ebenfalls silbern und haben einen winzigen Lederriemen über den Zehen und einen weiteren um das Fußgelenk. Sie wiegen praktisch nichts, sind nichts, dennoch kosten sie eine Hypothek. Ich meine zu Bernadette, dass ich genauso gut die schwarzen Schuhe tragen kann, die ich mir für Omas Beerdigung gekauft habe.

»Na gut.« Bernadette stürmt aus dem Zimmer und kommt mit dem Telefon zurück. »Tut mir leid, aber hier.« Sie hält mir das Telefon entgegen, als wäre es eine Medizin.

»Hallo?«

»Um Himmels willen, Nora. Jetzt kauf die Schuhe einfach.«

Einfach.

»Hi, Pen.«

»Du bist 'ne große Nummer. Und du gehst zur Premiere deines eigenen Films. Bernie hat mir erzählt, dass du in dem Kleid umwerfend aussehen wirst. Lehn dich ausnahmsweise mal aus dem Fenster. Für mich. Ich kann die Vorstellung nicht ertragen, dass Leo dich in diesen Beerdigungsschuhen sieht.«

Was ich an Penny liebe, ist, wie sehr sie sich in die Dinge reinsteigert, die ihr am Herzen liegen. Zum Beispiel, wie sie damals weiße Pfingstrosen für ihre weiße Party aufgetrieben hat. Oder dass dieses neue Gebäude gegenüber ihrer Wohnung perfekt mittig in ihrem Panoramafenster ist. Bernadette teilt diese Eigenschaft – die Gabe, sich bis zum Gehtnichtmehr für die kleinsten Kleinigkeiten zu begeistern.

Ich probiere die Schuhe an, während meine Schwester und ich telefonieren. »Pen, das sind die hoffnungslos überteuertsten hundert Gramm Leder, die …« Abrupt verstumme ich und stelle mich vor den Spiegel.

»Was ist?«

»Sie sind ein Kunstwerk«, sage ich. Kann es sein, dass ich hübsche Füße habe? Und dass sich das meine Beine hinauf fortsetzt? Vielleicht halluziniere ich, aber ich bilde mir tatsächlich ein, dass auch mein Gesicht jünger aussieht. Was sind das für Dinger, Zauberschuhe?

»Sag ich doch. Mach es ganz oder gar nicht. Spring einmal im Leben über deinen Schatten und kauf die Schuhe einfach.«

»Pen, wie soll ich in den Dingern aus einem Auto steigen und über den roten Teppich laufen?« Während ich rede, male ich es mir aus und sehe vor mir, wie ich unbeholfen dahinstöckle, bis sich der dünne Absatz an einer Falte im Teppich verfängt und ich auf dem Gesicht lande, während Leo und Naomi mitleidig den Kopf schütteln. Penny kennt mich schon mein ganzes Leben. Sie weiß, was ich meine. »Ich hab nichts und niemanden zum Festhalten«, sage ich.

»Tja, das ist Blödsinn, denn du hast ja mich. Lass mich mit dir zur Premiere gehen, und ich bezahle die Schuhe. Hollywood wird nicht wissen, wie ihm geschieht, wenn es die Larson-Schwestern in Bestform erlebt.«

Ich bereite mich in meinem winzigen Badezimmer vor, mit Bernadette an meinem Ellbogen und Kate am Rand der Badewanne sitzend. Die Luft reicht kaum für uns drei. Arthur ist so vernünftig und wartet auf meinem Bett. Als meine Haare glatt geföhnt sind und mein Make-up mich zum Schwitzen bringt, scheuche ich alle nach unten, damit ich mich anziehen kann.

Sofort bereue ich das Kleid. Das schimmernde Silber schreit, und mir wird klar, dass ich gehofft habe, eher flüsternd durch den Abend zu kommen. Oder vielleicht will ich in Wirklichkeit, dass der Abend ohne meine Anwesenheit bei der Premiere vergeht. Es ist zu spät, um noch irgendeine meiner Entscheidungen zu korrigieren. Ich besitze kein anderes derart schickes Kleid, und das Auto holt mich in fünfzehn Minuten ab.

Kate und Bernadette schnappen nach Luft, als ich die Treppe hinuntersteige. Offensichtlich sind sie begeistert von diesem lauten Kleid. Arthur zeigt sich zurückhaltender. »Du siehst hübsch aus, Ma. Du schaust dir also nur den Film an und kommst dann zurück, richtig?«

Kate ergreift das Wort. »Na ja, danach gibt's eine Party, und wer weiß, was noch alles. Immerhin reden wir von New York City!« Dann zu mir: »Du kannst bleiben, so lange du willst. Die Kinder sind bei mir in guten Händen, und du kannst sie morgen früh abholen.«

Das scheint Arthur gar nicht zu gefallen.

»Ich bin nicht der Typ für durchgefeierte Nächte«, sage ich. »Lass dich von dem Kleid nicht täuschen. Ich sehe mir den Film an und komme danach gleich nach Hause.«

»Okay, gut«, zeigt sich Arthur beschwichtigt.

Bernadette hingegen schüttelt enttäuscht den Kopf.

Penny tritt in einem trägerlosen schwarzen Kleid und einer schwarzen Version meiner Schuhe aus ihrem Wohngebäude. Als sie mich im wartenden Auto an der Ecke entdeckt, verfällt sie so mühelos in den Laufschritt, dass ich mich frage, ob sie solche Schuhe ständig trägt. »Ich bin so was von bereit«, sagt sie, als sie einsteigt. »Du auch?«

»Ich glaub nicht, dass ich mir noch mehr Make-up ins Gesicht pappen könnte, also muss ich wohl bereit sein«, antworte ich.

»Du siehst wunderschön aus.« Sie nimmt meine Hand. »Weißt du schon, wie du es angehen willst? Er wird da sein. Irgendwann wirst du ihm von Angesicht zu Angesicht gegenüberstehen, und dann musst du irgendwas sagen.«

Meine Hand schnellt wie von selbst an mein Herz, als wollte ich es schützen, und ich stelle fest, dass es zu schnell schlägt. »Ich bin nicht bereit. Das dachte ich bloß. Ich wollte Hallo sagen und abwarten, wie er reagiert. Das war mein großer Plan. Aber nein, in Wirklichkeit bin ich überhaupt nicht bereit.«

»Okay, gehen wir es Schritt für Schritt durch. Was soll er danach denken? Dass er ein Arsch ist? Dass es dir rundum gut geht?«

Ich öffne das Fenster einen Spalt und sauge die Herbstluft in die Lunge. »Er soll denken, dass es mir gut geht, würde ich sagen. Aber ich weiß nicht, ob ich das rüberbringen kann. Es geht mir nämlich nicht gut, Pen.«

»Okay, wir müssen deinen Kopf organisieren. Folgendes musst du in den Vordergrund schieben: Du siehst in dem Kleid umwerfend aus. Du bist der Grund, warum all die Leute heute Abend kommen – du hast das Ding geschrieben. Du bist der Star. Er ist nur wegen deiner Schöpfung dort. Ich will gestraffte Schultern, eine glatte Stirn und ein Lächeln sehen. Du musst ausstrahlen, dass du weißt, wie wahr meine Worte sind.«

Als wir klein waren, haben sich Pennys Barbies stets von ihrer besten Seite gezeigt. Sie waren gepflegt, fein gekleidet, und ganz gleich, in was für eine tragische Geschichte ich sie verstrickt habe, sie haben immer Oberwasser behalten. Heute Abend macht sie dasselbe mit mir.

»Okay, ich bin so wunderschön und genial wie meine Schuhe«, sage ich.

»Mindestens.«

Unser Auto darf direkt vor dem Kino vorfahren. Jemand mit einem Headset öffnet mir die Tür und hilft mir beim Aussteigen. Ich richte mein Kleid und lege mir mein schwarzes Tuch über den Arm. Blinzelnd blicke ich in die Lichter. Dann schaue ich zurück und beobachte Penny beim Aussteigen aus der Limousine. Dabei fällt mir auf, dass sie lächelt. Ich rufe mir ins Gedächtnis, es ihr gleichzutun. Wir posieren zusammen für ein Foto, bevor wir den Weg über den roten Teppich antreten, erst mit kleinen Schritten, dann mit normalen. Ich stelle mir mein wunderschönes

Kleid und meine magischen Schuhe als Selbstvertrauenskostüm vor. Zusammen sind sie mein Mantel der Selbstsicherheit, und ich versuche, mit einem dementsprechenden Gang und Gesichtsausdruck über den Teppich zu schreiten. Außerdem ist Penny nah genug bei mir, um mich aufzufangen, falls ich stolpere.

Als wir den Marsch hinter uns gebracht haben, bin ich erleichtert. Im Foyer des Kinos wimmelt es von Leuten. Jemand reicht uns Gläser mit Champagner von einem Tablett.

»Nora, Sie sehen umwerfend aus«, höre ich von hinten. Es ist Martin, der Regisseur. Wir umarmen uns zur Begrüßung. Ich stelle ihm Penny vor, er stellt uns seine entschieden zu junge Frau Candy vor. »Diese Frau hier ist die nächste große Nummer in Hollywood«, erklärt er ihr. »Solange sie weiterschreibt, bleibe ich reich.«

»Und Nora auch«, merkt Penny an.

Ich danke ihm und trinke den Rest meines Champagners aus.

»Schreiben Sie gerade etwas?«, fragt Candy.

»Ja«, antworte ich und wünsche sofort, ich hätte es nicht getan.

Martin klatscht in die Hände. »Wenn der Film jetzt so gut ankommt wie erwartet, habe ich vor, auf Ihr nächstes Projekt zu bieten. Worum geht's darin?«

Es geht um Leo und darum, dass ich mich gleich nach der Abreise des Filmteams Hals über Kopf verliebt habe. Es geht darum, dass der Sonnenaufgang das Wichtigste auf der Welt für einen Menschen sein kann, der die Verbindung zu seiner Seele verloren hat. Es geht um einen Menschen, der seiner Seele den Rücken zukehrt, um des Ruhmes willen. All das würde ich gern sagen.

»Weiterer Unsinn über eine schiefgegangene Liebe«, sage ich stattdessen. Und damit weiß ich endgültig, dass ich niemanden das Drehbuch lesen lassen kann.

Der Mann mit dem Tablett kommt vorbei, und ich greife mir ein weiteres Glas Champagner. Natürlich habe ich seit einer Scheibe von Arthurs Speck zum Frühstück nichts mehr gegessen. Dumm.

»Ist Leo schon da?«, fragt Penny, und ich werfe ihr einen Blick zu, den ich schon im Alter von zwölf Jahren perfektioniert hatte.

»Das ist er jetzt wahrscheinlich«, erwidert Martin und deutet mit dem Kopf in Richtung der Fotografen, die auf eine weiße Limousine zusteuern.

Als ich mir vorstelle, wie Leo gleich aus dem Wagen steigen wird, geht mir nur eins durch den Kopf: *Ich kann das nicht.* Was ich am meisten fürchte, sind entweder Schuldgefühle oder Mitleid in seinem Gesicht. Das wäre mein Untergang.

»Ich bin gespannt, wie der Film geworden ist«, wende ich mich an Martin. »Dürfen wir schon reingehen und uns einen guten Platz suchen?«

»Sicher, nur zu. Sehen wir uns nachher auf der Party?«

»Natürlich«, antwortet Penny für mich. Ich versichere Candy, dass es mein Highlight des Abends war, sie kennengelernt zu haben, dann treten wir schnurstracks den Weg in den Kinosaal an. Ich führe Penny zu den Sitzen hinten in der Mitte. Dabei verhülle ich mich mit meinem Tuch.

»Was soll denn das?«, fragt Penny. »Das ist dein großer Abend, und wir verstecken uns hier hinten? Nimm das Ding ab, damit du wenigstens ein bisschen glänzen kannst.«

»Mir ist nicht nach Glänzen. Es war ein riesiger Fehler, Pen.« Ich deute nach vorn zu einer Reihe reservierter Plätze, wo bestimmt Leo und Naomi sitzen werden.

Regelrechte Panik breitet sich in mir aus. Meine Gedanken kreisen weniger um diesen Film, vielmehr um *Sonnenaufgang*. Ich muss das Drehbuch zurücknehmen. Mich stört weniger, dass die Leute von meiner Affäre mit einem Filmstar erfahren würden. Sehr wohl jedoch, dass sie wissen würden, wie viel sie mir bedeutet hat. Ich kann nicht riskieren, dass Leo das Drehbuch je zu Gesicht bekommt. Oder dass es, Gott bewahre, tatsächlich verfilmt wird und man ihn als sich selbst besetzt. Unwillkürlich stelle ich mir vor, wie er alles, was er je zu mir gesagt hat, an irgendein Starlet richtet, das unendlich viel besser zu ihm passt. Ich stelle mir vor, wie er das Drehbuch liest und dabei denkt: *Die Arme hat es ja wirklich schwer erwischt.*

Köpfe drehen sich dem linken Eingang des Kinosaals zu. Durch die Aufregung in den Gesichtern weiß ich, dass gerade Leo und Naomi hereinspazieren. Ich ziehe mein Tuch enger um mich und versuche, mich klein zu machen. Penny atmet tief ein. Auf dem Weg hinunter zu ihren Plätzen begrüßen sie die Leute. Er trägt einen Smoking, sie ein Kleid, so rot wie der Teppich. Ich frage mich, wie oft er sich die Haare hat schneiden lassen, seit ich ihn zuletzt gesehen habe. Als ich schon überzeugt bin, dass er gleich den Kopf drehen und mich bemerken wird, bedeutet er stattdessen Naomi, in die Sitzreihe vorauszugehen. Er führt sie dabei am Ellbogen und schenkt ihr einen kurzen Schmachtblick.

»Er wird gleich herschauen, setz dich aufrecht hin«, raunt Penny mir aus dem Mundwinkel zu. »Tu so, als hätte ich was Lustiges gesagt.«

Ich habe kein Lachen zu bieten, aber er nimmt ohnehin Platz, ohne in unsere Richtung zu sehen.

»Ich muss hier raus«, sage ich.

Pennys Gesichtsausdruck verrät mir, dass ich wahrscheinlich kreidebleich geworden bin. Sie entschuldigt sich wie Bugs Bunny beim Verlassen der Oper, während wir über die Füße der Leute hinwegsteigen, um nach draußen zu gelangen. Sie führt mich aus dem Kinosaal zu einer Bank im Foyer. »Wirst du gleich ohnmächtig oder so?«, fragt sie. »Willst du eine Cola?«

»Ich muss nur durchatmen und alles überdenken. Buchstäblich alles.« Tränen kullern, und es ist mir egal. »Ich komme mir vor, als hätte ich einen Urlaub in der Hölle geplant. Als hätte ich sämtliche Flüge und Fahrten ausgesucht, die Koffer gepackt und würde mich jetzt fragen: ›Moment mal. Was mache ich eigentlich in der Hölle?‹«

Penny legt den Arm um mich. »Hast du auch irgendwie.«

»Was hab ich mir nur dabei gedacht, mich in den Kerl zu verlieben? Was hab ich mir dabei gedacht, einen Film über meine Scheidung zu schreiben und dann heute Abend herzukommen, um ihn mir mit meinem Ex-Lover und seiner Holden in den Hauptrollen anzusehen? Soll ich wirklich über mich ergehen lassen, wie sie sich genau an dem Ort voneinander trennen, an dem ich zum wahrscheinlich letzten Mal Sex hatte?«

»Du könntest schon wieder Sex haben«, entgegnet meine Schwester.

»Und was hab ich mir dabei gedacht zuzustimmen, alles noch mal zu machen? Einen völlig neuen Film über meinen schlechten Männergeschmack?«

»Nora?« Weezie. Mit einem Klemmbrett und einem süßen Lächeln. Sie reicht mir ein Taschentuch. »Sie sehen wunderschön aus.«

»Danke«, sage ich. »Das ist meine Schwester Penny.«

Sie lässt sich auf meiner anderen Seite nieder. »Zu heftig?«

»Zu heftig.«

»Tut mir leid. Ich wollte wohl nur, dass Sie den Teil erleben, in dem er Sie in diesem silbernen Kleid sieht und erkennt, was für ein Trottel er ist.«

»Ich auch!«, ruft Penny aus. »Das ist alles, was ich wollte. Ich konnte es schmecken.«

»Irgendwie hab ich mir vorgestellt, ihre Blicke würden sich begegnen, wenn er aus der Limousine steigt«, erklärt Weezie.

»Und er würde sanft lächeln und sich daran erinnern, was sie zusammen hatten«, fährt Penny fort.

»Und er würde langsam zu ihr gehen und ihr Gesicht berühren. Oder ihre Hand nehmen? Da bin ich mir jetzt nicht sicher, aber Sie wissen schon, was ich meine.«

»Der Teil hätte mir auch gefallen«, sage ich, und beide seufzen. »Na ja, einerseits schon, andererseits auch nicht. Die Szene wäre irgendwie eine Beleidigung für beide. Er würde sich ja nur daran erinnern, dass sie hübsch ist, und sich wieder in sie verlieben. Nicht weil er beispielsweise gesehen hat, wie sie in ein brennendes Gebäude rennt, um einen alten Mann zu retten. Es hat sich nichts geändert. Als wäre er bloß inzwischen von etwas Glänzendem abgelenkt worden.«

»Drehbuchautoren.« Weezie verdreht die Augen.

»Man kann kein Leben darauf aufbauen, dass ein Typ einen hübsch findet. Das geht nicht.«

»Okay«, sagt sie.

»Das reicht einfach nicht. Damit darf man sich nie begnügen.«

Penny hat genug. »Weezie, wir brauchen einen Plan. An irgendeiner Stelle muss sie Hallo zu ihm sagen. Ich könnte mir denken, dass die Party danach eine eher kleine Angelegenheit ist. Soll sie ihn dort zur Rede stellen? Oder cool bleiben? Was meinen Sie?«

»Das sind hoffentlich nicht die beiden einzigen Möglichkeiten«, werfe ich ein. »Ich bin zu beidem nicht in der Lage.«

Weezie lacht. »Höfliches Auftreten wäre eine sichere Bank. Das kriegen Sie hin.«

Höflichkeit ist wahrscheinlich der beste Weg, um das Gesicht zu wahren. Ich kann höflich sein und beiden alles Gute wünschen. Sie können aufhören, mich zu bemitleiden, und wir können alle nach vorn schauen. Aber ich weiß, dass ich es nicht durchziehen kann, nicht mal in diesen Schuhen. Wenn ich direkt vor Leo stehe und ihm in die Augen sehen muss, werde ich mein wahres Gesicht zeigen. Und mit »wahres Gesicht« meine ich mein gebrochenes Herz.

»Ich bin noch nicht so weit«, verkünde ich entschlossen. »Ich denke, ich hole mir jetzt Popcorn, dann können wir nach Hause.«

KAPITEL 18

Eines Tages wache ich auf und gelte als Heldin für Feministinnen. Was ich komisch finde, denn ich fantasiere immer noch davon, dass der unheimlich süße Kerl auftaucht und mich vor mir selbst rettet. *Das Teehaus* wird als »Leitfaden zur Wahrung der persönlichen Macht« bezeichnet. Frauen vergleichen den Film mit ihren eigenen Lebenserfahrungen und jenen von Frauen im Verlauf der Geschichte. Mein Lieblingszitat stammt von einer der Frauen, die für das Magazin *The View* schreiben: »*Das Teehaus* führt uns vor Augen, dass man sich die Opferrolle aussucht. Wir können selbst entscheiden, wie wir uns fühlen.« Was für ein Schwachsinn.

Man will mich interviewen, aber ich mache auf zurückgezogen und schwer zu kriegen. Gott weiß, dass ich Letzteres nicht bin. Aber ich fürchte, dass ich die Seifenblase des Films platzen lasse, wenn man mich bedrängt. Ich würde damit herausrücken, dass ich mich nicht wirklich geweigert habe, ein Opfer zu sein. Es war vielmehr so, dass mir an Ben schlichtweg nicht sonderlich viel gelegen hat.

Naomi scheint weniger kamerascheu zu sein. Sie tritt sowohl in den Tages- als auch Abendshows auf und spricht darüber, was der Film für sie bedeutet. Dabei wirkt sie jedes Mal strahlend. »Dieser Film war mir von Anfang an unheimlich wichtig«, erzählt sie Ellen DeGeneres. »Ich finde, wenn man von jemandem verlassen wird, korrigiert sich ein Problem von selbst. Warum sollte man mit einem Menschen zusammen sein wollen, der nicht bleiben will?« Das Publikum bricht in tosenden Beifall aus. *Klar, benutz ruhig meinen Spruch, der ist nämlich bescheuert. Man würde sehr wohl wollen, dass er bleibt, wenn man ihn liebt. Man würde wollen, dass er einen umgekehrt auch wieder liebt, damit man nicht länger leidet. Oh Mann, Naomi.*

Ich habe null Dollar auf der Bank, 3 463 Dollar auf meiner Kreditkartenabrechnung, und es dauert noch eine Woche, bis Jackie *Sonnenaufgang* anpreisen will. Irgendwie habe ich mich selbst in die Enge getrieben. Ich muss dieses Drehbuch verkaufen, kann aber nicht die wahre Geschichte darüber in die Welt posaunen, wie Leo mir das Herz gebrochen hat. Ebenso wenig kann ich der Welt meine Fantasieversion vorführen, in der Leo zurückkommt. Nichts würde mich verletzlicher machen als das. Da mir die Zeit davonläuft, fange ich an, mir den Kopf über verschiedene unzulängliche, sentimentale Möglichkeiten für das Ende zu zerbrechen.

Bernadette findet mich nach dem Abendessen mit meinem Notizbuch und meinen gespitzten Bleistiften auf der Verandaschaukel. »Was machst du?«

»Mir überlegen, wie ich meinen Film enden lassen soll.«

»Na, glücklich.«

»Ich bin mir nicht sicher, ob die Geschichte die richtigen Zutaten für ein Happy End hat. Es ist eine Liebesgeschichte, und die beiden Leute im Mittelpunkt sind nicht füreinander bestimmt.«

»Kannst du die Zutaten ändern?« Bernadette zieht die Beine an die Brust und lässt mich den Arm um sie legen. Sie wird diesen Monat neun, und ich versuche, sie mir als gegen mich rebellierenden Teenager vorzustellen. Es scheint nicht in ihr zu stecken.

»Wie stelle ich das an?«

»Tausch etwas aus. Mach sie anders. Damit sie an einem anderen Punkt landen.«

»Ich würde ja lieber einen der beiden tot sehen. Zu düster?«

»Herrje, Ma. Ja. Viel zu düster.«

Bernadette hat recht, was ich jedoch erst erkenne, als ich am nächsten Vormittag im Teehaus bin. Etwas muss ausgetauscht werden, und ich beschließe, die Machtverhältnisse zu ändern. *Sie* ist ein Popstar und kommt aus Manhattan aufs Land, um auf dem Grundstück eines verwitweten Vaters zweier Kinder ein Musikvideo zu drehen. Sie kabbeln sich ein bisschen, lernen sich aber im Verlauf der Dreharbeiten kennen und verlieben sich ineinander. Sie bietet sogar an, beim Konzert des Schulchors seiner Tochter mitzuhelfen.

Ich lasse alle Gefühle drin. Auf einer Lichtung voller Vögel gesteht sie ihm, dass er der erste Mann ist, in den sie je verliebt war. Er glaubt ihr und denkt, es wäre für immer. Am Ende ist er derjenige, der verlassen wird. Ich werde ihn ghosten.

Und dann kann es ein Happy End geben. Sie schreibt einen Song für ihn, den er im Radio hört, während er eine

Landstraße entlangfährt, und da weiß er, dass sie ihn wirklich liebt. Sie gewinnt einen Grammy dafür und erwähnt ihn in ihrer Dankesrede. Am nächsten Tag kommt er von der Arbeit nach Hause und findet sie gitarrenklimpernd auf seiner Veranda. Großer Moment, großer Kuss. Es scheint zu funktionieren, wenn ich das Heft in der Hand habe.

Es ist November, und *Sonnenaufgang* wurde für 750 000 Dollar an Purview Pictures verkauft. Martin hat als Regisseur unterschrieben, und demnächst beginnt das Casting. Ich frage Jackie, ob ich meinen Scheck einlösen und nichts mehr mit dem Film zu tun haben kann. Vertraglich habe ich das Recht, bei den Dreharbeiten anwesend zu sein, die in Mississippi stattfinden werden, wie man mir mitgeteilt hat. Aber ich habe nicht die Absicht, dorthin zu reisen.

Ich habe jetzt Geld, und das gefällt mir. Irgendwie kann ich kaum fassen, dass ich so viel allein mit Worten und Kummer verdient habe. Das Geld soll sich lohnen, also lasse ich nach dem Begleichen meiner Kreditkartenabrechnung den Rest eine Weile auf meinem Konto liegen, während ich zu entscheiden versuche, was ich damit anstellen soll.

An einem Donnerstagabend nach *Glücksrad* scrolle ich ein letztes Mal durch Leos Instagram-Account. Filmpromotion, edel aussehender Cheeseburger, ein Foto von einem Footballspieler, den ich nicht kenne. Als ich fertig bin, lösche ich feierlich die Instagram-App und verschiebe an ihre Stelle meine Banking-App. Ich lege mich ins Bett und betrachte mein Bankkonto. Das große Guthaben, die Zinsen.

Der Anblick ist so befriedigend, dass ich wünschte, es gäbe irgendwo ein »Gefällt mir« zum Antippen.

Meine Eltern sind nicht unbedingt sparsame Menschen. Und Penny erst recht nicht. Ich habe mir meine spartanische Lebensweise aus der Not heraus angeeignet. Jedes Mal, wenn ich finanziell einen kleinen Vorsprung herausarbeiten konnte, überkam Ben die eine oder andere Verschwendungssucht. Ich wusste nie, wann es passieren würde, also lernte ich, in einem Bereitschaftszustand zu leben. Hühnchen wurde immer im Angebot gekauft, weil Ben jederzeit auf die Idee kommen konnte, Flugunterricht zu nehmen. An Bernadettes Osterkleid wurde der Saum ausgelassen, weil Ben beschließen könnte, er wolle ein eigenes Büro. Jetzt muss ich nicht mehr für Ben aufkommen, halte ich mir vor Augen. Das Geld gehört mir allein. Als ich am nächsten Morgen aufwache, ist es unverändert da.

Ich rufe Penny an, um darüber zu reden, weil sie die einzige mir bekannte Person ist, die über solche Summen verfügt. »Geld ist Energie«, erklärt sie mir. Ich verdrehe die Augen, weil ich ahne, worauf das hinausläuft. Es wird wie damals sein, als sie mir geraten hat, mein Bett an eine andere Wand zu stellen, um mein Sexleben zu verbessern. Vielleicht sollte ich ihr sagen, dass die wahre Lösung darin bestanden hat, Ben auf einen anderen Kontinent zu verlagern. »Du hast deinen Liebeskummer in die Welt hinausgeschickt, und es hat dir Geld eingebracht. Bevor du damit etwas anstellst, solltest du überlegen, welche Gefühle es dir bescheren soll.« Oh Mann.

»Pen. Bleib ernst.« Dieser Mist ist so ziemlich das Letzte, was ich mir im Augenblick anhören will.

»Das meine ich todernst. Und du musst ehrlich sein. Du willst dich so fühlen wie damals, als Leo bei dir war.«

»Soll ich Leo vielleicht dafür bezahlen, dass er zurückkommt?« Offen gestanden erweckt sie in mir manchmal Lust auf ein wenig Gewalt.

»Nein, du sollst lediglich die Gefühle nachempfinden. Denk darüber nach, und sei es nur für einen Tag. Wie willst du dich fühlen?«

Wir legen auf, nachdem ich ihr gesagt habe, dass ich sie liebe, obwohl sie keine Vorstellung von der Realität hat, worauf sie erwidert, dass wir uns unsere Realität selbst erschaffen. So beenden wir viele, viele Gespräche.

Trotzdem denke ich darüber nach. Es könnte sich lohnen zu überlegen, wie ich mich fühlen möchte, denn wie ich mich derzeit fühle, habe ich gründlich satt. Mein erster Gedanke ist, dass ich mich für die Zukunft abgesichert fühlen möchte, daher eröffne ich Konten für die Ausbildung meiner Kinder. Da ich mir nie vorstellen konnte, ich würde dazu irgendwann in der Lage sein, genieße ich es umso mehr. Ich ersetze die schlaflosen Nächte voller Sorgen über die Zukunft durch Tagträume davon, wie die Zukunft jetzt aussehen könnte. Und halte es für möglich, dass ich um fünf Zentimeter höher aufrage, wenn ich auf festem Boden stehe.

Der Umgang mit einem anderen Aspekt jedoch erweist sich als schwieriger. Wie von Penny vorgeschlagen, denke ich darüber nach, was ich empfunden habe, als Leo hier war. Nicht das Gefühl, geliebt zu werden – das man bekanntlich nicht kaufen kann –, sondern jenes, dass es in Ordnung ist, schöne Dinge zu genießen. Mir haben der bessere Wein und die schönere Bettwäsche gefallen. Genau wie die neuen Handtücher. Oder dass ich mich von meiner Sparfuchsmentalität lösen und mich an etwas so Albernem wie Lichterketten über einem Picknicktisch erfreuen konnte. Mit Ben haben schöne Dinge immer bedeutet, dass wir demnächst ohne sie auskommen mussten. Sie haben sich wie ein Angriff auf meine harte Arbeit angefühlt, wie eine Strafe. Mit Leo habe ich schöne Dinge unbeschwert genießen können.

Also beauftrage ich einen Bauunternehmer mit Renovierungsarbeiten an meinem Haus. Er soll weder die Veranda noch das Teehaus anrühren, aber wir gestalten eine neue Küche, in der alles funktioniert, und fügen im Erdgeschoss ein Badezimmer hinzu. Ich bestelle neue Fenster, die genau wie die Originale aussehen, jedoch luftdicht sind. Plötzlich wirkt mein Haus stärker, und ich fühle mich auch so, weil ich dafür gesorgt habe. Ich gelange zu dem Schluss, dass Geld nicht dämonisch ist.

Am 22. November um zwei Uhr nachts erhalte ich eine Textnachricht. Der Piepton weckt mich, und ich bin sicher, dass jemand gestorben ist. Stattdessen textet mir Leo. *Wie konntest du das schreiben?*

Mein Herzschlag rast. Meine letzte Nachricht von ihm stammt aus der Zeit, als wir noch in unserer Liebesblase waren. *Ich liebe dich. Du fehlst mir. Liebe dich auch.* Gefolgt von meinem ewig im Vakuum treibenden *Hi.* Nun meldet er sich nach all den Monaten mit einer neuen Nachricht unmittelbar darunter.

Ich: Sonnenaufgang?

Leo: *Ja, verdammt, Sonnenaufgang. Du hast die Sache neu verpackt und verkauft. Was hast du denn gedacht, wie ich mich fühlen würde, wenn ich es lese?*

Ich: *Warum liest du es denn?*

Leo: *Man hat es mir geschickt und angefragt, ob ich die Rolle will. Ich soll wohl dich spielen.*

Ich: *Ha. Schlüpf ruhig mal in meine Schuhe.*

Leo: *Du bist skrupellos.*

Ich: *Ich hab ehrlich keine Ahnung, was du meinst.*

Leo: *Es hat etwas bedeutet, und du hast es in eine deiner bescheuerten Geschichten verwandelt. Überrascht mich, dass du dir nicht auch noch einen Cupcake-Laden verpasst hast.*

Ich: *Leo, du bist derjenige, der gegangen ist.*

Leo: *Ich wollte zurückkommen.*

Tausend mögliche Antworten rasen mir durch den Kopf: *Stehst du seit sieben Monaten im Stau? Bist du eingesperrt gewesen? Abgelenkt? Schläfrig? Dämlich?* Bevor ich mich für eine entscheiden kann, kommt eine weitere Nachricht von ihm.

Leo: *Vergiss es. Freut mich, dass du glücklich bist. Schlaf weiter.*

Ich warte auf mehr. Dabei beschleicht mich das Gefühl, aus einem Traum erwacht zu sein und zu versuchen, unzusammenhängende Fragmente zu einer Erzählung zusammenzufügen.

Ich tippe: *Warum bist du nicht zurückgekommen?* Und lösche es wieder. Ich tippe: *Ich bin glücklich.* Und drücke auf Senden. Zum einen will ich nicht, dass ich ihm leidtue, zum anderen stimmt es ja fast – ich bin nicht allzu weit von glücklich entfernt. Den schlimmsten Liebeskummer habe ich überwunden. Ich bekomme eine neue Küche. Arthur hat neue Freunde in der Schule gefunden und hat eine Rolle in der Winteraufführung.

Ich spüre, dass er weg ist. Um mich zu vergewissern, tippe ich: *Leo?* Wie sich herausstellt, habe ich recht.

Das Schöne an einem Nachrichtendialog ist, dass er schriftlich vorliegt. Ich lese den Wortwechsel wieder und wieder durch. Am nächsten Morgen schicke ich Kate einen Screenshot davon.

»Hat es während eurer gemeinsamen Zeit irgendwelche Anzeichen darauf gegeben, dass er vielleicht psychotisch ist?«

»Ganz im Ernst, das ist mir auch schon durch den Kopf gegangen. ›Ich wollte zurückkommen.‹ Ich meine, er ruft nicht an, er textet nicht und lässt sich nie wieder blicken. Was also soll ›Ich wollte zurückkommen‹ bedeuten? Ich hab ihn sowohl im Fernsehen als auch in natura gesehen, und er hat nicht beide Beine verloren.«

»Darüber hab ich mir auch schon Gedanken gemacht«, sagt Kate. »Erinnert mich an diesen Film, *Die große Liebe meines Lebens*. Aber ich wollte nichts sagen. Vielleicht ist er ein Narzisst.«

»Vielleicht«, räume ich ein. »Weißt du überhaupt, was das bedeutet?«

»Nein«, gesteht sie.

»Ich auch nicht.«

Wir lachen.

»Vielleicht ist ›Arschloch‹ ein Synonym dafür«, schlägt sie vor.

»Vielleicht.«

»Er erzählt dir, du wärst die erste Frau, in die er je verliebt gewesen ist, während er wegen Naomi an einem gebrochenen Herzen laboriert. Dann verlässt er dich, kehrt zu ihr zurück und wirft dir vor, du wärst herzlos. Irgendwo darin verbirgt sich eine Diagnose.«

»Hab ich schon erwähnt, dass mein Bauunternehmer irgendwie süß ist?«, frage ich.

»Oh, jetzt geht's wieder los.«

KAPITEL 19

Zu Weihnachten ist meine Küche fertig, und sie sieht wunderschön aus. Ich habe frisch gestrichene Schränke, neue Geräte und eine glänzende Arbeitsplatte aus Marmor. Wenn ich den Knopf zum Einschalten des Geschirrspülers drücke, dann läuft er. Jedes einzelne Mal. Wenn ich den Regler für eine der Herdplatten drehe, wird sie heiß. Ausnahmslos. Jeden Morgen steige ich meine immer noch klapprige Treppe hinunter und staune über mein Glück. Meine Kinder sitzen immer noch am selben Platz und essen das Gleiche, aber sie sind dankbar, dass die Dezemberkälte draußen bleibt. Obwohl sie es nicht mehr hören können, dass die Leute über mich und meinen Film reden, merke ich ihnen an, dass sie stolz auf mich sind. Mein Bauunternehmer war wirklich süß und auch Single, aber über seinen eigenwilligen Akzent und die Grammatikfehler in seinen Sätzen konnte ich einfach nicht hinwegsehen. Gut möglich, dass ich noch nicht bereit für etwas Neues bin.

Meine Eltern kommen für vier Tage zu Besuch und übernachten in Arthurs Zimmer, weil er das Doppelbett hat. Ich lasse ihn nur zu gern bei mir schlafen. Er steht kurz davor, dem Kuscheln abzuschwören, was bestimmt auch angebracht ist, und ich frage mich bei jeder Gelegenheit, ob es das letzte Mal ist. Wir lesen gerade *Harry Potter*, und ich finde die Geschichte erschreckend unromantisch.

Mein Vater nennt mich mittlerweile »Hollywood«. Zum Beispiel: »He, Hollywood, könntest du mir ein Rührei machen?« Meine Eltern freuen sich für mich, sind aber auch besorgt. Während sie mit den Händen über meine neuen Arbeitsplatten aus Marmor streichen, fragen sie, ob ich auch etwas für schlechte Zeiten aufgespart habe. Ich versichere ihnen, dass ich dafür Vorsorge getroffen habe.

»Was kommt als Nächstes?«, fragt meine Mutter beim Essen an Heiligabend.

»Nachtisch«, sagt Bernadette zu ihr.

Meine Mutter lacht. »Nein, ich meine allgemein. Schreibst du gerade an etwas Neuem? Konzentrierst du dich jetzt nur noch auf Sachen für die große Leinwand?«

»Bin mir nicht sicher. Ich spiele mit dem Gedanken, zur Abwechslung mal etwas zu schreiben, das keine Liebesgeschichte ist. Etwas über Freundschaft oder Mord.«

Arthur blickt auf seinen Teller hinab.

»Oder ein Abenteuer«, füge ich hinzu. »Arthur, dabei könntest du mir helfen.« Er schaut auf, erwidert aber nichts. »Schatz? Ist alles in Ordnung?«

»Was glaubst du, was Dad und Leo zu Weihnachten machen?« Dad und Leo. In seinen Augen ein und dasselbe.

Wenn ich jetzt etwas sage, werde ich weinen. Meine Mutter spürt das und springt für mich ein, füllt den Raum mit Worten. Das gehört mit zu ihren besten Seiten – ihre Fähigkeit, die Dinge geschickt in eine völlig neue Richtung zu lenken. Ich weiß noch, wie mir als Kind ein Zahn gezogen werden musste. Meine Mutter saß damals auf dem

Stuhl hinter dem Zahnarzt und erzählte mir zur Ablenkung die Geschichte eines Hahns, der ihr in der Vorwoche auf dem Weg zur Kirche über den Weg gelaufen war.

»Also«, beginnt sie, »dein Vater ist in Asien. Folglich wird er Weihnachten wohl in einem alten buddhistischen Tempel feiern. Dort isst er Reis und versucht, seine Freunde davon zu überzeugen, dass Eierpunsch nicht widerlich ist. Obwohl er es ist.« Dazu schenkt sie Arthur ein verschmitztes Lächeln, und mein Herz beginnt, sich zu entspannen.

»Jetzt Leo«, verlangt Bernadette. »Wo ist er?«

»Ach, der arme Leo feiert Weihnachten in Mexiko. In Cabo San Lucas, um genau zu sein. Er hat sich einer reisenden Mariachi-Band angeschlossen, die ihn ihr Gepäck schleppen lässt, weil er nicht Gitarre spielen kann. Ich fürchte, er kriegt einen Sonnenbrand.«

Zu meiner großen Erleichterung lacht Arthur. In weiterer Folge gehen wir alle anderen Freunde und Angehörigen durch, die nicht bei uns sind. Penny kommt morgen mit ihrer Familie aus der Stadt zum Weihnachtsessen, also tischt meine Mutter uns auf, dass sie und Rick heute Abend bei McDonald's sind und sich mit Big Macs vollstopfen.

Die Vorstellung von Penny bei McDonald's lässt uns alle in schallendes Gelächter ausbrechen. Als ich eine zweite Flasche Wein köpfe, geht mir tatsächlich durch den Kopf, dass Penny bei McDonald's unser Weihnachten gerettet hat. Ich lächle meiner Mutter dankbar zu und schenke uns beiden ein weiteres Glas ein.

Der Weihnachtsmann bringt Arthur das neue Fahrrad, das er sich seit zwei Jahren gewünscht hat. Es war in einer Schachtel verpackt oder aber für fünfzig Dollar mehr fertig montiert erhältlich. Ich habe geprasst. Bernadette bekommt diese schreckliche Puppenwelt, die sie wollte und die man aus tausend winzigen Teilen selbst zusammenbauen muss. Nachdem die Kinder ins Bett gegangen sind, sitze ich mit meinen Eltern beim Weihnachtsbaum im Wintergarten und habe selbst nichts zum Zusammenbauen.

Mein Vater ergreift das Wort: »Also von beiden nichts gehört?«

»Ich muss wohl echt furchteinflößend sein«, erwidere ich.

»Diesen Leo kenne ich natürlich nicht, aber Ben war ein Arsch.«

Ich erhebe mein Glas. »Hört, hört.«

Wir sitzen da und betrachten den Baum. Meine Mutter hat Penny schon mit zwei Textnachrichten daran erinnert, Schneehosen und Stiefel für die Jungs mitzubringen, damit sie nach dem Essen draußen spielen können. Sie glaubt, wir merken es nicht, aber sie hat es sich zur Aufgabe gemacht, sie bei jedem Zusammentreffen ein bisschen aus sich herauszulocken. Zumindest will sie ihre gestärkten Hemden zerknittert sehen. In ihren Augen gehört es zu den Aufgaben eines Kindes, abends so schmutzig wie möglich zum Baden anzutreten. Mich überwältigt die Erkenntnis, wie sehr ich meine Eltern liebe.

Vielleicht bin ich beschwipst, denn statt darauf zu reagieren, zücke ich mein Handy. »Kann ich euch was zeigen?«

Ich quetsche mich zwischen die beiden auf die Couch, damit wir alle das Display meines Handys sehen können. »Leo hat letzten Monat mit mir geschrieben.« Ich rufe die Unterhaltung auf und wünschte, sie müssten nicht das *»Ich* *liebe dich. Du fehlst mir«* aus dem Mai sehen. Ganz zu schweigen von meinem *»Liebe dich auch«* und dem so lange unbeantworteten *»Hi«*.

Meiner Mutter stockt der Atem. »Du hast ihn geliebt? Er hat dich geliebt?«

»Ich denke schon«, erwidere ich und lese ihnen dann die Unterhaltung vor. Dazu erkläre ich, dass *Sonnenaufgang* lose auf unserer Affäre basiert. Sie ersuchen mich, den Dialog noch einmal vorzulesen.

Ich kehre zu meinem Stuhl zurück, weil ich mich zwischen den beiden zu eingeengt fühle. Sie werfen gerade einen allzu genauen Blick auf mein Leben, und mich beschleicht die Überzeugung, dass sie meine Gedanken lesen können. Mein Vater hat die Hände auf dem Bauch verschränkt und starrt durchs Fenster zum Teehaus. »Irgendwas fehlt da.«

»Ja«, stimmt meine Mutter ihm zu.

»Meine Fähigkeit, einen Mann zu halten?«, frage ich.

»Keine Ahnung, was es ist. Und ich würde mich nicht bei dem Versuch verrückt machen, es herauszufinden«, sagt er. Zu spät. »Aber irgendetwas fehlt bei der Sache. Ich wünschte, er hätte den Mumm, dir zu sagen, was.«

Eine Weile schweigen wir. Schließlich fragt meine Mutter: »Er wird doch nicht in dem Film mitspielen, oder?«

»Nein, er hat die Rolle abgelehnt. Man hat Peter Harper dafür engagiert.«

Meine Mutter klatscht in die Hände. »Peter Harper! Schatz, du musst unbedingt auch mit ihm eine Affäre haben!«

»Marilyn, also ehrlich«, rügt mein Vater sie.

KAPITEL 20

Es ist Januar, und mein Telefon klingelt, als ich mir gerade den Sonnenaufgang ansehe. Über dem Pyjama trage ich zwei Pullover und einen Mantel, außerdem eine Wollmütze. Im Januar ist der Sonnenaufgang gedämpfter als sonst, ein stilleres Drama und trotzdem dramatisch.

»Heilige Scheiße«, sagt Jackie. »Sitzt du?«

»Warum fragen die Leute so was?«

»*Das Teehaus* ist für vier Oscars nominiert, unter anderem für das beste Originaldrehbuch.«

Ich schweige.

»Das von *dir* ist. Du bist für einen Oscar nominiert.«

»Was ist mit Leo?«

»Er ist als bester Schauspieler nominiert. Naomi geht leer aus. Die zwei anderen Nominierungen sind für Martin als Regisseur und für die beste Originalfilmmusik – an die ich mich ehrlich gesagt nicht mal erinnern kann.«

»Wow.«

»Ja, das ist echt riesig für uns, Nora. Gewaltig. Du solltest besser anfangen, was Neues zu schreiben.«

»Kann ich dich zurückrufen?«, frage ich und lege bereits auf. Die Sonne ist nach wie vor am Aufgehen, und ich will mich darauf konzentrieren. Derselbe Sonnenaufgang und doch etwas anders, weil ich auf einmal für einen Oscar nominiert bin.

Beinahe ohne mein Zutun tippen meine Finger eine Nachricht an Leo. *Herzlichen Glückwunsch.*

Dir auch, kommt sofort zurück. *Ist die Sonne schon aufgegangen?*

Ich: *Halb.*

Leo: *Schickst du mir ein Foto?*

Ich tue ihm den Gefallen.

Leo: *Was zum Teufel ist das?*

Ich: *Nennt sich Januar. Gibt's das in L. A. nicht?*

Leo: *Ich bin in New York.*

Die Information, wie nah er ist, lässt mich erstarren. Ich habe ihn mir in Los Angeles vorgestellt, wenn ich schon zugeben muss, dass ich mir gelegentlich Gedanken über ihn mache. Mir wäre nie in den Sinn gekommen, er könnte nur neunzig Autominuten entfernt sein. *Kommst du vorbei?*, würde ich gern tippen, tue es aber nicht.

Ich denke schon, die Unterhaltung ist beendet, weil mir keine Erwiderung darauf einfällt, dass er in New York ist, aber es erscheint eine Sprechblase und zeigt an, dass er gerade tippt. *Und was treibst du so?*

Wenn das mal keine breit gefasste Frage ist. Mutter sein? Schnee schaufeln? Hackbraten zubereiten? Versuchen, nicht an dich zu denken?

Hauptsächlich Schmerz gegen Geld verkaufen, antworte ich schließlich.

Leo: *Ha. Ich denke, davon schuldest du mir einen Anteil.*

Ich: *Ich hab meine Küche renoviert.*

Leo: *Oh.*

Ich: *War ziemlich kaltschnäuzig, dass du mir so viel Geld geschickt hast. Ich hoffe, du weißt, dass ich es zurückgegeben habe.* Keine Ahnung, woher das gekommen ist. Offenbar musste ich es mir einfach von der Seele schreiben.

Leo: *Ich wollte es nur so wirken lassen, als wäre ich lediglich ein Mieter gewesen.*

Ich: *Du warst mein Geliebter.*

Leo: *Was du nicht sagst. Ich dachte, damit biete ich dir einen Ausweg.*

Ich: *Muss jetzt los. Kann's kaum erwarten, den Kindern davon zu erzählen.*

Leo: *Okay. Wir sehen uns dann wohl demnächst.*

Ich: *Wo?*

Leo: *Bei der Oscar-Verleihung, Nora.*

Ich muss dringend meine Kinder wecken. Es ist Montag, und ich habe viel zu lange auf der Veranda gesessen. Zuerst habe ich mit Leo geschrieben, danach mit meinen Eltern, Penny und Kate. Zum Feiern will Kate mich zum Mittagessen einladen. Und um den letzten Nachrichtendialog auf seine Logik zu überprüfen.

Bernadette kreischt, als ich es ihr erzähle. Hoch, schrill, gellend, wie ein kleines Mädchen eben. Arthur wirft sich mir an den Hals.

»Ma, ich hab gewusst, dass es so kommen würde. Ich hab gewusst, dass du es schaffst.«

»Ich sehe dich in Lavendel«, teilt Bernadette mir mit. »Aber mit aufgesprühter Bräune und ein paar Strähnchen.«

»Willst du mich in eine Barbie verwandeln?«

Auf feierliche Pfannkuchen folgen das feierliche Absetzen der Kinder in der Schule und feierliches Joggen. Danach treffe ich mich feierlich mit Kate im Café. Sie erwartet mich mit zwei Gläsern Champagner. »Ehrlich, ich kann's kaum glauben.«

»Geht mir genauso.« Wir stoßen darauf an und lachen.

»Und was hat er gesagt?«

Ich reiche ihr mein Handy.

»Wie wollte er dir damit einen Ausweg bieten?«

»Keine Ahnung.« Ich stochere in meinem Salat. »Meint er, ich hätte ihn so als bloßen Mieter hinstellen und verhindern können, dass die Menschen von unserer Affäre erfahren? Ich hab das Drehbuch für einen Film darüber geschrieben, verdammt. Also was kümmert es mich?«

»Ich würde allen davon erzählen«, sagt Kate.

»Ich weiß nicht recht, ob ich mich auf den aufregendsten Moment meiner Karriere, vielleicht meines Lebens konzentrieren soll. Oder darauf, dass ich ihn wiedersehen werde.«

»Ich würde mich auf Letzteres konzentrieren«, meint sie und spießt einen Shrimp auf. »Aber du musst dich vorher dafür wappnen, damit du nicht wie beim letzten Mal die Nerven verlierst.«

»Diesmal fühlt es sich anders an. Als ich ihn zuletzt mit Naomi gesehen habe, hatte ich Angst, sie würden sich umdrehen, mich bemerken und Mitleid mit mir haben. Jetzt, da er den Eindruck vermittelt, halb wütend auf mich zu sein, komme ich mir knallhart vor.«

»Vielleicht hast in Wirklichkeit ja du ihn abserviert, kannst dich aber nicht daran erinnern.«

»Das ist leider unmöglich, obwohl mir der Gedanke gefällt«, sage ich.

Als ich wieder ins Auto steige, erhalte ich mehrere Nachrichten in Großbuchstaben von Weezie. Zusammenfassend freut sie sich unheimlich für mich und meint, wenn ich noch nicht mit der Suche nach einem Kleid begonnen hätte, wäre ich bereits im Verzug.

Ich überlege hin und her, wen ich mitnehmen soll. Die einfachste Antwort wäre, allein hinzugehen. Aber was, wenn ich tatsächlich gewinne und dann von lauter Fremden umgeben wäre? Wen sollte ich umarmen? Natürlich werde ich nicht gewinnen, aber es schadet ja nicht, vorbereitet zu sein. Ich habe schon mein Leben lang einen wiederkehrenden Traum. Darin muss ich eine Ansprache halten, von der ich seit Langem wusste, aber ich habe vergessen, sie vorzubereiten. Man hat mir gesagt, ich hätte dreißig Sekunden für eine Rede, falls ich tatsächlich einen Oscar gewönne. Fünfundzwanzig zu viel. Ich beschließe, für den Fall der Fälle drei Sätze auswendig zu lernen, damit ich nicht auf Spickzettel zurückgreifen muss. Mich verblüffen immer die Schauspieler, die ankündigen, in ihrer Rede die sechs Menschen erwähnen zu wollen, denen sie auf der Welt am dankbarsten sind, und die dann von einer Karteikarte die Namen ablesen müssen.

Ich rufe Jackie an und vertraue ihr meine Sorge darüber an, mit wem ich hingehen soll. Prompt ruft sie ihrerseits Martin an. Anscheinend kommt auch er zum ersten Mal mit den Oscars in Berührung. Wie sich herausstellt, haben sich Martin und Candy getrennt, und ich könnte mit ihm hingehen. Er findet, es wäre für den Film ohnehin sauberer, wenn wir unseren Sitzbereich nicht mit branchenfremden Begleiterinnen und Begleitern verwässern würden. »Leo und Naomi werden zusammen aufkreuzen«, teilt Jackie mir mit.

Natürlich.

Meine Eltern würden gern mitkommen, was die Sache irgendwie verkompliziert, andererseits finde ich es unterhaltsam, wie aufgeregt sie sind. Martin sagt, er könnte ihnen Tickets und eine Einladung zur *Vanity-Fair*-Party besorgen. Penny arrangiert für uns einen Termin bei Bergdorf Goodman zum Anprobieren neuer Klamotten. Mein Vater leistet sich einen Smoking. Plötzlich fühlt es sich so an, als würde ich heiraten, und ich muss dem Drang widerstehen, zwischen Erinnerungen an meine tatsächliche Hochzeit mit Ben und der Vorstellung zu pendeln, ich würde losfliegen, um Leo das Jawort zu geben.

Die Verkaufsberaterin heißt Olympia. Sie begleitet meine Mutter, Penny und mich in eine große Umkleidekabine, wo sie uns Champagner anbietet. Bernadette ist in der Schule und wahrscheinlich immer noch stinksauer, dass sie das verpasst. Olympia bringt für meine Mutter vier schwarze Kleider, bevor sie sich damit abfindet, dass meine Ma auf Farbenpracht steht.

»Ich bin fast siebzig Jahre alt«, erklärt sie, »und ich bin noch nie in Kalifornien gewesen. Das wird der größte Moment in meinem Leben. Den will ich in Gelb erleben wie eine Zitrone an ihrem Baum.«

Penny und ich lächeln uns gegenseitig an, denn meine Mutter ist einfach bezaubernd. Keine Ahnung, was Pantone über die Farbe des Jahres sagt, aber ich halte es für unwahrscheinlich, dass es eine große Auswahl an gelben Kleidern für Frauen ab einem bestimmten Alter gibt.

Olympia zeigt sich begeistert. »Spitze! Und ich dachte schon, Sie wären bieder. Ich bin gleich wieder da. Und Nora, was ist mit Ihnen?«

»Meine Tochter will mich in Lavendel sehen«, antworte ich. »Aber ich bin offen für Vorschläge.« Olympia klatscht in die Hände.

Kaum ist sie weg, meint Penny: »Ich lege zu großen Wert auf das Kleid. Das ist mir bewusst. Ich will nur, dass Leo dich ansieht und vor Bedauern tot umfällt. Oder zumindest fassungslos dasteht und weint. Ist das zu viel verlangt?«

»Wahrscheinlich«, gebe ich zurück.

»Also, ich stelle dich mir in einem hautengen goldenen Kleid vor, das nichts der Fantasie überlässt. Und dann, wie seine Kinnlade auf den Boden fällt. Alles live vor den Kameras.«

Meine Mutter lacht. »Penny, keine Ahnung, warum nicht du die Liebesgeschichten schreibst.«

»Ich hab selbst schon darüber nachgedacht«, spreche ich eine der wohl größten Untertreibungen aller Zeiten aus. »Und ich will mich echt nicht auf einen Schönheitswettbewerb mit Naomi einlassen. Ich glaube auch nicht, dass sich Leo wieder in mich verlieben würde, nur weil ich gut aussehe. So ein Mensch ist er nicht. Und wäre er es, würde ich ihn nicht wollen. So lautet die schmerzliche Wahrheit. Ich will als ich selbst auftreten und mich wohl in meiner Haut fühlen, damit ich das Erlebnis genießen kann.«

Penny seufzt. »Na schön. Du kannst aussehen wie du selbst, aber ein bisschen motzen wir dich schon auf.«

Meine Mutter legt sich auf ein kanariengelbes Chiffonkleid mit langen, wallenden Ärmeln fest. Sie sieht wie eine Diva aus dem alten Hollywood aus, auf unbekümmerte Weise glamourös. Beim Anblick meiner Mutter in dem Kleid werde ich noch aufgeregter, als ich es seit dem ursprünglichen Anruf ohnehin bin.

Wie es der Zufall will, ist auch ein lavendelfarbenes Kleid auf Lager, das mir obendrein gefällt. Es hat einen weiten Rundhalsausschnitt, der meine Schlüsselbeine zur Geltung bringt – *nimm das, Leo* –, und reicht in schwerem Crêpe bis zum Boden. Es liegt überall dort eng an, wo es das soll, aber nichts kneift oder zwackt. Ich fühle mich darin rundum wohl. Kaum habe ich es an, verkündet meine Mutter: »Das ist es. Mir gefällt, wie du dich darin fühlst.«

Beim Hackbraten in der Woche vor der Veranstaltung hat Bernadette unzählige Fragen. Die meisten davon habe ich schon beantwortet. Wird es Snacks geben? Was, wenn mir kalt wird? Wer fährt mich danach zur Party? Habe ich geübt, mit meinen Schuhen über Stufen hinaufzusteigen?

Arthur schweigt.

»Machst du dir Sorgen, Arthur? Ich rechne nicht damit zu gewinnen, aber es könnte lustig werden, sich herauszuputzen und im Fernsehen zu sein.«

»Wird Leo mit Begleitung kommen?«, will er wissen.

»Er geht mit Naomi Sanchez hin, einer Kollegin.« Keine Ahnung, warum ich es so sage. Als fürchtete ich, es könnte Arthur aufregen, dass sie seine feste Freundin ist.

»Ich wette, mit dir hat er lieber Zeit verbracht als mit ihr.«

Überrascht sehen Bernadette und ich ihn an. Wir reden nicht mehr wirklich darüber, aber seine Worte vermitteln den Eindruck, als brütete er schon eine ganze Weile darüber.

»Na ja, wer nicht?«, erwidere ich und werde mit einem Lächeln belohnt.

»Arme Naomi«, scherzt Bernadette.

»Sie ist ein echter Fall für die Wohlfahrt«, sage ich.

KAPITEL 21

Es ist Ende Februar, und ich wache im *Beverly Hills Hotel* auf. Weil ich für einen Oscar nominiert bin, rufe ich mir ins Gedächtnis. Ich gehe auf den Balkon, um zu überprüfen, ob ich den Sonnenaufgang sehen kann. Und kann es nicht. In Los Angeles scheint sich alles um den Sonnenuntergang zu drehen. Ich mache mir eine Tasse Kaffee und lasse den Blick über die Baumkronen wandern.

Ich bin glücklich, geht es mir durch den Kopf. Wann immer ich an die Dinge denke, für die ich dankbar bin, stehen meine Kinder, meine Gesundheit und der Sonnenaufgang ganz oben auf der Liste. Nimmt man noch mein Haus dazu, kann ich mich wirklich nicht beklagen. Selbst als Ben noch da war und mich dafür heruntergemacht hat, dass ich mich angeblich verkaufe und schrottige Drehbücher für Liebesfilme schreibe, war ich dankbar für meine Arbeit. Ich meine, irgendjemand musste sich ja verkaufen. Für große Ideen und Visionen bekommt man im Supermarkt kein Hühnchen.

Aber das hier … dass ich ein Drehbuch geschrieben habe, es im Wesentlichen die Wahrheit wiedergibt oder zumindest meine Gefühle darüber, dass es produziert wurde und auch noch solche Anerkennung findet … Das ist in diesem Moment fast zu viel für mich. Was, wenn den Leuten auch *Sonnenaufgang* gefällt? Was, wenn das meine neue Normalität wird – anderen mein Herz zu öffnen und dafür Beifall zu ernten?

Für mein Herz wäre das in Ordnung. Mittlerweile habe ich das Zitat darüber, dass man wissen muss, wann es etwas loszulassen gilt, weil es nicht für einen bestimmt ist, unzählige Male gelesen. Leo war nicht für mich bestimmt. Man muss ihn sich dafür nur ansehen. Wir hatten unsere Zeit, und sie war perfekt. Kann ich es nicht einfach dabei belassen? Die Erinnerung in einen schützenden Kokon packen? Vielleicht war alles sowieso nur ein Traum. Ehrlich, wenn Kates Gästezimmerbett nicht mit den von ihm gekauften Laken bezogen wäre, könnte ich tatsächlich glauben, ich hätte es mir bloß eingebildet.

Ich jogge durch Beverly Hills und treffe mich zum Mittagessen mit meinen Eltern in einer Burgerbude. Heute Abend will ich richtiges Essen im Magen haben. Ich will mich gestärkt fühlen.

»Ich hoffe, deine gute Fee bringt Verstärkung mit«, scherzt mein Vater, als ich mir mit der letzten Serviette das Fett aus dem Gesicht wische. Ich trage meine bequemste Jeans und ein verwaschenes Sweatshirt.

»Charlie!«, tadelt meine Mutter ihn grinsend.

»Meinst du, ich kann Leo kennenlernen?«, fragt mein Dad.

»Vielleicht. Aber falls ja, dann tu einfach so, als wäre zwischen ihm und mir nie etwas passiert. Keine Fragen. Keine Anspielungen.«

»Oh, und ob ich Fragen habe. Du bist vielleicht witzig.«

Das scheint mir ein echtes Risiko zu sein. »Dad, lass uns einfach so tun, als wäre er bloß ein Kerl, der dort ist, um meinen großen Abend zu feiern. Wir sind nicht wütend auf ihn. Wir sind nicht von ihm eingeschüchtert. Wir sind glückliche, neutrale Menschen, die mit der Vergangenheit abgeschlossen haben.«

»Ich bin kein Schauspieler, Liebes.«

Die Verschönerungsmannschaft trabt in meinem Zimmer an, föhnt mir die Haare und wellt sie so an den Spitzen, dass ich nicht wie frisiert aussehe, sondern wie jemand mit natürlich schönem Haar. Genau darum habe ich gebeten.

Jemand taucht mit einem Bräunungssprayzelt auf. »Weezie hat mich herbeordert«, sagt die Frau. Ich gebe ihr ein Trinkgeld und schicke sie nach Hause. Das ist nun mal meine Hautfarbe, fürchte ich. Der Visagistin teile ich mit, dass ich mich mit Make-up nicht wohlfühle und sie sich zurückhalten muss.

»Das sagen sie alle«, erwidert sie nur.

»Aber ich mein's ernst.«

Sie verdreht die Augen. »Man muss in echt wie eine billige Stripperin aussehen, damit man im Fernsehen nicht wie eine wandelnde Leiche rüberkommt. Können Sie mir nicht einfach vertrauen?«

Nein, überhaupt nicht. »Sicher«, antworte ich.

Mein Kleid hängt an der Rückseite der Badezimmertür. Ich liebe dieses Teil. Lavendel wollte ich, um Bernadette eine Freude zu bereiten und um nicht zu aufdringlich zu wirken. Das Kleid ist schlicht genug, um nicht nach Aufmerksamkeit zu brüllen, dennoch vermittelt es mir das

Gefühl, wunderschön zu sein. Dazu trage ich die silbernen Schuhe, die ich bei meinem Aschenputtel-Abgang bei der Premiere des Films anhatte.

Als ich fertig bin, fühle ich mich bereit. Martin holt mich ab. Ich muss nur noch meinen Luxuskörper in die Lobby bewegen. Das ist nicht meine Welt, und ich empfinde das Ausmaß dieses Spektakels als einschüchternd, sage mir aber immer wieder vor: *Ich bin nominiert. Ich bin nicht nur zu dieser Party eingeladen, die Party dreht sich um mich.*

Martin steigt aus der Limousine und hilft mir hinein. »Na, wer hat sich denn da aus der Provinz hervorgewagt?«

»Ich«, sage ich und küsse ihn auf die Wange. Nachdem wir uns niedergelassen haben, streiche ich mein Kleid mehrmals glatt, bevor ich frage: »Was denken Sie, wie unsere Chancen heute Abend stehen?«

»Lässt sich unmöglich einschätzen. *Kriegsschwestern* könnte uns das Wasser abgraben. Oder auch nicht. Aber schon ein Sieg in einer beliebigen Sparte wäre für uns alle ein Gewinn. Dann würde *Das Teehaus* immer als oscarprämierter Streifen bezeichnet werden. Selbst wenn nur die langweilige Filmmusik ausgezeichnet wird.«

Ich schaue aus dem Fenster.

»Waren Sie in ihn verliebt?«

»Ja«, antworte ich nach einer Weile. Ich lächle. »Aber jetzt geht's mir wieder gut.«

Wir schweigen eine Zeit lang, bevor ich frage: »Weiß Naomi davon?«

»Ich denke nicht. Aber irgendwann wird sie *Sonnenaufgang* sehen. Dann erfährt sie es.«

Warum habe ich daran nie gedacht? Könnte das zu einem Problem zwischen Leo und ihr werden? Ich entscheide, dass es mir im Grunde egal ist und er es nicht anders verdient hätte. Wenigstens hat man den Film nicht mit ihr besetzt. Ich bin dankbar, dass ich mir die große Liebesgeschichte meines Lebens nicht mit der großen Liebe seines Lebens in der Hauptrolle ansehen muss.

Schließlich treffen wir ein. Martin weiß, dass die Sache für mich nervenaufreibender ist als für ihn. Er ergreift meine Hand. »Ich steige zuerst aus und helfe Ihnen dann. Es werden haufenweise Fotos geschossen werden. Am besten sehen Sie darauf aus, wenn Sie die Schultern straffen und ein verhaltenes Mona-Lisa-Lächeln aufsetzen. Mit einem zu breiten Lächeln hat man in der Zeitung sonst Ähnlichkeit mit dem Joker.«

Leider bringt er mich damit tatsächlich breit zum Grinsen. Ich versuche, mich zusammenzureißen.

Der Gang über den roten Teppich verläuft wie erwartet. Ich habe mir sicher die letzten fünfunddreißig Oscarverleihungen im Fernsehen angesehen, und es gibt keine Überraschungen. Die Fans scheinen zu wissen, wer Martin ist, und mich halten sie für seine Begleiterin. Schließlich staut es sich ein wenig, weil von manchen von uns erwartet wird, dass sie kurz mit der Nachfolgerin von Joan Rivers reden. Ich kann mich nicht erinnern, von welchem Designer mein Kleid stammt, und hoffe, nicht danach gefragt zu werden.

Als ich eine Hand am Ellbogen spüre, weiß ich auf Anhieb, dass er es ist. Ich drehe mich zu ihm um und bin froh, dass ich mich für diese eigentlich viel zu hohen Schuhe entschieden habe und dass meine Schlüsselbeine entblößt sind.

»Hallo«, bringe ich hervor.

»Du siehst wunderschön aus«, sagt er.

»Danke. Ist eine Menge Schall und Rauch.« Ich zeige auf das Kleid, die Frisur und die winzige Handtasche. Mir ist alles recht, um die Anspannung des Moments aufzulockern, denn wenn ich ihm noch länger in die Augen sehe, werde ich weinen.

Martin tritt näher an meine Seite, beschützt mich. »Die bestaussehende Begleitung, mit der ich je bei so einer Veranstaltung gewesen bin – nicht wahr, Leo?«

»Vorsichtig«, warnt er. »Sie wird dir das Herz brechen.«

Und plötzlich offenbart sich mir die wahre Bedeutung des Wortes Raserei. Auf einmal kann ich verstehen, warum jemand ein Feuer legt oder jemandem mit einem Schlagring das Gesicht zertrümmert. Unwillkürlich balle ich die Hände zu Fäusten und suche in meiner eigenen Raserei nach den richtigen Worten, als Naomi auf mich zukommt und mich aus meiner Konzentration reißt. Sie wirkt in ihrem weißen Seidenkleid geradezu übernatürlich. Unwillkürlich frage ich mich, ob sie Unterwäsche trägt oder nicht. Und ich bin mir hundertprozentig sicher, dass sie zu Mittag keinen Burger hatte.

»Nora!« Sie haucht Küsse in die Luft neben meinem Gesicht. Nicht weil sie unaufrichtig ist, das glaube ich nicht, sondern weil das Make-up eine heikle Sache ist.

»Sie sehen umwerfend aus«, sage ich zu ihr. Ich habe mich wieder im Griff, und mal ehrlich, was sollte ich sonst sagen? Sie strahlt übers ganze Gesicht.

»Tja, viel Glück heute Abend«, wünscht sie Martin und mir, während sie Leos Arm hält. »Eigentlich viel Glück uns allen.«

Die Assistentin des Promisenders *E!* nähert sich, um Leo und Naomi zu einem kurzen Interview zu holen. Leo schenkt ihr seine volle Aufmerksamkeit und einen flüchtigen Schmachtblick. Sie errötet und plappert mit dreifacher Geschwindigkeit drauflos. »Okay, okay, einfach hier lang, Sie beide waren so großartig in dem Film, okay, okay …«

Leo dreht sich zu mir um und besitzt die bodenlose Frechheit, mir zuzuzwinkern.

Meine Kategorie kommt früh an die Reihe, weil sich niemand wirklich für das Drehbuch interessiert. Tatsächlich bin ich froh, es schnell hinter mir zu haben, damit ich nicht für den Rest der Show nervös sein muss. Wobei ich nicht nervös bin, weil ich gewinnen könnte und dann auf die Bühne müsste. Diesbezüglich habe ich meine Erwartungen im Griff. Vielmehr deshalb, weil die Gesichter der Nominierten im Fernsehen gezeigt werden, während sie bekannt gegeben werden, und dann noch mal, wenn der Gewinner verkündet wird. Ich habe immer noch nicht entschieden, welche Miene ich dafür aufsetzen soll. Ein Mona-Lisa-Lächeln? Freudige Erwartung? Nicke ich anerkennend und applaudiere, wenn sie Barry Sterns – der meine erste Wahl wäre – als Gewinner ausrufen? Ich beschließe, dass Meryl Streep es so machen würde. Nicken und applaudieren. Das scheint mir eine anmutige Lösung zu sein.

Martin und ich sitzen am Gang in der zweiten Reihe. Wie es der Teufel haben will, sind Leo und Naomi direkt vor uns platziert. Sie passen so gut zusammen, dass sie die Vorlage für sämtliche Hochzeitstortenfiguren weltweit sein sollten. Offenbar befinden sie sich in einer Phase ihrer Beziehung, in der man gesellig nebeneinander schweigen kann, denn sie unterhalten sich nicht.

Peter Harper aus *Sonnenaufgang* kündigt die Kategorie an. Zur Unterstützung des Films, der noch dieses Jahr in die Kinos kommt, versuchen seine Presseleute, ihn medienwirksam unterzubringen, wo immer sie können. Sein letzter Film, *Granatsplitter*, ein Streifen über den Zweiten Weltkrieg, hat ihm eine Menge Aufmerksamkeit und eine kurze Beziehung mit einem Bikinimodel eingebracht.

Er betritt im Smoking die Bühne und sagt ein paar Worte über die Bedeutung der Geschichte. Mittlerweile fühle ich mich wie unter Wasser und höre nichts mehr richtig. »Nominiert sind«, beginnt er, und Martin kneift mich. Er *kneift* mich tatsächlich. Als ich ihm den Kopf zudrehe, sehe ich sein bestes Mona-Lisa-Lächeln, das ich dankbar nachahme. Ich atme durch.

»Und der Oscar geht an … Nora Hamilton für *Das Teehaus!*«

Kaum habe ich es gehört, ist Mona Lisa vom Tisch. Stattdessen strahle ich übers ganze Gesicht, wie es zweifellos Bernadette gerade tut, und male mir aus, wie meine Kinder bei Penny zu Hause ausgelassen auf der Couch hopsen.

Martin umarmt mich. Er flüstert mir ins Ohr: »Sie müssen jetzt da raufgehen.« Also tue ich es. Der Teil ist nicht so, wie ich ihn mir aus dem Fernsehen vorgestellt habe. Die Stufen sind tückisch, aber ich bewältige sie, indem ich das Kleid vorn anhebe und zu langsam gehe. Peter Harper ist mindestens zehn Zentimeter kleiner, als ich dachte. Er küsst mich auf die Wange, als er mir die Statue überreicht. Sie erweist sich als schwer, genau, wie man es immer hört.

Als ich auf dem Podium stehe, sind vor mir so viel mehr Menschen, als ich es mir hätte vorstellen können. Auf einer Uhr in meinem Blickfeld werden dreißig Sekunden heruntergezählt, und plötzlich haben sich meine drei auswendig gelernten Sätze verflüchtigt. Leo sitzt in der ersten Reihe und schenkt mir ein Lächeln – sein *echtes* Lächeln. Die Überraschung reißt mich aus meiner Schockstarre.

Und ich improvisiere. »Ich bin wirklich dankbar, dass ich die Gelegenheit bekommen habe, diese Geschichte zu erzählen. Und noch dankbarer dafür, dass sie von so talentierten Leuten begrüßt, verfeinert und umgesetzt wurde. Es fühlt sich wunderbar an, die eigene Wahrheit zu sagen und damit Gehör zu finden. Danke an alle.«

Und schon legt Peter Harper mir den Arm um die Taille und führt mich von der Bühne. Dabei habe ich weder Martin gedankt noch meinen Kindern etwas zugerufen. Ganz zu schweigen davon, dass ich die Academy nicht mal erwähnt habe. Jetzt verstehe ich, was es mit den Karteikarten auf sich hat.

In der Werbepause kehre ich auf meinen Platz zurück. Unterwegs umarmt mich Naomi und sagt lauter Dinge, die sich richtig anfühlen. »Ich wusste es«, steuert Leo bei und schenkt mir erneut sein echtes Lächeln.

»Tu das nicht«, sage ich zu schnell.

Das Orchester spielt auf, und jemand kommt heraus, um eine Tanznummer anzukündigen. Ich spüre, wie mein Handy in meinem Handtäschchen förmlich explodiert. Auf dem Schoß fühle ich das Gewicht dieser prächtigen kleinen Statue. Ich sehe, wie Leo etwas in Naomis Ohr flüstert, das sie zum Lächeln bringt. Das Leben ist wahrlich eine Wundertüte.

Martin gewinnt und bedankt sich bei mir für die so herzergreifende Geschichte.

Leo gewinnt ebenfalls und sagt: »Ich möchte Nora Hamilton sowohl für die Geschichte als auch für den verlängerten Aufenthalt in ihrem Teehaus danken.«

Das bringt mich zum Weinen, und ich weiß, dass er es sieht. Ich krame in meiner Handtasche nach einem Taschentuch, mehr um mein Make-up zu schützen als meinen Stolz. *Sehr gern,* würde ich am liebsten sagen. *Vielleicht hätte ich dich sogar bald im Haus schlafen lassen.*

Als das Spektakel vorbei ist, posieren wir für Fotos. Man will Martin, Leo und mich mit unseren Oscars vor dem Hintergrund mit dem Logo. »Können Sie etwas näher hinrücken, Mr. Vance?«, fragt der Fotograf. »Und vielleicht den Arm um sie legen?« Sein Arm senkt sich nicht auf meine Schulter, sondern schlängelt sich um meine Taille, und er zieht mich dicht zu sich. Damit überrascht er mich. Unwillkürlich drehe ich den Kopf und sehe ihn an. Die Kamera blitzt, und ich denke, die Aufnahme wird überall in der Presse erscheinen. Das Foto, auf dem ich zu Leo aufschaue, als wäre er der Ballkönig.

KAPITEL 22

Bei der von *Vanity Fair* veranstalteten Party werde ich gewissermaßen herumgereicht. Der Oscar, den ich bei mir trage, ruft geradezu: *Redet mit mir! Ihr müsst mich unbedingt kennenlernen!* Ich werde Regisseuren, Produzenten, Schauspielern und Schauspielerinnen vorgestellt, deren Arbeit ich schon seit Jahrzehnten verfolge. Ich schlürfe Champagner und nasche von herumgetragenen Tabletts, während die Leute abwechselnd meinen Oscar halten. Da eben erst mein Name darauf eingraviert wurde, gehe ich davon aus, dass er den Weg zurück zu mir schon finden wird. Trotzdem behalte ich ihn vorsichtshalber im Auge.

Leo sehe ich nirgendwo, und ich bemühe mich, nicht bewusst nach ihm Ausschau zu halten. Tatsächlich rede ich mir eher ein, dass ich nach meinen Eltern suche, während ich mich nach ihm umsehe. Ich schlendere mit Martin herum und lerne Leute kennen, die er mir unbedingt vorstellen will. Dabei fühle ich mich in meiner Haut wohler, als ich es mir je hätte vorstellen können. Der Sieg hat mich unheimlich ermutigt. Ich lächle unwillkürlich vor mich hin, während man mir gratuliert und ich Champagner nippe. »Hallo. Danke. Freut mich, Sie kennenzulernen.« Diese Nacht ist himmlisch.

Martin, mit dem ich inzwischen per Du bin, stellt mir eine Frau namens Cayla vor, die nicht mal alt genug zum Babysitten zu sein scheint. »Das«, erklärt er mir, »ist mein nächster großer Star.« Cayla kichert, und ich leere mein Glas, damit ich einen Grund habe wegzugehen.

Ich warte gerade an der Bar, als mein Verstand mir Streiche spielt. Unwillkürlich überlege ich, wie viele Gläser Champagner ich schon hatte. Leo steht neben mir. »Sie müssen Nora sein«, siezt er mich, was ebenso wenig Sinn ergibt wie der Satz selbst. Dieser Leo ist etwas größer und hat kürzeres Haar. »Ich bin Luke Vance. Der Bruder.«

»Einen Moment lang dachte ich wirklich, ich wäre sturzbetrunken«, sage ich, weil mein Filter nicht funktioniert. »Ich will damit sagen, ihr seht euch wirklich unheimlich ähnlich. Wow.« Ich schüttle ihm die Hand.

»Herzlichen Glückwunsch«, sagt er. »Ihr habt ja heute Abend wirklich groß abgeräumt. Wir haben euch von den billigen Plätzen aus die Daumen gedrückt.«

»Danke. Ich kann's immer noch kaum glauben.« Luke wirkt gewöhnlicher als sein Bruder, was ich erfrischend finde. Ihm traue ich durchaus zu, dass er schon mal bei Costco gewesen ist. Er ist genauso attraktiv wie Leo, scheint aber nicht zu erwarten, dass es jemandem auffällt. Und er hat Leos Eigenart, einen so anzusehen, als hätte man seine ungeteilte Aufmerksamkeit, was ich als etwas schmerzhaft empfinde. Ich frage mich, ob sie das von ihren Eltern aufgeschnappt haben. »Das mit Ihrer Mutter tut mir leid«, sage ich.

Er wirkt verblüfft, und ich beschließe, das aktuelle Glas nicht auszutrinken. »Danke. Leo redet nie darüber. Sollte mich wohl nicht überraschen, dass er Ihnen davon erzählt hat.«

Eine hübsche Dunkelhaarige eilt zu uns herüber und hängt sich bei Luke ein. »Oh, das will ich auf keinen Fall verpassen. Ich bin Jenn. Ich wollte Sie unbedingt kennenlernen.« Mit ihrer Normalität wirkt sie völlig fehl am Platz und vermittelt den Eindruck, wir wären auf einem Grillfest. Womit sie mir auf Anhieb sympathisch ist.

Sie beglückwünscht mich, wovon ich nicht genug bekommen kann. Und sie lobt mein Kleid, was ich ebenfalls immer wieder gern höre. Dann kommt plötzlich: »Sie haben ihn wirklich voll erwischt. Das hätten Luke und ich nie für möglich gehalten. All die Starlets, die er Jahr für Jahr verschlissen hat, und eine richtige Frau – obendrein eine Mutter – fährt ihm letztlich ins Herz.« Luke nickt zu ihren Worten, als hätten sie sich erst auf der Fahrt hierher darüber unterhalten. Und als wäre es komisch statt das Traurigste auf der Welt.

Ein älterer Mann reicht Jenn eine Margarita, bevor er mich anlächelt. »Ah, da ist sie ja. Ich bin William Vance, der Vater der Jungs. Großartiger Film, herzlichen Glückwunsch.« In meinem Herzen entsteht ein feiner Riss, als ich Leos Vater ansehe. Es ist, als hätte ich den Leo der Zukunft vor mir, mit dem ich nicht alt werden darf. Außerdem rundet der Anblick seines Vaters Leo für mich ab, lässt ihn zu einem Mann mit einer Vergangenheit und Eltern werden. Kurz wünschte ich, er würde zur Rechenschaft gezogen werden.

»Ihr seid alle so gut aussehend«, höre ich mich sagen, als wir uns die Hände schütteln.

William lacht. »Tja, danke. Luke und ich sind das nur als Hobby. Leo lebt davon.« Da Luke und Jenn darüber lachen, tue ich es auch. Sie alle gehören zu den umgänglichsten Menschen, die ich je kennengelernt habe. Sie sind so bodenständig und offenherzig wie die besten Seiten von Leo, die ich erlebt habe. Und sie glauben nicht, dass Leo ein Hospiz verkraften kann.

Leo taucht auf und umarmt sie nacheinander. »Danke fürs Kommen. Wie ich sehe, habt ihr Nora schon kennengelernt.«

»Sie wird deiner Beschreibung gerecht«, meint Luke, und Leo zuckt zusammen. Er fühlt sich sichtlich unwohl. Ich frage mich, ob er ernsthaft glaubt, ich würde ihn hier vor allen Leuten damit konfrontieren, wie er mich abserviert hat. Eigentlich haben wir ja schon festgehalten, dass ich mich nicht gut auf Konfrontationen verstehe.

Die Leute scheinen näher zu uns zu rücken, während ich die beiden Brüder anstarre, von denen einer Leo ist, der andere nicht. Offenbar schaue ich verwirrt drein, denn Luke erklärt lachend: »Er hat sich an Thanksgiving betrunken und uns die ganze Geschichte erzählt.«

»Wirklich?« Ich sehe Leo direkt an, aber er mich nicht.

»Vielleicht«, räumt er ein. »Kann mich nicht richtig erinnern.«

»Thanksgiving«, sage ich. Obwohl mir eigentlich auf der Zunge liegt: *Was ist »die ganze Geschichte«? Kannst du mir das erklären?*

»Leo hat eine Flasche Scotch mitgebracht und selbst geleert. Der Auftritt seines Lebens«, wirft William ein.

»Das hätte ich zu gern gesehen«, sage ich überwiegend zu mir selbst.

»Klingt so, als wäre es wunderschön, wo Sie wohnen«, wendet sich Jenn an mich.

»Okay, ist wirklich toll, dass ihr alle hier seid«, ergreift Leo das Wort, »aber das muss jetzt echt nicht sein. Passt schon. Was an Thanksgiving passiert, bleibt an Thanksgiving, richtig?«

»Ich hab Leo beigebracht, wie man einkauft«, sage ich. »Wie seine Betreuerin im Ausbildungslager für den Alltag Normalsterblicher. Er hat sich ziemlich gut geschlagen.« Wie sich herausstellt, habe ich genau die richtige Menge Champagner intus, um weiterzumachen.

Endlich sieht er mich direkt und eindringlich an. »Bitte«, sagt er.

Aus den Augenwinkeln sehe ich etwas Gelbes auftauchen. Meine Eltern bleiben ein paar Meter entfernt stehen, wirken unsicher, ob es in Ordnung ist, sich zu nähern. Noch unangenehmer kann die Situation nur dadurch werden, dass Leo meine Eltern kennenlernt. So habe ich mir das mit Sicherheit nicht vorgestellt. Mein Vater stellt Blickkontakt her, kommt herüber und zieht meine Mutter mit.

»Leo«, sagt er und streckt förmlicher als erwartet die Hand aus. »Charlie Larson. Noras Vater.« Die Art, wie er »Vater« betont, lässt es wie eine subtile Drohung klingen.

Leo ist sichtlich überfordert, was Luke breit zum Grinsen bringt.

»Oh, Sir, wie schön, Sie kennenzulernen. Und Sie sind Marilyn?« Leo schüttelt ihnen nacheinander die Hand. Die meiner Mutter hält er einen Moment länger als nötig. »Freut mich sehr, Ihre Bekanntschaft zu machen. Ich bin ein großer Fan Ihrer Enkelkinder.«

»Haben wir gehört«, sagt mein Vater.

Irgendwie muss ich dazwischengehen.

Um Zeit zu schinden, stelle ich ihnen Luke, Jenn und William vor. Dabei werfe ich meiner Mutter einen vielsagenden Blick zu, mit dem ich sie anbettle, zu übernehmen und das Thema zu wechseln. Prompt liefert sie.

»Also, ich muss sagen, das ist die aufregendste Nacht meines Lebens. Meine Tochter gewinnt einen Oscar und nimmt ihn so anmutig entgegen. Du hast da oben wirklich wunderschön ausgesehen, Schatz. Und als ich gerade aus den Toiletten gekommen bin, laufe ich doch glatt Dirk Richardson über den Weg! Er hat dagestanden, als hätte er auf mich gewartet. Keine Ahnung, was in mich gefahren ist, aber ich hab gesagt: ›Dirk, ich bin Marilyn.‹ Ich habe nämlich jeden einzelnen seiner Filme gesehen und deshalb das Gefühl, ihn schon mein Leben lang zu kennen. Er hat meine Hand genommen und gesagt: ›Hallo, Marilyn.‹ Ist das zu fassen?«

»Und ich muss ihn jetzt suchen und windelweich prügeln«, scherzt mein Vater. Meine Eltern lächeln sich gegenseitig an, und ich spüre, wie Leo in meine Richtung schaut. Ich hingegen scheue mich, ihn anzusehen, falls er immer noch meine Gedanken lesen kann. Meine Eltern sind das Happy End des Liebesfilms. Meine Eltern sind, was wir hätten sein können, wenn er nur zurückgekommen wäre.

»Martin wollte euch kennenlernen«, sage ich zu ihnen. »Gehen wir ihn suchen, bevor er sich mit einem Teenager aus dem Staub macht.« Alle verabschieden sich voneinander und beteuern, wie schön es war, sich gegenseitig kennengelernt zu haben. William umarmt mich irgendwie innig. Als ich meine Eltern davonscheuche, um Martin zu suchen – oder einfach nur irgendjemanden –, wird mir klar, dass Leo und ich uns als Einzige nicht voneinander verabschiedet haben. Ist wohl nicht unser Ding.

Es ist fast Mitternacht, und ich stelle auf den Toiletten erfreut fest, dass der Großteil meiner Schminke abgetragen ist. Ich habe genug von meinem Haar auf den Schultern und wünschte, ich hätte einen Bleistift, um es zusammenzuknoten und zu befestigen. Ein Blick auf mein Handy verrät mir, dass mir wohl jeder getextet hat, der mir je über den Weg gelaufen ist. Darunter Ben. *Ich muss ja eine verdammt gute Muse sein. Den Film muss ich unbedingt sehen!* Näher wird Ben einem Glückwunsch an mich nie kommen.

»Da sind Sie ja«, sagt Naomi und kommt aus einer Kabine. »Sie müssen sich wie der hellste Stern am Himmel vorkommen.«

»Fühlt sich tatsächlich ziemlich gut an, muss ich gestehen. Damit hätte ich nie gerechnet.«

»Na ja, es ist eine kraftvolle Geschichte, und ich denke, Sie haben vielen Frauen damit geholfen.« Sie zieht ihren Lippenstift nach. Scheint für sie völlig normal zu sein, also hole ich auch meinen heraus.

»Danke.« Mehr sollte ich besser nicht sagen, aber nachdem ich an diesem Abend so viel von Leo gesehen habe, bin ich ein wenig aufgedreht. Mein Herz fühlt sich verletzlich an. Ich will einfach die Fakten hören, damit ich es wieder versiegeln kann. »Was haben Sie und Leo jetzt vor? Bleiben Sie in Los Angeles?«

»Ich glaube, Leo will zurück nach New York, bin mir aber nicht sicher. Ich fliege nach Frankreich. Ich gönne mir einen vollen Monat Auszeit, um zu lesen und mich mit Köstlichkeiten vollzustopfen.«

Zwar werde ich bei den Worten ziemlich neidisch, allerdings hört es sich nach einem Szenario an, das mit Leo noch schöner wäre. »Will er denn nicht mitkommen?«

»Wer?«

»Leo.«

Sie lacht. »Leo und ich würden nicht mal zusammen einen Kaffee trinken, geschweige denn einen Monat lang verreisen. Das würden wir beide nicht überleben.« Sie bestäubt ihr Gesicht mit Puder. Plötzlich hält sie mittendrin inne. »Nora. Sie glauben doch nicht etwa, dass Leo und ich ein Paar sind, oder? Bitte sagen Sie Nein.«

»Sie sind nicht zusammen?«

»Das ist bloß Promotion für den Film. Wenn die Leute über uns tratschen, wird der Film automatisch erwähnt. Ist so ziemlich das Einmaleins von Hollywood.«

»Oh.« Ich komme mir vor, als wäre ich gerade von den Maisfeldern in Kansas auf den Hollywood Boulevard gestolpert. »Aber Sie waren doch mal zusammen, oder?«

»Flüchtig. Nur hat das so gar nicht gepasst. Klar, Leo ist mega-attraktiv, aber es gibt buchstäblich nichts, worüber wir uns unterhalten können. Es wurde unheimlich schnell öde.«

Wir konnten über alles Mögliche reden, würde ich gern sagen. Wie kann das sein? Ihr hat er nichts zu sagen, aber mit mir kann er sich zwanzig Stunden am Tag unterhalten und am nächsten Morgen nahtlos dort anschließen, wo er aufgehört hat. Mein Herz ist nicht ordentlich versiegelt, und mir wird allmählich schlecht. Dieser eine Gedanke, dass wir uns so viel zu sagen hatten, will mich zurück zu der Überzeugung schleifen, dass wir etwas Echtes miteinander hatten und er für mich bestimmt war.

Naomi verabschiedet sich von mir. Sie umarmt mich. Als ich allein in den Toiletten mein nur noch leicht geschminktes Gesicht im Spiegel betrachte, wird mir klar, dass ich erneut verletzt bin. Dass Leo nicht mit Naomi zusammen ist, reißt eine frische Wunde auf. Es hätte sämtlichen Naturgesetzen entsprochen, wenn er mich verlassen hätte, um zu ihr zurückzukehren. Das hätte wohl jeder Mann getan. Aber dass er mich verlassen hat, nur um nicht bei mir zu sein, zerreißt mich vor Schmerz aufs Neue.

Ich finde Martin leicht angeheitert an einem kleinen Tisch, wo er mit einer weiteren hübschen jungen Frau plaudert. Er bedeutet mir, mich auf seiner anderen Seite niederzulassen. »Komm, hier ist Platz genug für euch beide.« Oh Mann.

»Leo und Naomi sind also nicht zusammen?«, höre ich mich sagen.

»Pst, leise. Wir schlachten das immer noch aus. Pst«, macht er mit einem Gesichtsausdruck wie Elmer Fudd, während er nach links und rechts späht.

Ich brauche frische Luft und vielleicht ein Häppchen zu essen. Ein Kellner kommt mit einem Tablett voller gefüllter Champignons vorbei. Ich nehme mir vier davon und lege sie auf eine Serviette. Derart gewappnet, trete ich den Weg zu einer Terrasse abseits des Hauptsaals an, wo es zwar auch von Leuten wimmelt, aber zumindest genug Platz zum Durchatmen ist. Ich lasse mich am Rand eines Springbrunnens nieder und falle über meinen Snack her.

Meine Eltern sind zurück in ihr Hotel gefahren und haben meinen Oscar mitgenommen. Um die drei muss ich mir also keine Sorgen machen. Somit kann ich jederzeit gehen, wenn ich will. Aber erst muss ich meine Gefühle auspacken und sorgfältiger wieder einpacken. Die Luft fühlt sich gut an, frisch für Los Angeles, vermute ich, und ich bin mitten in meinem großen Moment. Ich habe das Drehbuch für einen Film geschrieben und einen Oscar dafür gewonnen. Ich trage dieses wunderschöne Kleid und weiß nicht, wann ich es je wieder ausgraben werde, sobald ich es ausgezogen habe. Deshalb möchte ich einfach noch ein bisschen länger hier sitzen und alles genießen.

»Geht's dir gut?« Leo.

Ich habe den Mund voller Pilze, bedecke ihn mit meiner schmutzigen Serviette und murmle: »Sicher.«

»Noch mal herzlichen Glückwunsch. Ehrlich«, sagt er. »Darf ich mich setzen?«

»Danke.« Ich nicke.

Er lässt sich direkt neben mir nieder, aber nicht so nah, dass wir uns an irgendeiner Stelle berühren würden. Mein Blick fällt auf den Platz zwischen uns, als wäre er etwas so Vertrautes, aber aus einem anderen Leben.

»Ist schon 'ne große Sache«, meint er.

»Ja. Für dich auch.«

»Nicht wirklich. Ich will echt nicht abgebrüht rüberkommen, aber beim ersten Mal hat es sich größer angefühlt. Und ich kann mich nicht so richtig über eine Auszeichnung dafür freuen, dass ich einen Vollpfosten gespielt habe.« Er wirkt aufgewühlt. »Oh, tut mir leid.«

»Schon gut, so habe ich es ja bewusst geschrieben.«

»Ja. Und bist du glücklich? Du hast vor einer Weile gemeint, du wärst glücklich.«

»Ja. Den Kindern geht's gut. Ich bin sehr erfolgreich.« An der Stelle schaue ich weg, als wäre auf meiner anderen Seite eine bessere Antwort, eine bessere Äußerung zu finden.

»Okay. Das ist das Wichtigste.«

Nicht für mich, geht es mir durch den Kopf. »Nicht für mich«, sage ich.

»Wahrscheinlich nicht. Hat sich aber richtig angehört.«

»Hast du einen Bleistift?«, frage ich. Er greift in die Innentasche seines Jacketts und reicht mir einen Kugelschreiber. Ich spüre, wie er mich beobachtet, als ich mir das Haar zusammenknote und mit seinem Stift fixiere. Wenn ich mir nur das Gesicht waschen könnte. Ich drehe mich ihm wieder zu. »So ist's besser.«

Er lächelt nicht. Irgendetwas schmerzt, und ich bin froh darüber. Schließlich sagt er: »Ich finde, du sollst wissen, dass die Sache zwischen uns für mich das Wichtigste war, was mir je passiert ist. Und ich bin froh darüber.«

Ich sehe ihm in die Augen, während ich darüber nachdenke. Das ist wirklich schön zu hören, aber irgendwie klingt es nach der Trennungsrede, die er mir schon letzten Frühling hätte halten sollen. Er will, dass ich ihn vom Haken lasse, und zu meiner Überraschung stelle ich fest, dass ich es möchte. Ich will nicht mehr, dass ihn ein schlechtes Gewissen plagt, weil er mich verlassen hat. Und mir gefällt der Gedanke, dass er sich so an unsere gemeinsame Zeit erinnert wie ich. Vielleicht gibt es Momente, in denen Menschen zusammenkommen und sich in ihrem eigenen Kokon einkapseln, während gleichzeitig das Leben weiterläuft. Was wir hatten, war womöglich ein Geheimnis, das man in einem Buch versteckt und an seinem Geburtstag hervorholt, um sich daran zu erinnern. Bei dem Gedanken lächle ich, weil ich weiß, dass ich ihn aus einem Film geklaut habe.

»Was ist?«, fragt er.

»Nichts. Mir ist nur gerade durch den Kopf gegangen, dass ich *Die Brücken am Fluss* nicht leiden konnte.«

»Der ist wirklich übel.«

»Dieses ganze Dahingrämen.«

»Und sie hebt diesen kitschigen Linoleumtisch auf.« Wir lachen beide verhalten. »Ich werde dich nicht umarmen«, sagt er.

»Okay.«

»Ich finde einfach, das wäre zu viel.«

»Was ist das hier? Gipfeltreffen der Gewinner?« Martin erscheint mit drei jungen Frauen auf der Terrasse.

Leo steht auf, um sich vorstellen zu lassen. Die Frauen sprechen mit den höchsten Stimmen, die ich je gehört habe, und quietschen förmlich vor Begeisterung. Leo kehrt seine charmante öffentliche Persönlichkeit hervor, während er mit ihnen redet. Ich sitze noch mit meiner schmutzigen Serviette in der Hand da und grüble darüber nach, dass ich mich gerade von jemandem getrennt habe, mit dem ich vor zehn Monaten zusammen gewesen bin. War es galant von ihm, das Thema anzusprechen und zu bestätigen, dass es doch etwas Bedeutsames war? Vielleicht. Aber gleicht das aus, wie lange er es so gedankenlos unausgesprochen gelassen hat? Wenn wir uns so nah gewesen sind, wie ich es in Erinnerung habe, wenn ich mir alles nicht bloß eingebildet habe, dann hätte er es einfach sagen können. *Ich komme nicht zurück.* Ich hätte nicht damit gerechnet, dass er sich als Feigling entpuppen würde, aber so ist es nun mal.

Und damit beschließe ich zu gehen. Wir haben ein wenig Frieden geschlossen. Wahrscheinlich fühlt er sich jetzt nicht mehr schuldig. Ich habe erfahren, dass die Sache zwischen uns schon etwas bedeutet hat. Ich trage ein wunderschönes Kleid und mache mich gleich mit seinem Kugelschreiber aus dem Staub. Eine geeignete Stelle, um den Abspann einzublenden.

»Ich breche jetzt auf«, sage ich zu Martin. Er zieht mich an sich, umarmt mich und teilt mir mit, wie sehr er sich für uns alle freut. Ich soll seine Limousine nehmen und sie danach einfach zurückschicken.

An Leo und die jungen Frauen gewandt, sage ich, als wären sie alle gleich wichtig in meinem Leben: »Tja, gute Nacht dann. Ich hoffe, ihr kommt alle gut nach Hause.« Und es fühlt sich wie ein zweiter Sieg an diesem Abend an.

Mich beschleicht die Überzeugung, dass sich mir sämtliche Rätsel des Lebens erschließen werden, sobald ich wieder im Hotel bin, in meinem Pyjama stecke und mir gründlich das Gesicht gewaschen habe. Es ist zwei Uhr nachts, als ich aus der Badewanne steige und mich nach dem Abtrocknen ins Bett lege. Oscar ruht dank meiner Eltern auf dem Kissen neben mir.

Leo ist die ganze Zeit nicht mit Naomi zusammen gewesen. Er war allein. Oder mit Dutzenden anderen Frauen zusammen, die er für besser gehalten hat als mich. Also hat ihn nicht eine große Liebesaffäre förmlich eingesaugt, er ist einfach gegangen. Ich war ihm nicht genug, um zurückzukommen. Zumindest war ich nicht praktisch. Beim Einschlafen klammere ich mich an meine neuen Erkenntnisse. Erstens hat Leo betrunken seiner Familie von mir erzählt. Zweitens ist es offenbar nicht so einfach, mit Leo offen zu reden, das kann er nur bei mir. Drittens hat ihm unsere Zeit etwas bedeutet.

Um zehn Uhr wache ich auf, weil meine Kinder mich über FaceTime anrufen. »Du hast so hübsch ausgesehen, Mami. Und mir hat alles gefallen, was du gesagt hast.« Ich kann mich an meine Worte nicht erinnern, meinen Auftritt werde ich mir noch mal anschauen müssen.

»Kann ich die Trophäe sehen?«, fragt Arthur und lacht, als ich ihm Oscar zeige, der neben mir im Bett liegt. Er mustert mein Gesicht. »Hast du mit Leo geredet?«

»Kaum. Er hat zwar direkt vor mir gesessen, aber da waren Hunderttausend Leute, die alle reden wollten. Und Peter Harper ist nicht so groß, wie man meinen möchte.«

Bernadette schnappt sich das Telefon. »Oh mein Gott, Ma, Naomi hat so hübsch ausgesehen. Können wir das auch mit meinem Haar machen?«

Es folgt ein kleines Gerangel, weil Arthur will, dass sie die Klappe hält und ihm das Handy zurückgibt. Ich lege mich wieder aufs Kissen und genieße sowohl die Liebe, die ich für diese Kinder empfinde, als auch die Tatsache, dass ich jederzeit auflegen kann.

»Wollt ihr was Verrücktes hören?«, sage ich. »Naomi und Leo sind nie zusammen gewesen. Das war nur ein Werbegag für den Film.« Ich bin mir nicht sicher, warum ich das Bedürfnis verspüre, Klatsch an meine Kinder zu verbreiten. Gut möglich, dass ich es einfach irgendjemandem sagen muss.

Bernadettes Augen werden groß. »Das ist so was von hinterhältig. Und es hat auch noch funktioniert!«

Arthur wirkt zögerlich. Sein Gesicht füllt das halbe Display aus, und mir geht durch den Kopf, wie oft ich seine Gedanken lesen kann. Irgendetwas durchläuft gerade seine Prozessoren, ich kann es förmlich rattern hören. Andererseits war ich einmal überzeugt davon, er würde in der Schule gemobbt, und es hat sich herausgestellt, dass er tatsächlich nur aufgebracht war, weil ich ständig den Dotter auf seinen Eiersandwiches zerbrochen habe.

»He, hört mal her. Sagt Penny, dass ich heute Abend da sein werde. Ich komme direkt vom Flughafen, und vielleicht können wir bei ihr im Gästezimmer übernachten – ihr zwei, ich und Oscar.«

Sie brechen kurz in Jubel aus, bevor sie ihr Gezänk fortsetzen.

KAPITEL 23

Ich bin seit vierundzwanzig Stunden zurück in Laurel Ridge, als die Hölle losbricht. Rückblickend habe ich geahnt, dass mit Arthur irgendetwas nicht stimmt. Zwar habe ich versucht, es aus ihm herauszukitzeln, aber offenbar habe ich mir nicht genug Mühe gegeben. Ich habe so lange so sehr gelitten, dass ich schlichtweg nicht bereit war, etwas so Offensichtlichem Platz einzuräumen. Es gibt kaum etwas Beschämenderes als diese rückblickende Erkenntnis. Sie erinnert mich daran, wie blind man für Dinge sein kann, wenn sie nicht in die Realität passen, an die man glauben will. So war es auch bei Ben und Vicky Miller. Ich wusste schon davon, bevor ich die Unterwäsche gefunden habe. Wahrscheinlich ahnte ich sogar vor Ben, was er tun würde. Ich wollte es bloß nicht wissen.

Als die Schule gegen Mittag anruft und fragt, warum Arthur heute fehlt, weiß ich es und zugleich auch nicht. Es ist der Mittwoch nach der Oscarverleihung. Ich habe die Kinder wie jeden Tag im Kreisverkehr vor der Schule abgesetzt. Als ich es der Dame vom Sekretariat mitteile, schweigt sie dazu. Ich könnte mir vorstellen, dass so etwas an unserer Schule nicht oft vorkommt. Wahrscheinlich wurde deshalb mit dem Anruf bis Mittag gewartet. Schließlich gestehe ich, dass ich nicht weiß, wo er ist, aber zurückrufen werde.

Ich schicke ihm eine Nachricht. *Arthur? Bitte schreib zurück.* Eine volle Minute verstreicht, bis er antwortet.

Es geht mir gut, Ma. Ich muss nur was machen. Sei nicht sauer.

Ich: *Wo bist du?*

Keine Antwort.

Mir fällt ein, dass ich sein Handy orten kann. In Gedanken verfluche ich meine tollpatschigen Finger, während ich versuche, mich an die Anmeldedaten zu erinnern. Schließlich finde ich meinen Sohn. In Harlem. Was hat ein Elfjähriger so weit weg von zu Hause verloren? Nachdem ich tief durchgeatmet habe, bete ich darum, die Anzeige mit klareren Augen zu sehen. Als ich wieder hinschaue, stelle ich fest, dass er in einem Zug sitzt. Er hat bereits die Station der 125th Street passiert und ist unterwegs zur Endstation, dem Grand Central Terminal.

Ich brauche neunzig Minuten in die Stadt, und bis dahin kann alles Mögliche passieren. Sofort rufe ich Penny an, die jedoch nicht rangeht. Also rufe ich Leo an.

»Hi.«

»Arthur ist weg.« Ich fange an zu weinen. »Ich brauche Hilfe.«

Leo zeigt sich besonnen und entschlossen, während ich in einem wirbelnden roten Nebel feststecke. Er fordert mich auf, zu seinem Apartment zu fahren. Und er fragt mich nach den Anmeldedaten der Ortungs-App, damit Weezie und er Arthurs Telefon aufspüren und zu ihm können. Ich soll in seinem Apartment warten.

Das klingt alles sinnvoll. Ich bedanke mich vielmals und breche in die Stadt auf. Es fühlt sich nicht so an, als wollte mein Sohn ausreißen. Nur was könnte er sonst tun wollen? Wird er doch gemobbt? Ist er in eine Gang eingetreten und muss irgendeine Mutprobe bestehen? Hat es am Ende etwas mit Pornos zu tun?

Unterwegs rufe ich Kate an und bitte sie, Bernadette nach der Schule abzuholen. Ich gebe ihr die spärlichen Informationen, die ich habe, und fordere sie auf, sich für meine Tochter irgendetwas auszudenken. Meine Adrenalinreserven gehen ebenso zur Neige wie meine Ideen.

Ich stelle mir vor, wie sich Arthur vom Schulhof schleicht und zum Bahnhof läuft. Ich stelle mir vor, wie er im Zug eine Fahrkarte kauft, weil er keine Kreditkarte hat, die er am Schalter benutzen könnte. Er wird sich einen Zweierplatz gesucht und sich ans Fenster gesetzt haben, um allen Mut dafür zusammenzunehmen, was er tun muss. Mir kommt der Gedanke, dass er Ben gefunden haben könnte – dass Ben in New York ist und Arthur ihn zur Rede stellen will. Vor allem denke ich daran, wie wenig ich ihm geholfen habe, mit seinen Gefühlen zurechtzukommen, indem ich alles, was in den letzten zwei Jahren passiert ist, beschönigt habe. Von wegen selbst korrigierendes Problem.

Mein Handy gibt einen Piepton von sich. Eine Nachricht von Leo. *Hab ihn. Wir sehen uns in meinem Apartment.*

Ich weine die Tränen von jemandem, der alles verloren hat und dem es beiläufig zurückgegeben wird. Erleichterung erfasst mich wie eine Welle, und ich stelle fest, dass ich auf sechzig Stundenkilometer verlangsamt habe und man mich links und rechts überholt. Ich rufe Kate an und weine, bis ich die Triborough Bridge überquert habe.

Rasch mache ich mich zurecht, so gut es geht, doch allzu sehr scheren mich meine verquollenen Augen und meine gerötete Nase nicht, die ich die letzte Stunde lang immer wieder am Ärmel meines weiten Oberteils abgewischt habe. Carole King mit einer Erkältung. Ich werde mir Arthur schnappen und an seinem Haar riechen. Ich werde ihm tief in die wunderschönen Augen blicken. Und dann werde ich ihn eigenhändig umbringen.

Die Fahrstuhltüren öffnen sich, und ich betrete das Apartment durch die Eingangstür, ohne anzuklopfen. Arthur sitzt neben Leo auf der Couch. Sie sehen sich *Das Büro* an. Leo schenkt mir ein verhaltenes Lächeln, und Arthur sieht aus, als wüsste er, wie tief er in der Tinte steckt.

»Es tut mir leid, Ma«, sagt er, als ich mich neben ihn plumpsen lasse und ihn in die Arme schließe.

Als ich sein Gesicht in den Händen halte, spüre ich, wie mir erneut die Tränen kommen. »Arthur, zusammen können wir alles durchstehen. Was immer es ist, wir kriegen es hin. Ich habe das Gefühl, dass da eine Menge unverarbeiteter Schmerz ist, und das ist meine Schuld.«

Ich spüre Leos Blick auf mir.

»Wo hast du ihn gefunden?«, frage ich.

»Der kleine Feivel hat sich gerade einen Donut im Grand Central Terminal gekauft, als wir ihn aufgespürt haben.«

Lachend umarme ich Arthur erneut. »Also … danke«, sage ich zu Leo. »Meine Schwester ist nicht rangegangen, und ich wusste nicht, wen ich sonst anrufen sollte.«

»Du solltest immer mich anrufen.« Er schaltet den Fernseher aus und wendet sich an Arthur. »Und bist du jetzt bereit, es auszuspucken? Was los ist?«

Arthur starrt auf seine Hände. Ich berühre sein Kinn und versuche, ihn dazu zu bringen, mich anzusehen, doch er will nicht. Da bin ich überzeugt davon, dass es um Pornos geht. »Willst du lieber mit mir allein reden? Also ohne Leo?«, frage ich.

»Nein«, antwortet er. »Ich bin sowieso hergekommen, um es Leo zu sagen. Ihr werdet mich dafür hassen.« Arthur wirkt völlig verängstigt.

»Ich könnte dich nie hassen«, sagt Leo.

»Und ich glaube, ich dürfte das nicht mal«, steuere ich bei.

Arthur holt tief Luft. »Als Dad gegangen ist, war das echt scheiße von ihm«, beginnt er.

»Arthur«, rüge ich ihn für seine Ausdrucksweise.

»Tut mir leid, ist aber so.«

»Stimmt. Mach weiter«, sage ich.

»Und du hast so getan, als wäre es keine große Sache. Aber für mich war's das. Weil ich keinen Dad mehr habe, also überhaupt keinen. Aber ich fand's auch beschissen, dass er dir das antun konnte.«

»Das war beschissen, da hast du recht.«

»Wann immer ich dran denke, dass er zurückkommen könnte, stelle ich mir vor, wie er uns rundum glücklich antrifft und feststellt, dass wir ihn gar nicht brauchen. Und er würde sich blöd vorkommen. Daran denke ich oft. Dass es uns auch ohne ihn gut geht.«

»Tut es doch auch, oder?«, frage ich dazwischen. »Ich

meine, ja, es ist beschissen, aber wir haben uns und Oma und Opa. Und unsere Freunde.«

»Lass ihn weiterreden«, wirft Leo ein.

Ich atme tief durch und lasse Arthur fortfahren.

»Als Leo gekommen ist, dachte ich mir, wie spitze es wäre, wenn Dad auftauchen und ihn bei uns finden würde. Ich hab mir vorgestellt, wie Dad zu unserem Haus gefahren kommt und dich und Leo auf der Veranda sieht, rundum glücklich.«

Das tut weh. Ich spüre, dass Leo mich beobachtet, traue mich aber nicht, ihm in die Augen zu sehen. »Und so willst du dich an Dad rächen?«

»Ich weiß nicht. Mir hat bloß die Vorstellung gefallen, er würde in dem Wissen gehen, dass wir ihn nicht mehr wollten. Ja, ich denke, das wäre meine Rache gewesen.«

»Ich kann diese Gefühle wirklich nachvollziehen, Schatz. Und ich denke, solche Tagträume zu haben und darüber zu reden, ist ein guter Weg, um Wut zu verarbeiten. Ich schreibe stattdessen und versuche, eine Welt zu erschaffen, die ich für kurze Zeit kontrollieren kann. Aber warte, warum bist du in die Stadt gekommen?«

»Ich wollte zu Leo.«

»Weil du ihm das sagen wolltest?«

»Weil es wieder wehgetan hat, als er weggegangen ist. Nicht wegen der Aufführung, die war mir eher egal, sondern weil er uns verlassen hat, als wären wir nicht wichtig.«

Ich kann nichts tun, um meinen Schmerz vor Leo zu verbergen. Mein Kind drückt gerade den am tiefsten sitzenden Stachel meines Leids aus und verstärkt es dadurch exponentiell. Aus Gewohnheit will ich das Gesicht wahren und es herunterspielen. Aber Arthur leidet auch, und es fühlt sich respektlos ihm gegenüber an, über meinen eigenen Schmerz zu lügen.

»So hab ich auch empfunden. Bist du hergekommen, um ihm das zu sagen? Das war sehr mutig.«

»Nein. Also, Folgendes: Am Abend nach der Aufführung hat Leo mir eine Nachricht geschickt und wollte wissen, wie es war. Und ich hab's total gerockt«, sagt er in Leos Richtung. »Ehrlich, ich war echt gut. Aber ich war so wütend, dass er uns verlassen hat. Also hab ich ihm erzählt, Dad wäre zurückgekommen, als der Vorhang aufgegangen ist. Und dass ihr beide jetzt wieder zusammen und echt glücklich seid.«

Es verschlägt mir die Sprache. Ohne etwas zu hören, starre ich Arthur an, aus dessen Mund immer noch Worte sprudeln. Leo schweigt.

»Es tut mir leid«, sagt Arthur abschließend.

»Also hast du die ganze Zeit gedacht, Ben wäre zurück?«, frage ich Leo.

»Es tut mir leid«, wiederholt Arthur.

Leo ist aufgesprungen und hält sich mit beiden Händen den Kopf, als wollte er verhindern, dass er jemanden verletzt. »Ist das ein verdammter Scherz?«

»Ich war sauer auf dich«, sagt Arthur kleinlaut.

»Tja, du hast mir das Herz gebrochen, Kumpel«, erwidert Leo.

»Oh.« Mehr bringe ich nicht heraus. Auf einmal fügt sich alles zusammen – die Funkstille, die Feindseligkeit. Er hat wirklich gedacht, Ben wäre zurück. Und das letzte Puzzleteil: Auch Leos Herz war gebrochen.

Ich nehme Arthur in die Arme, weil ich weiß, dass er gerade fürchterlich leidet. Ein unerwartetes Gefühl von Frieden überkommt mich wie die völlige Stille nach einer Explosion. Eine Superstille, leiser als alles davor. Ich weiß, wo Arthur ist. Ich weiß, worüber er so verstört ist. Ich habe mir diese Sache zwischen Leo und mir nicht bloß eingebildet. Er ist kein Monster.

»Ich wollte zurückkommen«, sagt Leo zu Arthur, nicht zu mir. »Ich weiß nicht, wie ich es noch deutlicher hätte machen können. Schon klar, ich bin überstürzt weg, aber so ist mein Leben nun mal. Nur weil dein Dad ein Arsch ist, heißt das noch lange nicht, dass ich einer bin. Und weißt du was? Weil er dir wehgetan hat, hättest du noch lange nicht mir wehtun müssen.« Leo ist zu Recht wütend, und ich verstärke die Umarmung um Arthur.

Er entwindet sich mir und dreht sich zu Leo. Mich beschleicht das Gefühl, nicht involviert zu sein, während die beiden den Bruch zwischen ihnen aufarbeiten. Ich bin bestenfalls als moralische Unterstützung dabei.

»Leo, es tut mir leid. Ich glaub, meine Ma hat dich geliebt, und ich wollte sie beschützen. Ich hätte nicht lügen sollen.« Er strafft die Schultern und sieht Leo direkt in die Augen. »Und ich übernehme die Verantwortung dafür.«

Eine Weile steht Leo schweigend da. »Ja. Trotzdem fühlt sichs an, als hättest du mein gesamtes Leben gerade durch den Fleischwolf gedreht.« Er entfernt sich in Richtung der Küche. »Vielleicht solltet ihr lieber gehen.«

KAPITEL 24

Irgendwie habe ich Mitleid mit Arthur, weil er während der neunzigminütigen Heimfahrt mit mir im Auto festsitzt. Ich habe nämlich eine Menge über seine Gefühle und über fehlgeleitete Wut zu sagen. Wir sprechen über die Wahrheit und darüber, wie kostbar sie ist. Auch über Lügen und darüber, wie sie sich ausbreiten und das Leben übernehmen können. Außerdem werde ich eine Menge über seinen Vater los, was ich wahrscheinlich schon viel früher hätte sagen sollen.

»Dass dein Dad gegangen ist, hatte nichts mit dir zu tun. Das weißt du, oder?« Keine Ahnung, wie es möglich ist, dass ich zwei Jahre gebraucht habe, um das auszusprechen.

»Ich hätte besser beim Baseball sein können«, murmelt Arthur ans Fenster gewandt.

»Du hättest so gut wie Derek Jeter sein können, und dein Vater wäre trotzdem gegangen. Er liebt dich und Bernie, nur kann er sein eigenes Leben nicht lieben. Du bist mehr als gut genug, Arthur. Das Problem ist, dass sich dein Vater für nicht gut genug hält.«

Arthur schaut immer noch aus dem Fenster, und mir wird bewusst, dass ich nicht ganz ehrlich zu ihm bin. »Als dein Vater und ich verheiratet waren, habe ich ähnlich wie du empfunden. Ich dachte, wenn es mir gelingt, alles perfekt zu machen, würden wir glücklich sein.«

»Aber du bist perfekt, Ma.«

»Ja, oder?«, sage ich, und wir lachen beide. »Liebe ist nichts, was man sich verdienen muss. Dein Dad ist seinetwegen gegangen, nicht wegen uns.«

Arthur weint ein wenig und beteuert immer wieder, wie leid es ihm tut. Ich rede darüber, wie schön es ist, mit sich ins Reine zu kommen, zu verzeihen und Vergebung zu empfangen. Insgesamt wird viel geredet. So viel, dass kein Platz für einen zweiten Gedankengang bleibt, der sich ins Spiel drängen will: Leo wollte zurückkommen. Auch Leos Herz war gebrochen. Das dränge ich beiseite wie ein Kreuzworträtsel am Mittwoch oder eine Tüte mit Schokobrezeln. Hervorkramen und mich daran erfreuen werde ich es dann, wenn ich allein bin.

Wir holen Bernadette bei Kate ab, und ich verspreche, ihr später eine Textnachricht mit den Einzelheiten zu schicken. Wir fahren nach Hause. Die Kinder beginnen mit den Hausaufgaben, ich bereite Hackbraten zu. Wir lesen ein Kapitel aus dem letzten *Harry Potter*, danach bestehe ich darauf, dass alle in ihrem eigenen Bett schlafen.

Nachdem ich die Küche aufgeräumt und die Türen verriegelt habe, schenke ich mir ein Glas Wein ein. Ich habe das Gefühl, die letzten zehn Monate aus einer neuen Perspektive betrachten zu müssen. Leo dachte also, ich wäre mit Ben zusammen, und meine Kinder hätten ihre Familie wieder. Er dachte, Ben wäre zurückgekehrt, und meine Gefühle wären von einem Moment auf den anderen umgeschlagen. Er hat sogar das Geld geschickt, um es so aussehen zu lassen, als wäre er all die zusätzlichen Nächte bei uns nur ein Mieter gewesen.

Ich umklammere mein Telefon, als hätte es einen Herzschlag. Leo hätte längst eine Nachricht schicken müssen. *Wow, wenn das nicht mal verrückt war. Also, diese Kinder heutzutage! Hab ich nicht recht?* Aber nein. Er ist wirklich verärgert. Es kommt keine Nachricht. Vielleicht ist einfach zu viel Zeit vergangen. Vielleicht hat er sich inzwischen in eine andere verliebt. Das dürfte wohl kaum zu weit hergeholt sein.

Ich tippe ein Dutzend Nachrichten und lösche sie wieder. Irgendwie habe ich das Gefühl, ich sollte mich entschuldigen, immerhin ist Arthur mein Spross. Wäre ich eine bessere Mutter, hätte er seinen Ärger vielleicht schon längst verarbeitet. Wäre ich etwas weniger zurückhaltend gewesen, hätte ich Leo vielleicht nicht so einfach gehen lassen. Ich hätte ihm ja auch eine Sprachnachricht hinterlassen können. Wenn er erfahren hätte, wie aufgelöst ich war, hätte er gewusst, dass alles eine Lüge sein musste.

Erschrocken sehe ich eine eingehende Nachricht.

Leo: *Willst du mir irgendwas sagen? Ich sehe seit zwanzig Minuten immer wieder Sprechbläschen erscheinen und verschwinden.*

Tja, das ist jetzt peinlich.

Ich: *Weil ich wohl nicht recht weiß, was ich sagen soll. Tut mir leid, dass alles so gekommen ist.*

Leo: *Alles?*

Ich: *Nein, nur der letzte Teil.*

Leo: *Ich verreise morgen für drei Monate nach Neuseeland. Vielleicht können wir reden, wenn ich zurück bin.*

Ich: *Okay.*

Und das war's. Ich behalte das Handy noch eine Weile in der Hand, um abzuwarten, ob mehr kommt. Was nicht eintritt. Und das ist in Ordnung. Ich trinke meinen Wein aus und schaue durch die Fenster des Wintergartens in die schwarze Februarnacht hinaus. Das Teehaus kann ich gerade nicht sehen, aber ich weiß, dass es da ist.

Der nächste Morgen ist angebrochen, und ich verhalte mich vorsichtig. Eine potenziell neue Realität erwartet mich, und ich möchte ihr Zeit geben, sich zu festigen. Wenn ich ihr mein Herz zu vollständig öffne, verschwindet sie mit Sicherheit. Etliche Anzeichen weisen darauf hin, dass genau das passieren könnte. Ich beschließe, meinen Eltern nichts zu erzählen. Ich beschließe, Penny nichts zu erzählen. Ich beschließe, es einfach hinzunehmen wie eine Glückskeksbotschaft, die besagt: »Es könnte etwas Schönes passieren.«

Ich werde mich um Arthur kümmern und nicht vergessen, auch nach Bernadette zu schauen und herauszufinden, ob sie denselben Schmerz, dieselbe Wut mit sich herumschleppt. Allerdings verhält es sich bei Bernadette eher so, dass sie nie etwas mit sich herumschleppt. Sie empfindet etwas, lässt es heraus, und damit hat es sich. Bei Bernadette vollzieht sich eine emotionale Explosion in der Regel in Echtzeit.

Ich schleiche die Treppe hinunter und ziehe meine dickste Jacke an, während der Kaffee brüht. Im Februar fühlt sich der Sonnenaufgang irgendwie schneller an, als wüsste die Sonne, dass sie nicht viel Zeit hat, um ihre Arbeit zu verrichten.

Als ich hinaus auf die Veranda gehe, um ihr dabei zuzusehen, sitzt Leo auf meiner Schaukel. Er ist in einen Caban gewickelt und trägt eine marineblaue Wollmütze. Bei sich hat er eine Thermoskanne und eine Tasse mit heißem Kaffee. »Guten Morgen«, begrüßt er mich.

Ich setze mich neben ihn und hadere mit der Frage, wie nah. »Du musst frieren.«

»Ja.«

»Solltest du nicht unterwegs nach Neuseeland sein?«

»Ich muss bald los. Dachte mir nur, wir könnten vielleicht vorher noch alles klären.«

Er schaut zum Sonnenaufgang, nicht zu mir, und ich folge seinem Beispiel. Wir beobachten, wie das verbliebene Grau heller wird und sich erst rosa, dann tiefblau verfärbt.

Schließlich dreht er sich mir zu. »Du hast also die ganze Zeit jeden Morgen allein hier gesessen.«

»Ja.«

»Und ich hab dich mir jeden Morgen mit Ben hier vorgestellt. Ben an meiner Stelle, wie er Schwachsinn über Dinge verzapft, die er nie tun wird. Ben in deinem Bett. Ich war so wütend.«

»Und ich dachte, du würdest mich ghosten.« Ich betrachte meine Hände. Sie ruhen auf der Pyjamahose aus billigem Flanell mit zu vielen Farben. Abwesend lege ich den Stoff übereinander, um zwei Senfflecken zu verbergen.

»Nora.« Nun dreht er sich mir vollständig zu und wirkt aufgewühlt. »Wie sollte das bei allem, was du über mich weißt, je möglich gewesen sein? Das hätte ja bedeutet, dass das zwischen uns eine Lüge gewesen wäre.«

Ich meide seinen Blick. Weil ich Angst davor habe, was er sehen könnte, wenn er mir direkt in die Augen schaut. Ich nicke. »Das war am schlimmsten daran. Irgendwann dachte ich tatsächlich, ich hätte mir alles nur eingebildet.«

Er dreht sich wieder zu den Bäumen um, und wir schweigen eine Weile. Viele Vögel sind nicht unterwegs, aber ein paar beherzte Kardinäle fliegen herum und landen auf den kahlen Ästen. Alles, was ich Leo sagen wollte, als wir getrennt waren, ergibt keinen Sinn mehr. Sämtliche Szenarien, die ich mir ausgedacht hatte, um die Frage nach dem Warum zu beantworten, sind irrelevant geworden.

Und dann kommt mir unverhofft ein Gedanke. »Du hast ernsthaft geglaubt, ich würde Ben einfach so zurücknehmen? Hast du mir überhaupt zugehört? Hast du den Film gesehen? Herrje.«

»Ich weiß. Damit hab ich die ganze Nacht gehadert. Offenbar hält man es einfach für bare Münze, wenn einem ein Zehnjähriger etwas erzählt. Und ihr vier seid mal eine Familie gewesen. Wenn deine Kinder das wieder hätten haben können, hätte ich dem nie in die Quere kommen wollen.«

Er will meine Hand ergreifen, scheut sich aber. Nur seine Fingerspitzen streifen die meinen, und wir starren beide darauf. Es ist zugleich alles und nichts, dass sich unsere Hände berühren. »Es war eine große verrückte Lüge«, sage ich schließlich.

»Stimmt«, pflichtet er mir bei. »Und vielleicht hatte ich die ganze Zeit, die ich hier war, das Gefühl, mir das hier auszuleihen. Als hätte ich es nicht verdient, es zu behalten.«

»Das hier?«, hake ich nach und deute auf die morschen Terrassendielen und die verrostete Kette der Schaukel.

»Nein, das hier«, erwidert er und drückt meine Hand. Dann küsst er mich, und im Nu ist alles wieder da – die schwindelerregende Flut von Glück und Erregung. Ich fühle mich ins letzte Jahr zurückversetzt, und Leo küsst mich auf der Veranda. Nur haben wir nicht letztes Jahr. Es ist dieses Jahr, und ich bin meine Version 2.0.

Nach einer Weile löst er sich von mir, lässt aber meine Hand nicht los. »Also, ich möchte heute hier weggehen und dann zurückkommen. Hierher.«

»Okay«, sage ich. *Okay!,* meine ich.

»Du sollst wissen, dass ich zurückkomme. Und wenn du denkst, ich tue es nicht, dann will ich, dass du sagst: ›He, Arschloch, wieso sieht es so aus, als würdest du nicht zurückkommen?‹ Wie eine normale Frau.«

Ich nicke. »Das hätte ich sagen sollen. Hätte uns eine Menge Ärger erspart.«

»Wir haben viel Zeit verloren. Und es war furchtbar. Schluss mit diesem stoischen Mist.«

Es ist so schön, neben ihm auf dieser Schaukel zu sitzen, dass ich viel mehr fühle als höre. Leo will mir vermitteln, dass er zurückkommt. Leo kommt zurück. »Okay«, sage ich.

»Weißt du was? Ich traue dir nicht. Hier.« Leo schnappt sich meine linke Hand und steckt mir einen dünnen Goldring an den Finger. Nicht wirklich eine romantische Geste, eher so, als legte er einer Flüchtigen Handschellen an. »Wir sind jetzt verheiratet, okay? Also, damit du es in den Kopf kriegst. Es passiert wirklich.«

Ich lache, weil es so absurd ist und weil ich mich so leicht fühle. Tausend Kilo Leid sind mir gerade von der Brust gehoben worden. »Okay, wir sind verheiratet«, stimme ich zu, und er küsst mich erneut. Unwillkürlich geht mir durch den Kopf, dass ich das besser als jede Hochzeit finde, die ich mir vorstellen könnte.

»Der Ring hat meiner Mutter gehört«, sagt er. »War das Beste, was ich in knapp drei Stunden auftreiben konnte. Aber trag ihn, bis ich zurückkomme. Danach kaufe ich dir einen neuen, großen, protzigen, wenn du willst. Passend zu deinen Arbeitsplatten aus Marmor.« Er deutet mit dem Kopf in Richtung meiner neuen Küche.

Ein Auto biegt in meine Einfahrt ein. Leo winkt dem Fahrer zu, macht jedoch keine Anstalten aufzustehen.

»Du kommst also hierher zurück? Um in Laurel Ridge zu leben?«, frage ich. Plötzlich erscheint es mir widersinnig.

»Klar. Und überall sonst. Das überlegen wir uns noch. Wir werden zusammen sein, wo auch immer wir sein müssen. Ich will kein anderes Leben als dieses.«

Bernadette tappt auf die Veranda und erstarrt, als sie Leo sieht. »Deine Ma und ich werden heiraten«, teilt er ihr mit.

Sie reißt die Küchentür auf und schreit ins Haus: »Arthur!«

Mein Sohn kommt heraus und fordert Bernadette mürrisch auf, die Klappe zu halten, als er uns drei auf der Schaukel kuscheln sieht.

»Sag es ihm«, verlangt Bernadette.

»Wir werden heiraten«, verkündet Leo.

»In echt?«, fragt Arthur ungläubig.

Ich halte die Hand hoch und zeige ihm den Ehering.

Er umarmt erst Leo, dann mich, und ich stelle fest, dass alle weinen.

»Jetzt geht und erledigt euren morgendlichen Kram. Ich muss eure Mutter zum Abschied küssen.«

KAPITEL 25

»Ich wusste es«, sagt mein Vater, als ich meine Eltern beide am Telefon habe. »Die Sache hat so überhaupt keinen Sinn ergeben. Und als wir den Kerl dann kennengelernt haben, hat er deiner Mutter auch noch wie ein Verrückter Honig ums Maul geschmiert.«

Meine Mutter weint. »Er ist einfach so attraktiv. Du hast mir so leidgetan. Ich hab dem jungen Mann direkt in die Augen geschaut und mir gedacht: ›Darüber kommt die arme Nora nie hinweg.‹«

Ich rufe Penny an, und sie lässt mich die Geschichte zweimal erzählen – was mir nichts ausmacht, weil ich feststelle, dass ich sie mir immer noch gewissermaßen auch selbst erzähle.

»Weißt du, vor einem Jahr wärst du noch nicht bereit für diese Beziehung gewesen. Arthur hat dir einen Gefallen getan. Jetzt ist Leo zurück, und du *bist* bereit.« Lächerlich. Aber vielleicht möglich.

»Er hat die ganze Zeit gedacht, du wärst mit Ben zusammen«, sagt sie. »Widerlich. Gott sei Dank hat Arthur es am Ende aufgeklärt. Ich sehe eine Hochzeit am Comer See vor mir. Ich kann Melissas Reisebeauftragte darauf ansetzen. Denkst du auch an den Herbst? Ich nämlich schon.«

Ich blicke auf meinen kleinen goldenen Ring hinab. »Spielt für mich keine Rolle«, gebe ich zurück.

Als Nächstes rufe ich Kate an, die Mickey auf der Arbeit zu einer Konferenzschaltung dazuholt. Mickey verfällt dermaßen ins Schwärmen, als wäre er hier die Braut, und er klinkt sich aus, um Leo noch anzurufen, bevor sein Flugzeug abhebt.

Ich erhalte eine Textnachricht von Luke. *Hi. Willkommen in der Familie. Jenn und ich sind so froh, dass Leo endlich nicht mehr Trübsal blasen wird. Wir feiern, wenn er zurückkommt.*

Weezie ruft mich an. »Ich bin sprachlos. Er hat mich angerufen, und ich hab die ganze Zeit geflennt. Da hat er gesagt, meine erste Aufgabe sei es, mich zusammenzureißen. Ich bemühe mich gerade.« Weezie ist schon in Neuseeland und bereitet alles für Leos Ankunft vor. Sie hat die Anweisung, seiner Verlobten alles zu besorgen, was sie will.

»Sie wissen, dass ich nichts verlangen werde«, sage ich.

»Weiß ich. Und das ist das Beste dran.« Prompt weint sie wieder.

Es ist März, und die Kinder haben Frühlingsferien. Wir sind in Neuseeland am Set von *Ruin*, einer Romanze, in der Leo die Hauptrolle spielt, diesmal an der Seite von Tatum Hunter, einer jüngeren, süßeren Version von Naomi. Im Flugzeug habe ich das Drehbuch gelesen und konnte kaum fassen, wie viel geschluchzt und blicklos in die Ferne gestarrt wird. Man würde es wohl als realistische Liebesgeschichte einstufen. So was bringt der Romance Channel nicht. Die Filme dort bieten eine untergeordnete Fantasie von Unverwüstlichkeit. Der Mann geht, die Frau ist traurig, denkt sich dann aber: *Hey, ich hab ja immer noch meine Cupcakes, meine Freundinnen und meine Familie. Ich komme schon klar.* Als er zurückkehrt, findet er sie fast wieder aufgeblüht vor. Jedenfalls trifft er sie nie in Embryonalhaltung mit einem großen Glas Gin in der Hand an.

In diesem Film ist Leo derjenige, der geht, und Tatum übernimmt das Schluchzen. Zu Beginn kommen einige Liebesszenen vor, die natürlich bereits abgedreht sind. Im Augenblick sitzen wir zu dritt auf einer Klippe und sehen zu, wie Leo und Tatum bei einem Strandspaziergang gefilmt werden.

»Wird er die Frau küssen müssen?«, fragt Arthur.

»Ja. Der Arme«, erwidere ich und lege den Arm um meinen Jungen.

»Stört dich das?«, fragt Bernadette. Meine kleine Tochter, die eine Sonnenbrille und einen Schlapphut trägt, als wollte sie nicht erkannt werden, was sie in Wirklichkeit jedoch unbedingt will.

»Nein. Ich denke nicht. Na ja, ich werd nicht zu genau hinschauen.«

Hinter uns nähert sich ein Lieferwagen und hält an. Ein Mann in der Uniform unseres Hotels steigt aus und fragt: »Sind Sie die Familie von Mr. Vance?« Er hat ein Picknick für uns dabei.

»Ja«, antwortet Arthur, bevor ich etwas sagen kann.

Jemand von der *Post* hat ein Foto von uns beiden in die Finger bekommen, auf dem wir den Kindern beim Schwimmen vom Heck eines Boots im Milford Sound zusehen. Die

Schlagzeile dazu lautet: *Total verheiratet.* Ein Insert zeigt eine Vergrößerung meiner linken Hand mit dem Ehering von Leos Mutter. Im dazugehörigen Artikel wird spekuliert, dass wir heimlich geheiratet haben. Leo hat seine PR-Leute angewiesen, nicht darauf zu reagieren, weil ihm die Vorstellung gefällt.

»Zunächst mal«, sagt er zu uns beim Mittagessen am Hotelpool, »sind wir ja verheiratet. Haben wir auf der Veranda gemacht. Aber es bedeutet auch, dass wir eine richtige Hochzeit feiern können, ohne dass man uns belästigt. Die Medien glauben ja, es wäre bereits passiert.«

»Gerissen«, findet Arthur.

»Können wir über die Hochzeit reden? Ich hätte dazu nämlich Ideen«, verkündet Bernadette.

Wir sind zwar am Pool, aber in einer Cabana, die uns sowohl vor der Sonne als auch vor neugierigen Passanten schützt. Sie steht uns den ganzen Tag zur Verfügung, samt Sonnencreme, Snacks und einer Schale mit Orchideen. Zwei Männer in der Uniform des Hotels stehen draußen bereit, um uns jeden Wunsch von den Augen abzulesen. Ich trage einen Badeanzug und mein weißes Lieblingsstrandkleid, aber heute Morgen ist ein Paket mit mehreren neuen, besseren angekommen, die Weezies Stylistin ausgesucht hat. Sie haben Perlen und Fransen und sind irgendwie unbequem. Hoffentlich sind sie keine Metapher für das Leben, auf das ich mich einlasse.

Ich frage mich, ob Ben von Leo und mir weiß. Ich frage mich auch, ob er an einem Ort auf der Welt ist, an dem man die *Post* liest. Wie kann es sein, dass ich in diesem größeren Leben gelandet bin, obwohl ich Leo immer die kleineren Dinge schmackhaft gemacht habe? Ein Mann, der sich als mein Butler bezeichnet, wartet einen halben Meter entfernt darauf, mir Eistee nachzuschenken, und ich muss gestehen, das ist ziemlich angenehm. Trotzdem will ich nicht mal eine Armeslänge von meinem alten Leben entfernt enden. Ich will mir meine eigenen Bananen aussuchen und den Sonnenaufgang auf meiner Veranda beobachten können.

»Was denkst du, Ma?« Ich habe die bisherige Hochzeitsbesprechung völlig verpasst.

»Ich denke, ich will Leo heiraten«, sage ich.

Leo lächelt mich an. »Tja, das erleichtert mich. Wir besprechen gerade die Location.«

Bernadette legt mit ihrem Vorschlag los. »Mieten wir ein Schloss in Frankreich. Das große, in dem dieser Ludwig gewohnt hat. Dort können alle übernachten, und die Hochzeit kann hinten im Garten stattfinden. Das Haar stecken wir dir dabei hoch wie einer Königin.«

Meine Miene verrät meine Beklommenheit. »Welche anderen Möglichkeiten stehen zur Wahl?«

Leo ergreift das Wort. »Ich sage, wir heiraten auf der Wiese vor dem Teehaus und lassen die Tür so weit offen, dass wir den Wald dahinter sehen können. Nur mit der Familie und unseren engsten Freunden.« Er bemerkt, wie Bernadette die Augen verdreht. »Und Bernie kriegt die volle Kontrolle über die Dekoration. Ohne Budgetobergrenze.«

»Darf ich die Band aussuchen?«, fragt Arthur.

»Geht klar.«

Mein Butler räumt meinen Teller ab und ersetzt ihn durch einen mit dem köstlichsten frischen Obst, das ich je gesehen habe. Ich finde, ich kann es mir gönnen und trotzdem eine Hochzeit im Garten hinter meinem bescheidenen Haus abhalten. Unwillkürlich frage ich mich, ob ich nicht alles haben kann.

KAPITEL 26

Im Juli heiraten wir. Leo und Bernadette haben ein Team angeheuert, das einen Baldachin aus weißen Lichtern über die gesamte Wiese hinter dem Haus spannt. Leo und Arthur tragen weiße Leinenanzüge, Bernadette und ich schlichte weiße Sommerkleider, ausgesucht von Weezie. Da es heiß ist, beschließen wir in letzter Minute alle, auf Schuhe zu verzichten. Es ist nicht nötig, Farben hinzuzufügen – der Wald hinter dem Teehaus bildet einen Vorhang aus allen erdenklichen Schattierungen von Grün. Über uns spannt sich ein klarer Sommerhimmel. Links und rechts der offenen Tür des Teehauses blüht die alljährliche blaue Pracht der Hortensien. Sie begrüßen mich auf dem Weg den Gang hinunter, umrahmen Leo perfekt in meinem Blickfeld. Leo ist im Juli hier. Und er wird für alle künftigen Julis bleiben.

Nach der Zeremonie begeben wir uns in den Garten vor dem Haus, der durch Tische mit Kerzenlicht, eine Band und eine Tanzfläche veredelt worden ist. Die Caterer haben meine Küche und meine Veranda in Beschlag genommen, trotzdem fühlt es sich wie mein Zuhause an. Die Bäume um das Grundstück herum vermitteln mir ein Gefühl von Privatsphäre, das ich vorher nie wirklich gebraucht habe.

Womöglich ist Laurel Ridge der perfekte Ort für Hochzeiten prominenter Persönlichkeiten.

Luke steht auf und bringt einen Trinkspruch darüber aus, dass ich seinen Bruder in einen echten Menschen verwandelt habe. Leo verdreht die Augen und drückt mich. »Ma war so stolz auf dich. Sie hat zwar immer versucht, nicht mit dir anzugeben, konnte aber einfach nicht anders«, fährt er fort. »Und diese Familie, in die du dich eingebettet hast – damit hätte sie am meisten geprahlt.«

Leo ergreift meine Hand und küsst sie.

Dieser Hochzeit haftet etwas außerordentlich Feierliches an. Nicht nur, weil die anwesenden Gäste uns alle lieben und wollen, dass wir glücklich werden. Vielleicht liegt es daran, dass sie die Zeit miterlebt haben, in der wir getrennt waren und uns elend gefühlt haben. Oder auch daran, dass sie alle meine Ehe mit Ben entweder miterlebt oder die Filmversion davon gesehen haben. Luke und Jenn, Kate und Mickey. Sogar Mr. Mapleton wirkt zutiefst erleichtert darüber, dass sich Leo als anständiger Kerl entpuppt hat. Penny und Rick ringen Leo das Versprechen ab, dass wir zu ihrer jährlichen White Party in East Hampton kommen werden. Mr. und Mrs. Sasaki verbringen den ganzen Abend auf der Tanzfläche.

Weezie zeigt sich total aufgedreht. »Ich hab Nora letztes Jahr genau hier kennengelernt«, erzählt sie meinen Eltern. »Da war sie besorgt darüber, dass wir ihren Rasen ruinieren könnten, und sie hatte recht. Und die ganze Zeit hat sich die Sache zwischen ihr und Leo angebahnt.«

Martin ist mit Candy da, die anscheinend wieder mit von der Partie ist, was seine wechselnden Begleiterinnen angeht. »Ich übernehme die volle Verantwortung«, lässt er alle wissen. »Es war meine Idee, hier zu drehen. Ich hab Leo direkt vor ihre Schwelle gebracht und ihn auf ihrem Rasen schlafen lassen.«

Ich schlafe mit Leo in meinem Bett ein, weil er jetzt mein Ehemann ist und nichts mehr dagegenspricht. Wir schmiegen uns so dicht aneinander, wie wir es auf der Liege im Teehaus tun würden. Mir gehen zwei Gedanken durch den Kopf, die ich nicht abschütteln kann. Zum einen wird die Tanzfläche meinen Rasen für den restlichen Sommer ruinieren. Zum anderen denke ich, dass die besten Dinge immer zurückkommen. Manchmal gleich nach der Werbepause, manchmal dauert es länger. Aber die Zeit und Sonnenschein sorgen für Wachstum, und das Leben entfaltet sich so, wie es soll.

Mein Ehemann flüstert mir ins Ohr. »Bist du noch wach?«

»Ja«, antworte ich, obwohl ich gerade am Eindösen bin.

»Es würde da eine Rolle für Arthur in einem Film geben, den ich im Herbst drehen möchte. Er würde meinen Sohn spielen.«

»Wo?«

»In England.«

Nichts ist so, wie ich es geplant habe, und ich rase in eine Zukunft, die ich mir nicht so recht ausmalen kann. Das Leben ahmt Kunst nach, die das Leben nachahmt, die Kunst nachahmt.

»Reden wir morgen beim Sonnenaufgang darüber«, schlage ich vor.

DANKSAGUNG

In ihrer improvisierten Dankesrede erwähnt Nora, dass ihre Geschichte von äußerst talentierten Menschen begrüßt und verfeinert worden sei. Ich weiß genau, wie sie sich fühlt. Ein herzliches Dankeschön an meine Agentin Marly Rusoff für ihre sofortige und anhaltende Begeisterung für dieses Buch. Ich könnte unmöglich in kompetenteren und bemühteren Händen sein. Die Zusammenarbeit mit Lektorin Tara Singh Carlson war der Wahnsinn. Vielen Dank, Tara, dass du deinen Laserblick auf dieses Buch gerichtet hast und dabei in jeder Phase unheimlich freundlich warst. Sally Kim danke ich für die Möglichkeit, dieses Buch mit der Welt zu teilen, und allen bei *G. P. Putnam's Sons* dafür, dass sie es ermöglicht haben, insbesondere der überaus geduldigen Ashley Di Dio.

Danke auch meinen lieben befreundeten Autorinnen und Autoren, die bereits im Anfangsstadium zu mir gesagt haben, dieses Buch habe Potenzial – Lynda Cohen Loigman, Karen Dukess und Steve Lewis. Ohne euch wäre es immer noch ein Word-Dokument mit hundert Seiten und ein Funkeln in meinen Augen. Ich sage es zum wohl tausendsten Mal: Nichts verkörpert die Gesinnung von Großzügigkeit mehr als Autorinnen und Autoren, die sich Zeit für die Arbeit anderer Autorinnen und Autoren nehmen.

Ein besonderer Dank ergeht an meine überwiegend erwachsenen Kinder Dain, Tommy und Quinn, die einen frühen Entwurf dieses Buches unter Zwang und für Geld gelesen haben. Eure Anmerkungen, eure Ehrlichkeit und euer Interesse an dem Prozess haben mir an diesem Projekt am besten gefallen. Und Tom, Hauptdarsteller in meiner persönlichen allerliebsten Liebesgeschichte: Danke für dein stilles Vertrauen in mich und dafür, dass du das Buch kostenlos gelesen hast.